孵化女王

瓜太 著

多位「在路上」的創業者傾力推薦

我們急著奔向風口,那麼愛呢

崧燁文化

目錄

1. ──────────────────────────────── 7
2. ──────────────────────────────── 15
3. ──────────────────────────────── 20
4. ──────────────────────────────── 25
5. ──────────────────────────────── 30
6. ──────────────────────────────── 36
7. ──────────────────────────────── 42
8. ──────────────────────────────── 50
9. ──────────────────────────────── 57
10. ─────────────────────────────── 65
11. ─────────────────────────────── 71
12. ─────────────────────────────── 77
13. ─────────────────────────────── 84
14. ─────────────────────────────── 89
    15. ──────────────────────────── 100
16. ─────────────────────────────── 105
17. ─────────────────────────────── 111
18. ─────────────────────────────── 118

19. 126
20. 133
21. 140
22. 147
23. 155
24. 161
25. 168
26. 174
27. 184
28. 190
29. 196
30. 202
31. 210
32. 216
33. 223
34. 230
35. 236
36. 243
37. 248

38.	255
39.	262
40.	270
41.	277
42.	284
43.	295
44.	302

孵化女王♡

1.

2012 年 8 月 23 日，星期四，農曆七月初七。

晴，氣溫 20—35 度，東風 3—4 級。

斯洛伐尼亞首都發生一起熱氣球事故，至少 4 人在事故中喪生，另有 28 人受傷。

演員李晨在微博上公布了與女星張馨予的戀情。

俄羅斯即日起成為世界貿易組織（WTO）正式成員國。

香港歌手譚詠麟迎來 62 歲生日。

……

還記得嗎，這一天你在做什麼？

遇見什麼人？經歷什麼事？心情如何？

對於趙卓兒，這一天變（ㄨㄢˋ）故（ㄐㄧㄝˊ）頻（ㄅㄨˊ）生（ㄈㄨˋ）。

變（ㄐㄧㄝˊ）故（ㄋㄢˋ）猶如地雷，分別於兩個時間點引爆，將她的生活毀於一旦。

下午 2 點 35 分。

趙卓兒氣喘吁吁跑進報社一樓大廳。盛夏，35 度，全身濕透。

她是本市都市報娛樂版記者，平時不進辦公室，但是今天卻被通知必須趕回報社。

一路飛奔，還是遲到五分鐘。卓兒懊惱不已，來不及等電梯，直接衝進樓梯間。

她的腳上穿著一雙拖鞋樣式的白色皮涼鞋，後跟裸露，前腳掌靠粗糙的牛皮鞋面支撐。涼鞋陳舊，上面密密麻麻布滿皺摺。皺摺縫隙裡，鑲嵌著永遠清洗不淨的汙垢。

也難怪，這雙鞋已穿了三個夏天，東奔西走，日曬雨淋，不被憐惜。

部門主任錢蔓和這雙鞋有仇。

她曾滿眼鄙夷，用鋒利如刀尖的聲音調侃：「卓兒，趙卓兒，我真佩服你，簡直勇敢到讓人無法直視！皮膚這麼黑，竟然敢穿純白色；鞋子樣式這樣老土，完全是廣場舞大媽風；你看看上面的汙垢，刮一刮能塞滿半個垃圾桶！」

這是典型的錢蔓式語言。刻薄、誇張、居高臨下。

記者們都不喜歡錢蔓，尤其是趙卓兒。

但，那又如何？

她能衝到錢蔓面前大吼一聲「給我閉嘴」？能脫下這雙飽受屈辱的涼鞋朝她扔過去？能一甩背包，大聲宣布「本小姐不幹了」？

顯然不能。

那，就沉默吧。

趙卓兒上氣不接下氣地跑進五樓辦公室，剛進門，腳下一個趔趄，左腳涼鞋掙脫腳掌，順著光滑的地板飛撲出去。

趙卓兒窘得滿臉通紅，看著赤裸的左腳，猶如全身赤裸於大庭廣眾之下，無比難堪。

卓兒眼睛看牢那隻不聽話的涼鞋，金雞獨立，殭屍般跳過去，終於追上這匹脫韁野馬。

一抬頭，錢蔓端坐在辦公室裡，黏了假睫毛的眼睛一眨不眨，正興致勃勃欣賞著卓兒的窘迫。

卓兒心裡一驚，完了、完了、難逃一劫。她下意識地垂下眼皮，等待錢蔓尖銳的聲音破空而出，刺穿她的心臟。

但，出乎意料，錢蔓塗了「姨媽色」口紅的雙唇緊閉，沒有發出任何聲響。

錢蔓收回視線，低頭看了看手腕上的浪琴錶，吐出兩個字：「開會。」

辦公室響起了拖拉椅子的聲音，同事們陸陸續續圍過來，將錢蔓簇擁在正中。

錢蔓顯然很享受眾星拱月的感覺，雙腿交疊，雙手緊握放在大腿上，擺出一個頗為做作的優雅 POSE。

「今天開這個會，是要代表報社向大家通知一件事情。」錢蔓挺直了脖子，是少有的輕柔語氣。

「大家也知道現在的大環境，上網的人多，看報紙的人少。看報紙的人少了，來登廣告的人就少；登廣告的人少了，我們的廣告收入就少；廣告收入少了，員工的薪水也就少。而且，這個月的廣告收入跌到了歷史最低點，所以，所以……。」

趙卓兒迅速看了一眼手機螢幕上的日期，8月23日，正是報社發薪水的日子。

「所以，這個月的薪水，報社決定暫緩發放。只是暫緩，不是不發，只是……暫緩。」錢蔓心虛般反覆強調。

卓兒腦袋一片空白，下意識地抓緊大腿，顫聲詢問：「暫緩？暫緩到什麼時候？」

「這個……，」錢蔓停頓，看卓兒的眼神裡充滿戒備，一副「又是你來搗亂」的表情，「這個暫時還沒有接到通知。」

辦公室裡一片沉默，35度的高溫下，每個人都彷彿跌進冰窟。雖然報社收入逐月減少，但是直接暫停發薪還是出乎意料。

不祥的預感猶如吐著紅信的蛇，慢慢爬上卓兒的背脊。

「接下來，還有一個消息，得通知大家……，」錢蔓感受到了氣氛的異樣，說話中氣不足，到最後，像漏氣的皮球，沒了聲響。

錢蔓的異樣，引起了更大的不安。四周低垂的腦袋紛紛抬起來，一束束目光整齊地射向她。

　　錢蔓只得清了清嗓子，重新開口：「是這樣的，由於報社經營困難，於是精簡各個採訪部門，我們娛樂新聞部首當其衝。從今天開始，娛樂版取消，娛樂新聞部也解散。部門的各位記者、編輯目前處於待工狀態，等待報社的進一步安排。」

　　辦公室裡「轟」地一聲炸開了鍋。

　　趙卓兒第一個發聲：「待工？那不就是把我們裁掉嗎？」

　　「對，這不就是變相裁員嗎？」

　　「報社太不厚道，吃人不吐骨頭！」

　　「我在報社幹了20多年，不能這樣說裁就裁，還我青春！」

　　「我們不能忍氣吞聲，去找勞動部門仲裁，討個公道！」

　　……

　　錢蔓很是詫異，平時在她的壓迫下，編輯、記者個個順從如綿羊。可是現在，小綿羊忽然變成大野狼。

　　哼，都是卓兒惹的禍！

　　「各位冷靜，一定要冷靜。現在紙媒的大環境如此，已經倒閉或者即將倒閉的報社不只我們一家。大家的心情我能理解，但這是大勢所趨，喊打喊殺也於事無補。大家得早做準備、早點規劃，不能事到臨頭才怨天尤人，你們和我可不一樣……。」

　　你們和我可不一樣……。

　　錢蔓最後一句話讓大家忽然安靜。看著眾人投來的目光，錢蔓覺得重新掌控局面，好不得意。

　　「你們和我是不一樣的。」她加重了語氣，「我呢，是報社的中階主管，管理階級不在待工之列。我們家的情況大家也知道，老公是大老闆，自己開

房產公司，家裡住大別墅，車庫裡停著兩輛BMW，兒子讀貴族學校，我即使不在報社上班，也可以過衣食無憂的生活。」

「我可以不care裁員這件事，你們可不能啊，你們哪一個不是背著房貸、車貸呢？在這樣的大環境，怎麼樣也得提早為自己打算吧，總不能事到臨頭才開始為生計擔憂啊。如果真是這樣，只能怪自己目光短淺，不懂長遠規劃！」

錢蔓一時興起，用塗了紅色指甲油的手指了指趙卓兒：「你們看，像趙卓兒這樣的，要學歷沒有學歷，要長相沒有長相，現在還和男朋友同居在小套房裡。如果不提早為自己安排後路，後面的日子……嘖嘖嘖……哎，趙卓兒，妳是死豬不怕開水燙、想賴在報社養老嗎？如果是，勸妳趁早死了這條心……。」

錢蔓的話還沒有說完，「哐鐺」一聲，趙卓兒從椅子上站起來。

動作快、力道大，椅子在猛烈衝擊下，直接向後倒去。

「老子不幹了！」趙卓兒對著錢蔓，一字一頓地說。

說完，大踏步向門口走去，粗壯的涼鞋在地板上敲出沉悶的聲響，漸行漸遠……。

晚上11點20分。

趙卓兒從昏睡中醒來。出租套房裡沒有空調，一台老舊的電風扇噗哧噗哧地搖頭，吹出一陣惱人的熱風。拿起手機看了看時間，竟然這麼晚。

憤然辭職後，她回到套房，呼天搶地、怨天尤人，然後，呼呼大睡，五個小時。

醒來時，身上那件棉布襯衣已經被汗水浸濕一大片，單薄的布料貼在後背，形成一個不規則的圓形。

她覺得脖頸發癢，伸手抓，卻是幾縷頭髮被汗水黏在了皮膚上。

卓兒想放下手機，卻又忍不住看了幾眼螢幕。螢幕保護程式，是她和男友小星星——栗遠星的合影。

栗遠星一頭長髮下垂下來，遮住半邊臉。髮絲背後，一雙憂鬱的眼睛，飄忽迷離，文藝清新。

趙卓兒依偎在小星星身邊，臉上泛著歡天喜地的油光。厚厚的嘴唇咧開，笑得忘乎所以。八顆參差不齊的牙齒裸露，舌根處的扁桃腺隱約可見。

他們的戀愛模式屬於女追男。

相貌平平的卓兒在學校餐廳邂逅栗遠星，一見鍾情。

男追女隔重山，女追男隔層紗。卓兒鼓起勇氣，倒追。

死纏爛打大半年，終於挑破面紗，抱得美男歸。

他們的戀情，在那所三流大學轟動一時。也難怪，栗遠星是校園裡的風雲人物，長得帥、會唱歌、能耍酷，有著眾多腦殘女粉絲。而趙卓兒呢，不過是來自鄉下的土妞，皮膚黝黑、五官平平、衣著土氣，在人群裡瞬間變成路人甲。

這段戀情，被栗遠星的女粉絲們稱之為「一棵青草插在了牛糞上」。卓兒也不介意，牛糞就牛糞，沒聽說嗎，莊稼長得好全靠糞當家。

手機響起提示音，是幾天前設定的日程提示——七夕，記得過節。

卓兒這才想起，今天是七夕，幾天前就和栗遠星約定，共度東方情人節。為此，小星星承諾向酒吧請假，停唱一晚。

畢業之後，栗遠星求職無門，只得在酒吧駐唱謀生。

每晚10點半，準時收工回家。

可是今天晚上，零點將至，卻不見小星星蹤影。

卓兒手指一滑，撥打男友電話。手機裡傳來冷冰冰的電腦語音：「您撥打的電話已關機。」

難道是和哪個哥們兒相約喝酒，酒醉不歸？卓兒的記憶中，栗遠星有過幾次凌晨歸來，渾身酒氣的經歷。但是，今天是七夕，兩人有約在先，怎會有失約之理？該不會……遭遇意外？卓兒一個哆嗦，睡意瞬間消失。猛地從床上坐起來，目光和對面的大衣櫃不期而遇。

那是一個陳舊的老式衣櫃，四扇對開門，門上的銅把手氧化變色，蒙上星星點點的綠色。櫃身刷著褐色油漆，年深月久，油漆脫落大半，留下一片坑坑窪窪的傷痕。

衣櫃門半掩，裡面整齊疊放的衣物亂成一團，花花綠綠，兵荒馬亂。甚至，一件棉T恤還被卡在衣櫃縫隙裡，扭曲如麻花，只剩半截袖子垂吊門外。

卓兒跳下床，赤腳衝過去，用力拉開衣櫃門。上下左右、裡裡外外審視，禁不住一個寒戰。

栗遠星的所有衣物，全都不翼而飛！

卓兒跟跟蹌蹌倒退好幾步，把狹小的出租套房環視一遍，目光所及，書桌上的筆記型電腦、門邊的幾雙大球鞋、靠在牆壁的木吉他……和栗遠星有關的一切，全都消失不見了。

還不死心，一頭衝進廁所，小星星的牙刷、毛巾、男士洗面乳統統失蹤！

如夢初醒。

卓兒大力揪扯頭髮，確定不在夢中。一抬頭，發現桌上躺著一只信封。拆開，裡面有一張報紙碎片，巴掌大小，匆忙間被人從報紙上撕下，挪作他用。

定睛一看，報紙邊緣空白處，留著一行歪歪斜斜的鋼筆字。寥寥數語，是栗遠星的「真跡」：「我們分手吧，別再找我。遠星留字。」

卓兒徹底糊塗了。

下午兩點出門前，栗遠星正抱著吉他練習新曲。彼時，小套房一切如常。衣櫃門緊閉、物品原地不動、桌子上也沒有什麼分手信。

卓兒記得，出門時，栗遠星還抬頭，對她說了一聲「再見」，然後長髮垂下來，繼續彈琴。

所有的變故，只能發生在她出門開會的一個多小時裡。卓兒痛恨自己的粗枝大葉，如此重大的變故，竟然事先察覺不出半點蛛絲馬跡。

「難道，我就這樣被他甩了？」

卓兒如洩氣的皮球，跌坐在地板上。

今天是什麼日子啊？短短幾個小時，失去工作，失去戀人，失去生活中最重要的一切。

今天，究竟是什麼日子啊？

房間裡，破舊的電風扇噗哧噗哧地搖頭，一陣熱風吹來，那張報紙碎片搖搖晃晃飄到地上。

碎片來自國內新聞版，上面的新聞標題是——「微信公眾平台今日正式上線」。

2.

2012 年 8 月 23 日，一把鋒利的尖刀。刀鋒過處，卓兒的人生一分為二。

這一天之前，她的人生關鍵詞是擁有和獲得。這一天之後，人生裡只剩下失去和尋找。

尋找？是的，尋找。尋找工作以及不告而別的男友。

卓兒沒日沒夜泡在求職網站，發出無數封履歷，都石沉大海。

也難怪，卓兒專科畢業，只能靠一紙大專文憑行走江湖。況且，相貌平平、不事打扮，不具顏值加分項目。

尋找男友，確切地說，是 EX、前男友，更是艱難。

你無法喚醒一個裝睡的人。在人海中尋找一個刻意躲避你的人，談何容易。

在卓兒能想到的所有聯繫方式裡，栗遠星均「失聯」。

登入 QQ、微博，栗遠星在她的好友名單中消失，她已被對方「封鎖」。

撥打栗遠星手機，電話裡總是傳來冰冷的女聲：「您撥打的電話已關機。」

直到最後，電腦語音變為：「您撥打的電話號碼是空號，請核對後再撥。」

走投無路，趙卓兒求助閨密、大學同學周春紅。

周春紅大學畢業後一直在網路上賣面膜。憑著聰明機靈，幾年下來，倒也能維持起碼的生計。

「什麼？你被甩了？」周春紅倒吸一口冷氣。一手拿手機一手端奶茶，嘴巴裡還銜著吸管。

一瞬間，奶茶順著吸管湧進她的氣管，嗆，劇烈咳嗽。

「趙卓兒，我告訴你，不能就這樣算了，要叫栗遠星把分手的理由一五一十說個清楚！哪能留張紙條說分就分呢，你是人，是他同居三年的女朋友！他以為是丟雙拖鞋呢還是扔隻小狗呢，真是太不把你當回事了！」

大學時期，周春紅見證了卓兒和栗遠星戀愛的全部過程。眼看著閨密人財兩失，周春紅身上網路商店小掌櫃的精明立刻蹦出來。

「對了，我想起了一件非常重要的事情。你們同居三年，他有沒有花過你的錢？你們的房租是誰出的？水、電、天然氣、網路費是不是兩人對半分？平時出去吃飯、看電影，誰付的錢多？這些都要一筆一筆跟他算清楚，你不能賠了夫人又折兵。親兄弟還要明算帳呢，哪能留張紙條一走了之！」

卓兒在電話那頭瘸著嘴，一言不發。

周春紅急了，對著手機叫嚷：「說，你倒是給我說呀。」

「房租是我出的，水、電、天然氣、網路費也是我付。平時出去吃飯、看電影大都是我付錢，不過，去年我生日，栗遠星為我買過一對耳環……。」

「就那對破耳環，批發市場十塊錢一對！」周春紅恨鐵不成鋼，「趙卓兒，妳簡直色迷心竅，這幾年竟然一直在栗遠星身上倒貼錢。他是男人啊，伸手跟女人要錢，好意思？」

見周春紅數落栗遠星，卓兒本能地替他辯護：「不是妳想的那樣。小星星是搞藝術的人，他有自己的音樂夢想。酒吧駐唱本來就賺不了多少錢，那些錢還得買樂器，平時的生活就只能靠我了。」

「拉倒吧。」周春紅手一揮，「他搞藝術，妳養他？結果呢，妳得到了什麼？人家留一張紙條就把你甩了。不行，這事越想越生氣，走，老娘陪妳找他去！」

晚上八點，周春紅與卓兒相約栗遠星駐唱的酒吧「小酒館」。

這是一家以歌手演唱為主打的酒吧，面積不大，性冷淡禁慾風，盛產流浪歌手和文藝青年。

周春紅身穿緊身吊帶裙，柔軟的布料包裹水蜜桃般豐滿的身體，前胸開口低，一彎腰，胸前一片迤邐春光。

濃妝，藍色眼影、紫色唇彩、桃色腮紅，一雙長長的假睫毛黏在單眼皮上，猶如打了兩把遮陽傘。

卓兒剛叫一聲「春紅」，對方就飛撲上去捂住她的嘴：「拜託，不要叫那個超土的名字好不好？跟你說了多少次，請叫我『蜜桃小辣椒』！」

「蜜桃小辣椒」，周春紅的網路暱稱。她熱衷於各種自拍秀美貌，在「網紅」的道路上拔腿狂奔。她的口頭禪是：成了「網紅」就不愁賣不出面膜；成了「網紅」，我他媽就不用賣面膜！

酒吧裡光線昏暗，客人三三兩兩，喝酒聊天。正中的舞台上，長髮女孩高歌《Someone Like You》。

周春紅昂首挺胸，拉著卓兒，酒吧裡轉了左三圈右三圈。除了引起男人們異樣的目光，沒有栗遠星半點蹤跡。

卓兒洩氣，一屁股坐在高腳凳上。周春紅倒是興致勃勃，拿起手機，對著鏡頭挺胸、抬頭、嘟嘴、睜眼，刷刷刷，九張自拍一氣呵成。

纖指一點，照片上傳微博，不忘配上撩人的文字：「敷完面膜，小蜜桃感覺好寂寞，這樣的夜，誰來陪我？」

「小姐，要喝點什麼？」吧台後，穿馬甲背心的酒保問。

一語點醒夢中人。只顧著滿場瞎晃，卻忘記開口問人。卓兒身體前傾，急切發問：「栗遠星，今天來嗎？」

「妳是說，我們這裡的那個駐唱？」酒保顯然認識。

有希望，卓兒激動得站起來，眼神裡充滿期待。

酒保一邊擦拭酒杯一邊搖頭：「這小子，一個月前就不在這裡駐唱了。」

五雷轟頂。

「他去了哪裡？」卓兒不甘心。

酒保聳了聳肩：「不知道，駐唱來來去去，三天兩頭地換，懶得打聽。」

卓兒重新跌坐在高腳凳上，拚命搜索記憶，一個月前就離開？

這一個月來，栗遠星每天傍晚6點出門、晚上10點半回家，沒有絲毫破綻。漫長的四個小時裡，他在幹什麼？

不就是分手嗎？他可以直截了當、可以開誠布公、還可以低回婉轉，何苦神神秘秘、古裡古怪、遮遮掩掩？

又或者，分手背後，還隱藏著不能讓人知道的秘密？

卓兒一個哆嗦，那條蛇，吐著紅信、渾身冰涼的青蛇，又悄悄爬上背脊。

卓兒決定去一趟栗遠星的老家，打探真相。

為了朋友兩肋插刀，周春紅跟著卓兒，跳上火車。

那是一座因礦產聞名的小縣城，距離成都兩小時車程。卓兒常聽栗遠星提起，父母在縣城明月廣場邊開了一家米粉店，栗氏家傳米粉。

火車到站，兩人直奔明月廣場。這是一個在中國縣城裡司空見慣的小廣場。橢圓形，周邊環繞一圈，排滿林林總總各種商舖。

一家家店舖看過去，獨缺「栗氏家傳米粉」。長途奔波一場空。

卓兒雙眼呆滯、臉色暗沉，周春紅卻樂得遠足，外出踏青。

她舉著手機，對著鏡頭側臉、微笑、比出剪刀手，刷刷刷刷，四連拍。

快速上傳微博，配上文字：「小蜜桃閒逛明月廣場，敷了面膜的臉水噹噹。」

曬完美照，周春紅推推卓兒：「妳看看妳，一臉棄婦相，天底下又不是只有栗遠星一個男人。妳呀，就是見識的男人太少，一個窮唱歌的就把妳迷得天旋地轉，也不看看現在是什麼時代了。知道微博上有一句話怎麼說嗎？你讀書的時候，長得帥有人愛你、功課好有人愛你、籃球打得好也有人愛你，但是你離開校園，只要沒有錢，誰都不會愛你！」

說完，周春紅點開手機微博，給卓兒洗腦：「看這個，看這個，知道他是誰嗎？」

卓兒瞥一眼照片，一個普通的中年男人，五官並無特別之處。

「老公！」說完，周春紅對著照片拋去媚眼。

「老公？」卓兒睜大眼睛。

「你不會連他都不認識吧。劉強東，中國著名的創業老闆、國民老公！我每天都會在網上看他的新聞，說不定哪天就真成了我老公呢。」

周春紅撲閃著眼皮上的「遮陽傘」，點開另一個微博：「再看這個，你是不是嫌棄劉強東長得不帥啊？這個絕對有顏值。」

卓兒低頭再看，一個五官英俊的青年男子。有些面熟，又想不起哪裡見過。

「看妳的眼神就知道，有感覺了吧。他就是 NBA 的林書豪啊！我最想睡的 wuli 豪豪！」周春紅對林書豪的照片送上飛吻。

「現在這個世界，可以睡、值得睡的男人太多，妳又何必不知變通？老實說，那個栗遠星是不是妳第一個睡過的男人？」周春紅壓低聲音，不懷好意地笑。

卓兒一把推開她，少廢話，吃飯。

3.

　　一家小餐廳，簡陋的店面，散發異味的塑膠餐桌。老闆是滿臉笑容的胖大姐，身上掛著油膩不堪的破圍裙。

　　胖大姐很是殷勤，用力向兩人介紹店裡的招牌肥腸麵。卓兒看看周春紅，無奈阮囊羞澀，只得嚥了嚥口水，各點一碗清湯素麵。

　　牆壁上，掛著一台電視。穿玫紅色西裝的女主播字正腔圓地播報新聞：「本台剛剛收到的消息，今日記者從多個消息管道證實，著名網路精英、天使投資人羅雲東的妻子張嘉雅已經向法院提交離婚申請書。」

　　「申請書要求法院對夫妻二人離婚後的財產進行分割，張嘉雅要求獲得羅雲東名下『愛購網』5% 的股份。目前，法院已經受理了這起離婚訴訟。」

　　鏡頭切換，電視螢幕上出現了一個身材高大、面容英俊的男子。

　　OS 介紹，羅雲東是電子商務平台「愛購網」的創始人，著名的網路創業英雄。畢業於美國史丹佛大學，在矽谷創立科技公司，只用三年時間就被併購，隨後轉戰華爾街。

　　近年來回中國創業，打造「愛購網」，目前正醞釀美國上市。他還成立創業投資基金，致力於扶持中國中小企業發展。

　　新聞裡的羅雲東三十幾歲，國字臉、濃眉、鼻樑挺直，五官猶如希臘雕塑，冷峻立體。眼睛尾稍細長，微微向上飛揚，冷峻中又有幾分柔軟。

　　卓兒忽然想起棗紅馬，風馳電掣之後，是同樣的眼神，溫柔且暴戾。

　　鏡頭切換，一個美麗高貴的女子出現。臉龐圓潤、身材修長，一雙眼睛靈動明亮，好生嫵媚。

　　OS 介紹，羅雲東妻子張嘉雅為著名投資家張石軒的獨女，她於七年前和羅雲東結婚。這次兩人展開離婚訴訟，財產分割成為外界關注的焦點。

　　「哇，老公鬧離婚，我有希望了耶！」周春紅一聲驚呼。

「又是妳老公？」卓兒莫名其妙。

「這是我們在網路世界的老公。」周春紅誇張地大叫，「羅雲東可是名聞天下的創業大人物，禁慾系，多少女人想睡他啊。劉強東已經有很多女粉絲了，這個羅雲東比那個劉強東還帥還有錢，他如果單身，真是天上掉餡餅的大喜事。」

電視畫面播放羅雲東接受採訪。他的聲音低沉渾厚，帶磁性：「『愛購網』美國上市是我們目前的頭等大事，平台所有的工作都圍繞著這個重點進行。在創業投資方面，我目前的興趣點在方興未艾的自媒體，它代表著網路領域的全新前景。我們也注意到，微信剛剛上線公眾平台，這些都會為網路創業帶來深遠影響。」

「自媒體」？「微信公眾平台」？新鮮名詞。

「老土了不是？」周春紅白了卓兒一眼，拿出手機示範：「你就只知道QQ，上次給你下載了微信，老是不上線。這個微信公眾平台上能看好多文章，就像座圖書館。而且還沒門檻，誰都能跑上去發文章。你不是從報社離職了嗎，還不趕快註冊公眾帳號，寫寫文章傳上去。說不定一夜成名，就此成為『網紅』呢。」

「網紅？」卓兒不屑，「那是你的人生理想，本小姐沒有興趣。」

小麵館裡，胖大姐無所事事，坐在收銀台後，一邊嗑瓜子一邊看著兩位小姐吃麵。

大姐天性熱情，主動和兩人搭訕：「兩位小姐，不是本地人吧？」

「當然。」周春紅吸著光滑的麵條，頗為驕傲，「我們是從成都來的。」

「怪不得，大地方來的小姐就是不一樣。看你們二位的衣著談吐，就是和我們小縣城的不一樣。」胖老闆閱人無數，一句話就讓周春紅心花怒放。

「那二位到我們這個小地方，是旅遊還是找朋友？」胖大姐談興濃。

「我們是來找人的。」卓兒接過了話題，「我們要找的人就在明月廣場。」

「說說找誰，我在這裡開店十幾年，明月廣場沒有我不認識的人。」胖大姐把手上的瓜子往桌上一扔，鐵肩擔道義。

卓兒仰頭看胖大姐，救星啊。急忙說出店名──栗氏家傳米粉店。

「老栗家啊！」胖大姐一拍大腿，「認識，認識，我和他們熟著呢！」

卓兒激動得差點掀翻麵碗：「老闆，走，現在就帶我去！」

哪知胖大姐「嘖嘖」兩聲，露出惋惜表情：「小姐，你怎麼不早點來呢，一個月前，他們家剛搬走。」

「搬走？」卓兒提到嗓子眼的心臟立刻自由落體，跌到肚臍眼，「那……他們搬去哪裡了？」

胖大姐微微側頭，努力回憶：「不太清楚。搬家那天，我在店鋪上遠遠看著，他們家大小細軟都搬上了車，對了，他家兒子也在，就是那個留著長頭髮，會唱歌的小夥子……。」

「栗遠星。」周春紅接了話，和趙卓兒對視一眼。

「對，對，就是栗遠星，我們從小叫他小星星。」胖大姐瞇縫起眼睛，恨不得把當天所有的細節都複述一遍，「來搬家的是一輛大卡車，搬家公司把店裡所有的東西都搬走了。後來聽鄰居們說，是他家兒子栗遠星回來，把爸媽接到成都享福去了，米粉店自然關門。」

又是一個月前！

卓兒忽然想起來，一個月前，栗遠星確實回了一趟老家。只說是回家參加親戚的婚禮，卻沒想到背後有這樣的秘密。

卓兒納悶，栗遠星哪來這種經濟實力？酒吧駐唱每月不過兩千元，別說養活父母，自己的生活都難以維繫。

「哧溜」一聲，周春紅嘴巴裡吸進一根麵條，眼睛看牢卓兒：「我怎麼感覺栗遠星挖了好大一個坑，就等你跳進去呢？」

從栗遠星老家回來，趙卓兒做的第一件事，就是掏出身上所有的現金和金融卡，平鋪開來。

　　拿出計算機一番加減乘除，手機螢幕上顯示一個數字——5400。

　　長長鬆了一口氣，向後倒在床上。5400元，這是卓兒所有的財產。這筆錢不多不少，省一省，能撐小半年。

　　沒有栗遠星，日子還得繼續。

　　手機響，是北京經紀人大牛。多年的娛樂記者生涯，讓卓兒通訊錄裡躺著無數大小經紀人的電話號碼。

　　大牛聲音低沉，捲著舌頭蹦出連串北京話：「卓兒，忙什麼呢？拜託您件事情。我們公司的藝人馮娓娓，今天晚上七點半在你們那兒有場活動。」

　　馮娓娓？卓兒腦袋裡立刻閃現出一張大眼睛、尖下巴的整容臉。

　　這是一位出道好幾年的二線女藝人，曾在國外學習音樂，參加過歌手選秀，發行過單曲。可惜星運不佳，一直半紅不黑。

　　這幾年跟流行做了整形手術，眼睛變大、下巴變尖，笑起來整張臉像蠟像一樣，僵。

　　頂著這張網紅臉，馮娓娓獲得一些電視劇演出的機會。可惜角色不是女三號就是女四號，名副其實「龍套咖」。

　　「卓兒，幫哥哥一個忙，麻煩您過去採訪一下，拍拍照片，發發新聞，做下宣傳。我這幾天手頭有事要留在北京，您就直接過去，在現場找我們的工作人員就OK。」

　　卓兒原本想告訴大牛，自己已從報社離職，告別娛樂記者圈。但是張了幾次嘴，終究說不出口，只得避重就輕：「大牛哥，你是知道的，現在報紙版面緊張，像馮娓娓這樣的小咖，她的稿子實在不好發。我看，還是不去為好。」

大牛完全不在乎：「明白，明白，哥在這行混了這麼多年，她是什麼輩分我還不清楚嗎？沒有關係，妳去亮個相，給我們公司的藝人捧個場，撐撐場面。放心，不管稿子發不發，您的車馬費一分錢不少。」

一聽車馬費，卓兒為之一振。原本還想拒絕，但是「車馬費」三個字猶如磁鐵，將她的雙唇牢牢粘在一起。

「那，好吧。」卓兒飛快地答應。

4.

晚上 7 點半，趙卓兒準時來到活動現場。花園酒店，露天游泳池，某知名度不高的飲料品牌夏日宣傳。

游泳池邊搭建了一個小舞台，背景板上噴繪著花稍的宣傳照片。照片上，馮妮妮穿一件比基尼，身後一棵棕櫚樹。她的臉被 PS 得面目全非，眼睛出奇地大、下巴出奇地尖。

照片正中最醒目的位置，留給了飲料瓶。後面的馮妮妮，淪為人肉背景板。

一支當地樂隊演奏音樂，樂隊成員穿著劣質西裝、脖子上還打著紅色領結。夏夜悶熱，套在厚實的西裝裡，樂手們汗流浹背，苦不堪言。

演奏的是爵士樂，歡快的節奏被彈得有氣無力，像是被人硬生生按下了慢速播放鍵。那軟綿綿的音樂飄進耳朵裡，卓兒聽著聽著，竟然上下眼皮打架，打起瞌睡。

甩甩頭，卓兒打起精神環顧四周。現場的來賓並不多，個個衣著隨意，甚至還有人短褲搭配夾腳拖。來賓們散落在游泳池邊，有一搭沒一搭地說著話，場面冷清。

十幾分鐘後，在主持人的介紹下，馮妮妮登台亮相。

她披散著一頭濃黑的捲髮，耳鬢邊還插著一朵鮮豔的玫瑰花。身上穿著一件豹紋比基尼，全身 80% 以上的肌膚裸露在空氣中。

這樣清涼的裝扮，讓台下一片喧譁，甚至有好事之徒吹起了口哨。馮妮妮並不介意，使勁微笑，不時夾緊雙臂，擠出一條深深的乳溝。

主持人遞給馮妮妮一瓶該品牌的飲料，在音樂的配合下，馮妮妮走到舞台前面，熟練地拿著飲料擺出各種 POSE，等待拍照。

現場並沒有攝影記者，馮妮妮在舞台上努力了好幾分鐘，變換 POSE 的速度放緩，笑容僵硬。

商家急中生智，拉來旁邊背著相機的工作人員，不管三七二十一，將他推到舞台下，濫竽充數。

台下有了閃光燈，馮娓娓被注入強心劑，尷尬的表情一掃而光，僵硬的身體瞬間柔軟。

嘟嘴、眨眼、舔唇、撩頭髮，馮娓娓使出十八般武藝，對著那台來路不明的相機賣力地表演，盡心盡力。

秀完POSE，開始演唱歌曲。

一段節奏強勁的前奏後，音樂戛然而止，馮娓娓渾厚的聲音一躍而出，猶如混濁的夜色中投來一道耀眼的光。

唱的是經典英文歌《Hero》。現場被鎮住，鴉雀無聲。伴奏重新響起，歌聲變得悠揚婉轉。標準的英文發音、嫻熟的演唱技巧以及強大的現場感染力，台上的馮娓娓猶如天后附身。

歌聲猶如一波波海浪，持續衝擊著眾人的耳膜。忽然，台下爆發出雷鳴般的掌聲，連剛才在台上墊場的本地樂隊也禁不住起立，為她鼓掌。

卓兒暗自詫異，原來馮娓娓竟然有這樣的歌唱實力，聽說還有留學背景，是娛樂圈難得的高學歷。可惜啊可惜，這樣的人混跡娛樂圈，多年下來，一事無成。

也不必大驚小怪，娛樂圈就是這樣一個沒有道理可言的地方。你長得美、你有才華、你有演技、你有實力、你有唱功，那又怎樣？誰能保證你就一定能飛上枝頭變鳳凰？娛樂圈就是一個「拚命」的地方，你能不能紅、能紅多久，一切都得靠「命」。

半個小時後，主持人宣布活動結束。馮娓娓踩著七寸高跟鞋走下舞台，還不忘頻頻轉身，揮手致謝。

台下觀眾作鳥獸散，誰也不再注意台上意猶未盡的小明星。馮娓娓頻頻回首，直到確定眾人四散，這才一轉身，消失在舞台盡頭。

無端端地，卓兒想到了周星馳的《喜劇之王》，那個「死跑龍套的」以及他日日捧讀的《演員的自我修養》。這世上是否真有這本書？如果有，馮娓娓一定認真研讀過。

此時，游泳池燈光熄滅，現場只剩下一組工作人員拆卸舞台。站在黑漆漆的游泳池邊，卓兒黯然神傷。

這就是曲終人散吧？過去再美好，可惜回不去；當下再艱難，卻必須面對。那，還是回家吧。

卓兒離開游泳池，朝酒店大門走去。低頭想心事，深一腳淺一腳，迎面一個仿古小花園。

花園是酒店修建起來供客人休憩所用。園子裡種滿翠竹，竹林深處，一條幽深的小徑蜿蜒向前。

小徑兩旁，每隔幾公尺就有一個仿古路燈、華表柱、紅燈籠，燈光幽暗曖昧，平添幾分復古幽情。

卓兒沒有心情欣賞這一切，一路疾走，只想早點回家。

轉過一處小徑，忽聽到男女說話聲。抬頭，不遠處站著一對男女。男的高大魁梧，女的身上披著一件黑色長紗，濃密黑髮，耳邊還插著一朵鮮艷的玫瑰花。

那是馮娓娓。

馮娓娓對著那個男人不停訴說，情緒激動時，還做出稍顯誇張的手勢。男人沒有太多的語言，神情凝重。

卓兒看著男子，覺得眼熟。國字臉、濃眉、鼻樑挺直，五官冷峻立體，具雕塑感。特別是他的眼睛，細長的眼梢微微向上飛揚，像棗紅馬，溫柔而暴戾。

是他！那個出現在電視新聞中的男子，周春紅的「老公」，電子商務大人物羅雲東！

記者的職業敏感讓卓兒忽然興奮，一個是半紅不黑的二線女星，一個是正在離婚的商業大人物，兩人私會於酒店幽深的花園……。

娛樂爆炸性新聞。千載難逢。

卓兒藏身於一處竹林後，屏住呼吸，拿出手機，鏡頭對準前面的男女。

馮妮妮越說越激動，頭上的玫瑰花在搖晃中掉落。她把頭埋進手掌，雙肩劇烈抽搐。然後，整個人倒進男子的懷抱。黑色紗衣滑下來，露出只穿比基尼的上半身。

男子猶豫，還是伸手，輕輕拍打她的背。感覺異樣，男子拉起紗衣，重新披到女人半裸的身上。

卓兒側耳細聽，聽到細切的哭聲。男子捧起馮妮妮的臉，輕輕為她擦去淚水。再度拍拍她的背，拉起她的手，朝酒店走去。

這一切，都被卓兒拍進手機。

爆炸性新聞啊，獨家啊獨家。卓兒在心裡狂喊，整個人亢奮異常。

在報社，她是出了名的拚命三娘。為了一條明星的緋聞娛樂，可以一連追蹤幾個月不放手。萬萬沒想到，馮妮妮幽會網路大人物這樣的爆炸新聞，竟然可以不費吹灰之力，輕輕鬆鬆得到。

刻不容緩，卓兒趕回小套房，打開電腦，火速寫稿。

多年娛樂記者生涯，對這類稿件的寫作駕輕就熟。稿子從馮妮妮的飲料宣傳活動寫起，對其比基尼造型進行詳盡描寫。然後筆鋒一轉，跳到酒店花園小徑，馮妮妮和羅雲東的親密互動是全篇重點、精華所在。

卓兒對著稿子看了又看、想了又想，生怕漏掉什麼重要細節。直到確定所有的細節都已描述出來，才滿意地打上句號。

最後一步，取標題，畫龍點睛。這是趙卓兒的拿手好戲。

凝神思索片刻，果斷地在鍵盤上打下一行字——「馮妮妮著比基尼與羅雲東酒店相會」。

別看這個標題沒有什麼驚悚的字眼，但是「比基尼」、「酒店相會」已經將新聞的勁爆點悉數展現。

武林高手總是傷人於無形。

卓兒志得意滿，像往常一樣拿過滑鼠，準備傳稿。但，按在滑鼠上的手忽然僵住……稿子該發給誰？

她已離開報社不再是娛樂記者，甚至連心愛的娛樂版也已取消，空有一篇爆炸性新聞，英雄無用武之地。

從天堂跌落地獄。卓兒像被針扎的皮球，「哧哧哧哧」吐著涼氣，迅速乾癟下去。

手機傳來接收提示音，卓兒哪有心情理會？對方卻不放棄，提示音接二連三，響個不停。

卓兒只得拿起手機應付，微信留言裡各種表情符號閃爍，是周春紅。

卓兒不耐煩地問：「有事？」

對方索性發來語音，聲音慵懶，百無聊賴：「沒事，就是看你難得在微信上露臉，打個招呼，記住，時髦的人用微信。」

「無聊。」卓兒輕聲罵，放下手機，懶得理。

忽然，腦子裡冒出一個新名詞——「微信公眾平台」。周春紅不是說，微信開通的公眾號沒有門檻，誰都可以上去發文章嗎？

卓兒眼前一亮，豁然開朗。沒有報社發稿，那就自己開通公眾號啊，即使自娛自樂，也不辜負這等爆炸性新聞。

一分鐘內滿血復活。卓兒在網上查找出微信公眾平台，填表、拍照、申請開通。系統提示，帳號將在七個工作日之內審核。

好事多磨。卓兒惡狠狠地告誡自己：「耐心，趙卓兒你給我耐心等待。酒香不怕巷子深，是金子總有發光的一天。」

5.

等待公眾號審核的日子，卓兒天天趴在電腦前，密切關注羅雲東的各種新聞。電腦IE搜索引擎裡，「羅雲東」已經成為排名第一的熱搜詞彙。

趙卓兒發現，雖然羅雲東是一個經常被媒體報導的熱門人物，但是關於他的新聞並不複雜，大致分為三類。

第一類是關於「愛購網」的行業新聞，媒體尤其關注「愛購網」海外上市的籌備進度。

第二類是他作為投資人，參與各種創業項目投資的報導。他的投資項目廣泛，從快速消費品到電子高科技，不一而足。

第三類報導，則是關於他的離婚官司。羅雲東屬於財經人物，財經記者的報導大多聚焦在財產分割。至於他和妻子張嘉雅為何離婚，反而無人談及關注。

這些冷冰冰的報導，顯然無法滿足娛樂記者趙卓兒娛樂的心。她迫切想要知道，羅雲東和馮娓娓，這一對八竿子打不著的男女，是如何認識進而發生故事的。

公開資料顯示，馮娓娓曾在美國求學，而羅雲東曾在美國求學並工作，他們的交集是否發生於此？

還有，羅雲東妻子張嘉雅正在提起金額巨大的離婚訴訟，他們婚姻的破裂、張嘉雅的強勢訴訟，和馮娓娓有多大關係？

一則不起眼的簡訊躍入眼簾。

一個創業論壇將於明天下午在香格里拉酒店舉行，大人物羅雲東將會蒞臨。

趙卓兒眉毛一揚，是該會會羅雲東了。面對採訪對象一直是她的強項，不管對方口若懸河還是木訥寡言，她總能引導對方說出自己想要的內容。

卓兒早早來到香格里拉酒店。會議廳外，立著一個巨大的宣傳看板，五位與會嘉賓的沙龍照並排而立。

　　羅雲東的照片排第三位，深藍色的西裝、紫紅色的領帶，五官冷峻如雕塑，棗紅馬般的眼睛微微瞇縫著，深邃地凝視遠方。

　　「哇，羅雲東。」兩個女孩對著照片連連驚嘆，「帥呆了，帥呆了耶。」

　　「看他的眼睛，電死人。」一個女孩指著照片嚷嚷，另一個女孩則拿出手機，靠在羅雲東的照片前，幸福地來了一次合照。

　　身後忽然一陣騷動，嘉賓們陸續出現，記者大陣仗跟隨，拍照的拍照，採訪的採訪，一陣忙碌。

　　終於，羅雲東現身。沒有像其他嘉賓那樣西裝革履，上身一件黑色T恤，下身一條牛仔褲，輕鬆簡單的裝扮將180公分高的身材勾勒得高大挺拔。

　　卓兒尾隨羅雲東進入論壇現場。站在通道邊望向前排，謝天謝地，羅雲東被安排在最靠右的位置，地形有利，她可以隨時躥到羅雲東身邊突襲採訪。

　　論壇主題是網路創業。嘉賓中有正在艱苦打拚的創業者，也有網路企業老闆、投資人，具有電子商務大人物和天使投資人雙重身分的羅雲東，成為座上賓。

　　一個面容清秀、身材高挑的女孩上台，她是一個寵物公眾號的創始人，在介紹完自己的公眾號後，深情地說：

　　「我愛小動物，做寵物公眾號是我的宿命，是我這輩子一定要嘗試的事情。如果做不好，大不了再去打工。但是現在，我擁有創業的簡單快樂。我並不奢望成功，但是我在為成功的到來做準備。」

　　雷鳴般的掌聲後，一個中等個頭、長相敦實的男人走上講壇。他的創業項目從點餐軟體到市民住宅區送水應用，五花八門，卻都以失敗告終。

　　「垂直行業的APP競爭最慘烈，市場就那麼點大，幹掉別人才是自己存活的底線。」說到這裡，他苦笑了一下，調侃每個創業者都是食物鏈中最低

端的物種，「但是我們不會停止思考，思考讓我們飛翔，飛越困苦的現在，飛向我們心中美好的明天！」

男人的演講很有感染力，卓兒忍不住為他鼓掌叫好。看著創業者一個個上台，卓兒忽然覺得，眼前打開了一扇窗，窗外是一個風光迤邐的新世界。

輪到羅雲東上台。主持人報出他的名字，台下響起女粉絲的尖叫，會場裡一陣哄笑。

羅雲東似乎早已習慣這種場面，面容沉靜地環視全場，滿室喧囂與我何干？

一開口，低沉有磁性的男低音使沸騰的會場瞬間安靜。

「創業是一種信仰，網路時代讓一切皆有可能。雖然許多創業者還沒有清楚地意識到，自己逐漸地擁有了這樣的信仰。但是，這信仰一直存在，在我們的皮膚下，在我們的血液中。這種信仰不同於神靈圖騰的崇拜，而是精神世界裡清晰並且堅定的意念。」

此語一出，現場一片掌聲。

趙卓兒心下詫異，她沒有想到，這種海外留學、搞電子商務做投資的生意人還能說出具有人文色彩的語句。

「前幾天，我去了趟中關村。200多公尺的創業大街，到處是充滿朝氣的創業者的臉。就像大學校園，創業基本上是一種變幻極快的季節。作為投資人，我聽過無數人的故事，看過太多的結局，甚至忍不住要設身處地為之出謀劃策，擔負具體的角色。讓我縈繞糾結的是，究竟什麼樣的創業者才能夠堅持下來，直至最後脫穎而出？

我一直試圖尋找某種蛛絲馬跡。或者說我期望透過各種紛繁錯雜的焦點和趨勢，去尋找每個人成功最內在的東西。創業者都有一種類似虔誠的夢想。就像馬雲對於商業格局的追求，就像李彥宏對於百度崛起的執著，就像馬化騰對于QQ必勝的信念，或者雷軍對小米顛覆的痴迷……」

創業之後,人生的意義就在於滄海桑田的變化。儘管路很遠,但夢在升起過的那個午後,一直很灼熱。」

最後,羅雲東出人意料地以英文老歌《Hero》作為演講的結束。磁性的嗓音,溫柔地唸誦:

There's a hero,if you look inside your heart.

You don't have to be afraid of what you are.

There's an answer,if you reach in to your soul.

And the sorrow that you know will melt away……

話音剛落,台下的掌聲如沸騰的海浪,洶湧著翻滾而來。

竟然是這首《Hero》!

趙卓兒熱血沸騰,羅雲東和馮娓娓都喜歡這首《Hero》,兩人的關係果真不同尋常。

在一片叫好聲中,羅雲東將麥克風還給主持人,沒有任何留戀地走下講台,回到座位上。

現場的燈光暗下來,巨大的LED螢幕上開始播放創業者的採訪影片。羅雲東的坐姿放鬆,甚至還愜意地翹起了二郎腿。

絕佳時機。

趙卓兒迅速從後面衝到第一排,到羅雲東座位邊,蹲下,按下手機錄音鍵。

「羅先生,你好,我是記者。」趙卓兒自我介紹,說到「記者」兩字,有些氣短,她甚至無法說出自己究竟是哪一家媒體的記者。

羅雲東用眼角的餘光瞟了卓兒一眼,面無表情。

「您剛才的演講引用了《Hero》的歌詞,您非常喜歡這首歌嗎?」卓兒開門見山,請君入甕。

羅雲東的目光漂移過來，卓兒立刻捕捉，牢牢黏住。

羅雲東沉默，沒有接受採訪的意願。卓兒不放棄，繼續以熱情的笑容回應對方的冷漠。

這是一場心理較量，只要你的眼神夠期待、笑容夠真誠、對視的目光夠無畏，對方就得丟盔棄甲，開口接受採訪。

羅雲東側過臉，不動聲色地打量起半跪在身邊的女子。

「挺住，趙卓兒，挺住！」卓兒心裡狂喊。她笑容熱烈，眼神期待，勇敢迎接羅雲東的檢視。

最終，她贏了。羅雲東厚厚的嘴唇打開，輕輕吐出兩個字：「是的。」

「您為什麼會喜歡這首歌？或者這首歌在您的人生中有什麼重要的意義？」趙卓兒乘勝追擊。

哼哼，只要你開口回答，就不要怪我這塊口香糖黏上你。

「我在美國的時候，常聽一個朋友唱起，慢慢地就喜歡上了。」羅雲東心不在焉。

「是歌還是人？」卓兒冷不防亮出殺手鐧。

「什麼？」羅雲東沒有明白卓兒的意思。

「您是喜歡上這首歌還是唱歌的那個人？」趙卓兒面不改色。

「你為什麼會這樣問？」羅雲東立刻警覺。

趙卓兒對羅雲東的反問置之不理，繼續追問：「您剛才說的那位朋友可是馮娓娓？」

「誰？」羅雲東不相信自己的耳朵。

「馮——娓——娓。」趙卓兒一字一頓。

聽到馮娓娓三個字，羅雲東瞇縫起的眼睛陡然睜開。張開嘴正要質問，講台上忽然傳來主持人激昂的聲音：「羅雲東先生，請您到台上來抽出今天的幸運觀眾。」

羅雲東坐著沒有動，他的注意力還在趙卓兒身上。一位穿穿落地旗袍的禮儀小姐出現在面前，微微彎腰做了個請的姿勢。

羅雲東只得站起身，跟著禮儀小姐朝台上走去。一溜煙兒，趙卓兒消失得無影無蹤。

6.

「不虛此行，不虛此行。」跑出香格里拉，卓兒身輕如燕。

戴上耳機，將剛才和羅雲東的對話反覆聆聽。內心被幸福包圍，趙卓兒，你天生就該吃記者這碗飯。

那年她被報社派去北京，負責央視春節聯歡晚會。跟隨熟識的川劇演員混進央視一號演播大廳，從中午到晚上，她在演播大廳不吃不喝，整整守了十個小時。

皇天不負苦心人。那一年春晚的重頭節目被她全部曝光，不折不扣全國大獨家。

結束採訪走出央視大樓，偌大的北京城下起鵝毛大雪。站在街頭，伸手接住飄灑的雪花，內心被喜悅包圍。

卓兒覺得自己是世界上最幸福的人，不，最幸福的記者。

對卓兒而言，記者是職業更是事業。這個皮膚黝黑、其貌不揚的小城姑娘，在無數採訪中，展示著聰明才智，瞬間成為熠熠生輝的發光體。

野百合也有春天。

辭職後，卓兒職業與事業雙雙歸零，野百合一夜之間回到冬天。

可是現在，和羅雲東的較量讓卓兒明白，只要能找到一個平台，她依然可以繼續記者之路，在山谷裡迎來新的春天。

「創業是一種信仰。」卓兒耳邊想起羅雲東的話。

是的，創業是一種信仰。卓兒在心裡默念。羅雲東，我會聽從你的召喚，完成你的娛樂報導，謝謝。

周春紅去面試網拍模特兒，拉卓兒作陪。

兩人約在公車站碰頭。遠遠的，一個色彩斑斕的身影從人行道飛奔而來。不用猜，蜜桃小辣椒。

周春紅將一頭黑髮染成金黃色，額頭上整齊修剪出一排瀏海。為了配合新髮色，還特地換上一件金黃色吊帶裙。

「噗哧」卓兒笑出了聲：「真像一隻黃金獵犬。」

周春紅作勢要打，卓兒架住她的手，調侃：「矜持，周小姐請保持矜持。當心富二代經過此地，你這滿臉殺氣，還怎麼嫁入豪門？」

公車到了，卓兒拉著周春紅跳上去。乘客多，兩人被推推擠擠，擠到後門邊。

周春紅昂著頭，在人群中保護髮型和妝容。剛一站穩，立即拿出化妝鏡梳理頭髮。

頭可斷，髮型不能亂。

卓兒好奇地問：「面膜賣得好好的，幹嘛去當什麼網拍模特兒？」

「面膜能賺多少錢？」周春紅白她一眼，「我自己拆來用的，都比賣出去的多。說出來嚇死你，網拍模特兒一天的薪水抵得上我賣面膜一個月！」

「小心遇到不良商家，讓你穿內衣拍性感照，再或者，直接潛規則。」卓兒低聲嚇唬。

「啪」的一聲，周春紅闔上化妝鏡，滿不在乎地一嘟嘴：「只要能當上網紅，我願意為藝術獻身。」

「少嘴硬，網紅是門藝術？那鳳姐不就是藝術家？」

公車開到塞車路段，前後左右，堵車長龍。前面的紅綠燈紅了又綠，綠了又黃，塞車長龍紋絲不動。

周春紅百無聊賴盯著窗外，忽然發出一聲讚嘆：「好漂亮的車。」

卓兒循聲望去，公車旁邊，一輛紅色法拉利敞篷，慢下來。

「看看人家過的是什麼生活。」周春紅無比羨慕，「開車的是個帥哥，標準富二代。不行，我得拍下他，說不定後會有期。」

周春紅拿出手機，對著法拉利一陣猛拍。

卓兒望過去，只能看到男子的背影。白襯衫，一頭藝術家長髮。這個背影似曾相識，卓兒心下一動。

公車重新啟動，緩慢向前移動，卓兒一點一點看清楚開車男子的臉。一股熱血湧向腦門，這人真像栗遠星。

她不敢相信自己的眼睛，搖搖頭，再看。不對，還是像栗遠星。

周春紅也呆住，嘴巴驚訝成「O」形，驚呼：「栗遠星，好像栗遠星。」

公車完全移動到法拉利前方，卓兒回頭觀察法拉利裡的男子，眼睛、眉毛、鼻子、嘴巴，不是栗遠星又會是誰？

卓兒情緒激動，用手使勁拍打車窗玻璃，不停呼喚栗遠星的名字。法拉利裡的栗遠星哪裡聽得到，手握方向盤，身體隨著電台音樂不停晃動。

綠燈亮。紅色法拉利箭一般衝出去，風馳電掣。情急之下，卓兒對著公車司機大喊：「司機先生，我要下車，開門，我要下車。」

公車司機粗著嗓門喝斥：「神經病，沒有到站，誰敢開門下客？」

紅色法拉利消失得無影無蹤。卓兒將頭靠在車窗上，沮喪。她還是無法相信，法拉利裡的男子竟然就是失蹤的栗遠星。

「是他，沒錯！」周春紅將手機照片遞到卓兒面前。

卓兒看著照片，一臉迷惑。栗遠星哪來的錢買這麼昂貴的車？「就你傻！」周春紅用手指頭猛戳卓兒的額頭，「人家有錢了，吃香喝辣的，你還在這裡傻傻為他守身如玉。」

卓兒不停翻動著手機照片，將紅色跑車的每一個細節放大。

跑車後座上放著一把吉他。卓兒一眼認出，正是栗遠星平時彈奏的那把。

吉他旁，放著一大束玫瑰花，紅色，近百朵。玫瑰花被蕾絲精心包裹，一看就知來自高級花店。

跑車尾部，車牌號碼清清楚楚。YX1120。

等等，YX，不就是遠星的拼音縮寫？1120，不就是他的生日11月20日？這個栗遠星，哪來這本事，拿到如此獨特的車牌號碼？

周春紅拉著失魂落魄的卓兒趕到面試地點，謝天謝地，只比約定時間遲到十分鐘。

公司位於一幢老舊商業大廈，12層樓。開放式辦公室，雜亂擺放幾張辦公桌，垃圾桶溢出垃圾，隱隱散發異味。

裡面走出一個大鬍子中年男人，中等個頭，微胖，戴鴨舌帽，穿攝影背心。自稱姓張，公司的攝影總監。

張總監瞇起一雙小眼睛，上上下下打量周春紅。然後，用沙啞的嗓子介紹：「公司專門承接各種網路商店的廣告拍攝，像藍色小柔、葉真香這些網紅，都是從我們這裡出道、紅遍全網。藍色小柔剛剛拍了一部電視劇，成了真正的明星。」

說完，張總監伸出胖手，指了指牆壁。上面掛著幾幅陳舊的照片，照片上，藍色小柔、葉真香等一票人氣網紅個個搖首弄姿，好不性感。

周春紅心花怒放，拉著卓兒的手，輕喊：「機會來了，我要紅了。」

面試開始。周春紅跟隨張總監進入攝影棚，卓兒在外面等候。

第一次進攝影棚，周春紅心潮起伏。空間狹小，光線昏暗，空氣裡飄散著濃濃的菸味。周春紅忍不住用手在空中大力搧動，想要趕走那股令人作嘔的菸味。

「啪」，攝影棚裡的燈全部打開，強烈的光線讓周春紅睜不開眼。

一幅巨大的白色背板緩緩上升，四把聚光傘依次盛開。

周春紅的呼吸開始急促，這不就是大明星經常使用的專業攝影棚？一瞬間，她覺得變身明星的康莊大道已經悄然展開。

周春紅被要求站到白色背板前，張總監要助理拿著相機為她拍攝。幸福來得太突然，周春紅努力平復激動的心情，模仿「網紅」擺出各種姿勢。

　　張總監忽然喊停，指了指旁邊一個小房間：「那是更衣室，裡面有很多用來造型的衣服，你進去找幾套喜歡的，換好出來繼續拍。」

　　周春紅興高采烈地衝進更衣室，裡面有一排衣架，上面掛著花花綠綠的衣服。

　　興沖沖走過去，把每一件衣服都仔細查看一遍，周春紅禁不住傻眼。這堆衣服不是透明薄紗短裙，就是三點式比基尼，甚至還直接掛著各種內衣內褲。

　　周春紅呆若木雞，看著一屋子的暴露服裝，不知如何是好。

　　助理大力敲門：「小姐，換好沒有，我們都等著呢。」

　　「哦，馬上，馬上。」周春紅支支吾吾。

　　左挑右選，終於選了一件相對保守的吊帶睡衣。穿著這件清涼薄紗，周春紅顫顫巍巍地走到背板前。看看張總監，又看看那個小助理，本能地抱住了自己的手臂。

　　「別緊張，盡量放鬆，我們正式開拍。」張總監拿著相機，鏡頭對準周春紅。

　　「姑娘，將胸挺起來，屁股翹起來。」

　　「來，嘴巴微微張開，舌頭舔一下嘴唇。」

　　張總監一邊按快門一邊指揮周春紅做出各種挑逗姿勢。周春紅有些彆扭地擺出POSE，裙子太短太透明，每做一個動作，都不得不伸出手去拉扯身上的睡衣。

　　張總監見狀，連連搖頭：「小姐，這樣不行，太拘謹。你得放開自己，嗨起來。來，把吊帶脫下來，露出整個肩膀。」

周春紅一臉糾結，沒有動作。張總監忽然走上前，粗壯的手放在周春紅的肩膀上，大力拉扯著睡衣的吊帶。

「你要幹什麼！」周春紅大吼一聲，護著自己的肩膀向後退。

「你裝什麼純情！」張總監也被激怒，「不露不脫，哪家網路商店會請你？你他媽要是真純潔，何必到這裡來！」

周春紅像被電擊一般，臉上青一陣白一陣，終於，下定決心：「老娘不幹了！」

說完，轉身跑進更衣室，以最快速度換好衣服。顧不得張總監驚訝的表情，頭也不回地跑出攝影棚。

「這麼快就拍完了？」卓兒看見周春紅，好奇地問。

周春紅不說話，一把抓住卓兒的手，不由分說衝出去。

「怎麼了？發生什麼事了？」卓兒追問，周春紅還是不吭聲，她使勁咬著自己的嘴唇，身體因為激動微微顫抖。

「說啊，發生了什麼事情？」卓兒急了，一把抓住周春紅的手臂。

周春紅只是搖頭，說不出一句話。

「叮」的一聲，電梯門打開。周春紅無頭蒼蠅般地衝進去，在電梯門關閉的一剎那，淚水忽然決堤。

卓兒見狀，一把將她摟在懷裡，輕輕拍著她的背。

卓兒想，也不用再問為什麼，出來社會打拚，誰沒有委屈痛哭的時候？

躲在卓兒懷裡，周春紅哭得一把眼淚一把鼻涕。她像老太太般嘮叨：「為什麼……為什麼我們總是被人欺負、被人看不起？」

7.

　　微信公眾號順利透過審查，卓兒取名「卓越娛樂」。

　　卓兒第一時間將 QR Code 傳給朋友圈，邀請朋友共襄盛舉。

　　「啊，卓兒，真時髦，這個玩意兒用來幹什麼？」朋友給她按讚。

　　「卓兒，過得怎樣？寫這個公眾號是你的業餘嗜好嗎？找到新工作了？可憐我現在還在失業。」昔日同事向卓兒訴苦。

　　「卓兒，恭喜。順便告訴妳一個好消息，報社即將徹底停刊，從社長到中階主管全都失業。呵呵，他們和我們這些新聞勞工一樣的下場。對了，你們的部門主任錢蔓過得不爽，聽說正在鬧離婚。」另一個同事向卓兒透露報社近況。

　　卓兒眼前又浮現出錢蔓那張趾高氣揚的臉。風水輪流轉，不可一世的女王也會過得不爽？「叮叮」，又有微信留言。點開，是周春紅：「偉大的趙卓兒女士，期待你用你的娛樂征服整個世界，當然，最好征服一個年輕多金高顏值的老公！」

　　看著這條留言，卓兒忍不住笑。這是她失業以來，少有的快樂時刻。

　　卓兒發現，自己人生中許多重要時刻都有周春紅的陪伴。她習慣把喜怒哀樂和周春紅分享，這個心直口快的女子儼然已經成為自己生命歷程的見證者。

　　百感交集間，卓兒點開公眾號編輯後台。這是一個全然陌生的圖文編輯系統，卓兒腦子裡浮現出報社的發稿系統。

　　記者趙卓兒一天中最快樂的時光，就是坐在電腦前，將寫好的報導上傳系統。

　　傳完稿，不會像其他記者那樣著急離開。她會不斷更新，追蹤稿件的處理進度。被編輯點閱查看了，被編輯修改了，被簽發上欄了，被放到版面上了。

最後點開大樣看看，嗯嗯，不錯，上了頭條。放心啦，明天報紙上見。

卓兒以為，離開報社，就失去那份守著電腦追蹤稿件的快樂。哪知，一個小小的自媒體平台又讓她體會到了「昨日重現」的樂趣。

在這個平台上，她擁有絕對的支配權。不必擔心寫好的稿子無法見報，不必擔心一篇千字大稿被刪減成百字簡訊。在「卓越娛樂」，她，趙卓兒，是記者、是編輯、是主編、是總編甚至還是社長。

說幹就幹。卓兒將那篇《馮妮妮著比基尼與羅雲東酒店相會》再度進行擴寫，加上對羅雲東的精彩採訪。

後台編輯完畢，按下「群發」鍵的一瞬間，忽然猶豫。後台顯示，這篇報導有兩千多字，這要是刊登在報紙上，足足半版。

這就是你的第一篇公眾號文章？真的滿意？沒有遺憾？卓兒一迭連聲問自己。

「不行！」斬釘截鐵，否定自己。

網路時代，讀圖時代、影像時代，誰會有閒功夫看這那些長篇累牘的文字？讀者要的是直接、直觀、酸爽、勁爆。

圖片、圖片，只有圖片才能緊緊吸引讀者的目光！

一咬牙，卓兒推倒重來。刷刷刷，先忍痛把文字刪減到千字以內，再調出所有偷拍照片，能用的，全用。

認真為每一張照片配上詳細的圖片說明，讓圖片完整呈現整個過程。

一個多小時後，一篇圖文並茂的文章閃亮登場。

嗯嗯，這才是自媒體文章正確的打開方式。卓兒深吸一口氣，輕輕按下「群發」按鈕。

雕塑一樣守在電腦前，不停更新頁面，追蹤點閱和按讚數。

位於文章左下角的數字顯示區，時刻刺激著卓兒的中樞神經。每一次數字的變化，都能激起她新一輪的心潮澎湃。

點閱數從個位攀升到十位，八分鐘。

十位攀升到百位，十五分鐘。

百位攀升到千位，三十五分鐘。

千位攀升到萬位，八十四分鐘。

卓兒目不轉睛盯著數字，1萬+、2萬+、3萬+……當天晚上11點，5萬+。

5萬+，什麼意思？這可是一份報紙在主城區的發行量，還得是報業巔峰時期！

卓兒在狹小的出租套房裡踱步，極度興奮，大腦有了缺氧般的恍惚。忘記了時間、忘記了困頓的現狀，滿腦子只有星光熠熠的「5萬+」。

微信有一條語音留言，周春紅激動的聲音鞭炮般炸響：「卓兒，妳太棒了，妳那篇文章已經在我的朋友圈洗版了。

趕快去看，現在『馮妮妮羅雲東』已經登上微博即時熱搜第一名！卓兒，妳太偉大了，一炮而紅！」

卓兒立刻登錄微博，可不是嘛，即時熱搜第一名，赫然顯示「馮妮妮羅雲東」。再用網頁搜索「馮妮妮羅雲東」，幾十個頁面全部是卓兒的報導。

呵呵呵呵，卓兒對著電腦螢幕一陣傻笑。誰能想到，失業小女子竟能做出轟動網路的大新聞？

網路時代讓一切皆有可能。羅雲東，你說的沒有錯。

「卓兒，我忽然想到一件事，你把馮妮妮和羅雲東這件事搞得眾人皆知，他們會不會找你麻煩？特別是羅雲東，那可是個狠角色。」周春紅微信留言。

閨密就是閨密，永遠站在你的角度為你考慮。

卓兒同意周春紅的判斷。但，那又怎樣？

當了這麼多年記者，報導過許多負面新聞，當事人的惡劣表現卓兒早已司空見慣、見怪不怪。

曾經有人在電話裡破口大罵，也有人跑來報社要給她點「color see see」，更有人窮凶極惡，揚言花十萬買她一隻手掌。

　　卓兒記憶中，因為負面報導收到律師信，不下三次。起初，卓兒也會憤怒、委屈乃至害怕，時間一久，慢慢發現，只要負面報導證據確鑿、細節真實，當事人的叫囂不過虛張聲勢、故作姿態。

　　馮娓娓、羅雲東，你們會來找我麻煩嗎？最好來，越快越好，我正愁沒有後續報導可寫呢，呵呵。

　　夜裡12點，卓兒進入夢鄉，手機鈴聲大作。翻了個身，睜不開眼，鈴聲卻一直執著。無奈，只能摸索著在黑暗中按下通話鍵。

　　「趙卓兒，你幹的好事！」手機那頭，傳來一個男人憤怒的聲音，馮娓娓的經紀人大牛。

　　「我不就是讓你去捧個場，給娓娓做點小宣傳嗎？不是都跟你說了，發不發稿無所謂，你去捧個場就OK？哪知道你竟然給我搞出這麼大件事情來。你要我怎麼向公司交代？我現在正式通知你，你這篇報導完全與事實不符，你等著法庭上見吧！」

　　這類場面，趙卓兒一點不陌生。法庭上見？我寫的一字一句全部有照片為證，你拿什麼告我？

　　雖然心如明鏡，卓兒還是平靜以對：「大牛哥，您消消氣，別激動。我那篇報導足夠客觀，不過是把當天晚上看到的詳細寫出來而已，絲毫沒有冒犯馮娓娓的意思。這篇報導影響很大，馮娓娓已經成為熱搜話題。她這麼多年一直乏人問津，這樣被大眾關注，恐怕還是第一次。您不覺得，這是一次絕佳的宣傳機會嗎？」

　　電話那頭，大牛的聲音更急了：「宣傳？我的姑奶奶，妳太抬舉她了。這個馮大小姐是我們公司出了名的老頑固，腦袋裡除了唱歌，其他事情全都不care。當她的經紀人也算是倒了八輩子的霉，一直半紅不黑，現在好不容易出了個大新聞，別的小明星說不定暗自開心呢，她倒好，跟我急得好像被

扒了祖墳。哼,看她平時假清高,跟朵白蓮花似的,沒想到,私底下還有這種手段,竟然跟羅雲東搞到一起。呵呵,這次我可看走了眼。」

哦?聽聞大牛這番話,卓兒頭上豎起兩根天線,迅速捕捉神秘電波:「她是這種個性的人啊,那可真是娛樂圈裡的白蓮花。不過,她跟羅雲東的事情我是在現場親眼看見的,一直納悶,她這樣的小明星,怎麼跟羅雲東搭上線呢?」

「她不是去美國學唱歌嗎?」大牛脫口而出,意識到自己說漏了嘴,立刻換了副嚴厲腔調,「好了,我也不在這裡跟妳胡鬧,反正這次妳的報導把羅雲東牽涉進來,那可不是一個好對付的人物,妳就等著看他怎麼收拾妳吧。」

羅雲東?等著看他怎麼收拾我?切!我又沒做假新聞,天王老子也不怕!

趙卓兒把手機扔在枕頭邊,翻了個身,繼續睡她的回籠覺。

第二天,趙卓兒繼續投入「卓越娛樂」。剛剛打響第一炮,乘勝追擊,不能有絲毫懈怠。

今天寫什麼?卓兒睜開眼就在問自己。

「馮妮妮、羅雲東」事件正在發酵,作為始作俑者,她必須繼續報導。但是,除了網友的留言以及大牛的通話,她沒有任何新的消息。

卓兒在悶熱的出租套房裡發愁,身後忽然響起敲門聲。

「誰呀?」

沒有回應,但敲門聲持續。

卓兒狐疑地打開門,一個身材高挑消瘦的女子站在門邊。頭上戴一頂寬簷草帽,帽簷下垂下來,遮住上半張臉。

偏偏鼻子上還架著一副巨型墨鏡,下半張臉也已隱形。

女子身上穿著一件黑色連身裙，柔軟的桑蠶絲布料讓她的身材越發單薄脆弱。女子身邊有一個大號行李箱，銀灰色，上面貼滿各個航空公司的託運標籤。

「妳是趙卓兒？」女子開口發問，聲音輕柔，不帶任何情緒色彩。

趙卓兒點點頭。「妳是？」

「我是馮妮妮。」女子說完，摘掉墨鏡，露出一雙大大的眼睛。

這是一雙黑白分明、清澈見底的眼睛。這雙眼睛安靜地注視著趙卓兒，眼光裡全是戒備和警覺。

狹路相逢。

趙卓兒一咬牙，側身：「您請進。」

馮妮妮也不推辭，拖著行李箱徑直走了進來。摘下頭上的草帽，一頭如海藻般漆黑濃密的長髮垂下來，柔順地垂在腰際。

馮妮妮的眼睛在房間裡打量一番後說：「昨天那篇文章是妳寫的？」

卓兒點頭，卻沒有開口說話。應付這種場面她有經驗，得先弄清楚對方的來意，才能決定自己的對策。

「妳為什麼要那樣寫我？」這是一句聲討的話，但是從馮妮妮的嘴裡說出來，卻平靜淡然，「妳寫我也就罷了，妳為什麼把羅雲東也拉進來？妳知道嗎，妳這樣寫，會為他造成多大的負面影響？」

到了不得不說點什麼的時候。卓兒張開嘴，字斟句酌：「我，我只是把我看到的寫出來。我不知道會給您帶來這麼大的困擾。」

最後這一句，卓兒說得違心。娛樂記者多年，她當然知道一篇負面報導能給藝人帶來怎樣的影響。

「妳看到了什麼？妳看到的又能說明什麼？妳這樣不負責任地報導，歪曲事實。妳以為我和娛樂圈那些急著上位的女孩一樣，必須用身體去換取資源？」馮妮妮的情緒開始變得激動，一雙大眼睛因為情緒變化特別明亮。

「馮小姐，我沒有歪曲事實。我確實在那個花園裡看到你撲在羅雲東身上哭泣，我也確實看到妳和他最後走進了酒店。」卓兒的情緒也激動起來，聲音提高，語速加快。

「妳看到的就是事實嗎？妳知不知道，我已經和羅雲東整整五年沒有見面。我到這個城市來參加商業活動，才想著和他聯繫。我邀請他來看我的演出，但是他沒有準時出現。我還以為他不會來了，結果，在那個花園小路上就看到了他。我是那麼驚喜，百感交集，所以才會流淚、才會撲到他的懷裡。我沒有想到，你竟然躲在暗處，把我們寫得那麼不堪。」

馮妮妮的一雙大眼睛死死盯著卓兒，眼睛裡燃燒著兩團怒火。

「馮小姐，妳和羅雲東先生都是公眾人物，一個是娛樂圈的歌手，一個是財經圈的大人物，大家都以為你們毫無交集。但是你們卻忽然在一家酒店裡親密相擁，這不得不讓大家誤會。」卓兒挺直了脊背，勇敢地迎接馮妮妮的目光。

「毫無交集？我在美國讀書時就認識羅雲東。後來我先回國，沒過幾年他也回國，我們雖然很少見面，卻總是保持著聯繫，我們的友誼延續多年，你憑什麼因為一個擁抱就把我們的關係想像成那樣？說我們進了酒店房間，沒錯，我們多年不見，要找個敘舊的地方，妳也說了，我們是公眾人物，總不能站在大廳裡說話吧？我提議到我酒店的房間裡坐一坐、敘敘舊，你覺得有什麼錯？難道一男一女獨處，就一定有見不得人的事情發生？」

馮妮妮激動地在房間裡走來走去，她環抱雙臂，一頭黑髮在腰際不停晃動。

卓兒不得不佩服，馮妮妮是一個有教養的好姑娘。雖然情緒如此激動，還是保持了起碼的禮貌和尊重。

「那，怎麼辦？我能做些什麼補償妳嗎？」

卓兒的話讓馮妮妮的情緒稍微緩和，她停止來回移動的步伐：「妳得發一篇聲明，說明妳的那篇報導不符合事實。」

聞聽此言，卓兒把頭搖得像撥浪鼓：「這不是一個好辦法。我的報導，照片拍得一清二楚，您的一舉一動都被真實地記錄下來。讀者先入為主，已經形成既定判斷。現在我忽然發一篇聲明，說這個報導虛假，您站在讀者的角度想想，他們會相信嗎？這樣做，只會給人此地無銀三百兩的感覺。」

「那……那怎麼辦？我總不能放任流言滿天飛吧？」馮娓娓茫然。

「相信我，讀者的記憶都是短命的。一個娛樂頭條的存活時間只有24個小時，24個小時之後，民眾的注意力就會轉移到新的娛樂新聞上。所以，您真的不必把這件事情放在心上。」卓兒嘴上這樣說著，心裡卻想，藝人們不都靠這些真假新聞維持關注度嗎？為什麼你這朵白蓮花就是不開竅？

馮娓娓詞窮，大眼睛裡滿是困惑。此時，手機鈴響。一看號碼，立刻接聽，一邊聽還一邊飛快地看著手錶。「好的，好的，我馬上出發去機場。」

卓兒心下一喜，白蓮花終於要閃人。

「馮小姐，您是不是航班要到站了？那還是先去機場吧，市區容易堵車，別錯過了航班。關於這篇報導，我們還可以溝通，大牛有我的聯繫方式，您隨時可以聯繫到我。」

馮娓娓看了看卓兒，又看了看錶，無奈地推著行李箱走了出去。

關上房門的一瞬間，卓兒長舒一口氣。從口袋裡拿出手機，停止錄音。忽然想到什麼，立刻衝到窗戶前。

謝天謝地，馮娓娓站在街上，招手招計程車。卓兒立刻舉起手機，刷刷刷，將馮娓娓拍進照片。

卓兒用手掂了掂那台破敗不堪的蘋果手機，這是當初為了方便採訪忍痛買下的二手貨。沒有想到，它居然發揮巨大作用。這下好了，錄音、照片全都搞定，今天的公眾號又有爆炸性新聞啦。

8.

《馮妮妮現身：我和羅雲東相識於美國》，「卓越娛樂」下午 6 點推播。

這是自媒體推播的最佳時機。大多數上班族在這個時候已經結束一天工作，回家的路上總有一段無聊時光，翻翻自媒體，看看朋友圈，是大多數人的選擇。

文章依然圖文並茂。卓兒把馮妮妮踏進家門的一舉一動、一言一行詳細描述。文中還 PO 上馮妮妮在出租套房樓下攔車的照片，鐵證如山，白蓮花確實找上門來啦。

卓兒一動不動地坐在電腦前，關注著頁面左下角點閱數字的變化。今天的推播將達到怎樣的閱讀量？會突破昨天的紀錄再創新高嗎？疑問縈繞心頭，情緒猶如雲霄飛車，起起落落、忐忑不安。

唉，自媒體這玩意兒可真是不好玩，其中的酸甜苦辣、焦慮糾結，外人根本無從體會。

手機鈴響。趙卓兒心下一驚，難道又是馮妮妮殺上門來？

卓兒果斷接聽，卻是周春紅。「快，快看電視，財經頻道，羅雲東老婆張嘉雅接受採訪，正在談妳的那篇文章。」

卓兒立刻打開落滿灰塵的電視機，轉到財經頻道。電視畫面中，一個面容華貴、衣著優雅的女子對著記者侃侃而談，螢幕旁一行字幕：羅雲東妻子張嘉雅。

「我相信，昨天大家都在自媒體裡看到了那篇文章，關於羅雲東和這位歌手的不恰當舉動，作為妻子我十分痛心。他背叛了我們的結婚誓言，背叛了我們的婚姻，是婚姻的過錯方。今天我和律師進行溝通，我們會向法院申請，重新調整財產分割比例。我要求獲得的股份會由之前的 5% 提高為 10%！」

此語一出，卓兒禁不住叫好。

沒想到，這場備受關注的離婚大戰竟然會和自己的公眾號扯上關係。你們的官司打得越激烈，我的公眾號影響就越巨大。來吧，相互折磨吧，這可是千載難逢的好機會。

電視新聞開始對張嘉雅進行背景介紹。她是著名投資家張石軒之女，雖生在金融世家卻從小酷愛鋼琴，在音樂上造詣頗深。

20歲就獲得維也納鋼琴演奏大賽金獎，被國外媒體譽為鋼琴公主，擁有一雙「被上帝親吻過的玉手」。

聽到這段說明，卓兒的視線不由自主地移到張嘉雅的手上。奇怪，盛夏時節，她的手上卻戴著一雙長及肘部的蕾絲白手套，不怕熱？

轉念一想，也不奇怪，鋼琴演奏家的手多寶貴啊，李雲迪不就為自己的雙手投保上億元？戴上手套隨時保護，情理之中。

「叮叮」，手機提示音。號碼陌生，電話號碼區域為北京。卓兒有些納悶地點開簡訊，卻只有四個字——「你真卑鄙！」

對方沒有留下名字，直覺告訴卓兒，這是馮妮妮。她甚至能想像得出，馮妮妮發出這條簡訊時，蒼白的臉上會有怎樣的憤怒和委屈。

原本，馮妮妮可以打電話來，將卓兒罵個狗血淋頭。

但她沒有。短短四個字，飽含她對趙卓兒的強烈憤怒和極度鄙視。

「你真卑鄙！」這四個字猶如一道寒光，「哧」地一聲鑽進卓兒的身體，摧枯拉朽、直達心臟，頃刻間傷人於無形。

「我卑鄙嗎？」卓兒的嘴角浮出一記苦笑。

馮妮妮，你怎麼能瞭解底層小人物的悲哀？如果你和我一樣，無依無靠，獨自在大城市打拚；如果你一夜之間失去工作和男友，你就會明白，在汪洋大海中求生是什麼滋味。

別說一個救生圈，哪怕一根稻草，也會緊緊抓住、不肯鬆手。

現在，「卓越娛樂」就是救生圈，你和羅雲東的緋聞就是那根救命稻草。

中心商業區辦公大樓，第 20 樓，「愛購網」總部，羅雲東辦公室。

羅雲東雙眉緊鎖，眼睛死死盯著電視上的張嘉雅。這個容貌豔麗、侃侃而談的女子，真的是共同生活了七年的枕邊人？

張嘉雅面帶笑容、輕描淡寫地宣布，她將申請重新調整財產分割比例，由之前的 5% 提高為 10%。

「刷」地一下，羅雲東從椅子上站起來。

10%？他不相信自己的耳朵，反問旁邊的律師：「這就意味著，如果輸掉這場離婚官司，我在『愛購網』的股份，將由 50% 被稀釋為 40%？」

律師點頭。

CEO 唐毅輕聲提醒：「即使這樣，你依然是最大股東，享有公司的控股權。」

羅雲東的眉頭皺得更深，環抱雙臂，低聲說：「我已經同意將所有的存款和房產給她，這等同於淨身出戶。卻沒想到，她真正想要的，是『愛購網』的股份。當初，張石軒的『石軒基金』注資，稀釋 20% 的股份。現在如果張嘉雅再拿走 10%，他們父女倆的股份就達到 30%。要在公司攪局，易如反掌。」

唐毅走到羅雲東身邊，安慰道：「雲東，我們可以仔細研究應訴方案，最大程度保住你的股份。」

唐毅是羅雲東從小一起長大的朋友，又是一起創業的公司元老，甚至還是他和張嘉雅的介紹人。兩人之間，不僅僅是董事長和 CEO，更多的是朋友和知己，相互信任、彼此扶持。

「有什麼建議？」羅雲東看了看唐毅，又看了看律師。

律師先開口：「對方之所以提高賠償金額，最主要的一點是，他們抓住了你和那個歌手的……酒店事件，如果你被認定為過錯方，財產分割對你十分不利……。」

律師還沒有說完，就被羅雲東打斷：「那個歌手？你是說馮娓娓？你也認為我和她是在酒店偷情？」

　　「這個……，」律師有些為難，說得委婉，「起碼，給外界造成的印象是這樣。所以，當務之急，要對那天晚上你和這個歌手的行為做出合理解釋。證明你沒有婚內出軌，沒有過錯。」

　　「我該怎麼做？」

　　「最好是和歌手一起，給民眾一個交代。當天為什麼會在酒店相會，為什麼會做出那些讓人誤會的親密舉動？只要你能證明清白，我們就能變被動為主動。」

　　羅雲東用手托住下巴，認真思考：「站出來解釋，我沒有任何問題。但是這樣做，對娓娓將是一種傷害……不行，不能這樣。」

　　律師有些為難地看著羅雲東。

　　羅雲東揮揮手：「再想其他辦法。」

　　辦公室剩下羅雲東和唐毅。羅雲東走到落地玻璃窗前，俯視夕陽西下的城市。

　　下班尖峰時間，擁擠的車輛、雜沓的人群，一派繁忙喧囂的市井風情。芸芸眾生，每個人都在自己的命運裡忙碌奔波、輾轉飄零。

　　他喜歡高樓層的辦公環境，這讓他擁有一種居高臨下、俯視眾生的優越感。

　　沒有人會知道，他的內心深處是多麼厭惡那種被壓迫在社會最底層，無助、絕望的心境。

　　落地玻璃窗倒映著他的身影，高大挺拔的身材、英俊帥氣的面容，他是這個城市的成功者，是眾人仰慕的網路英雄。

　　卻無人知曉，他為了得到這一切，付出怎樣慘痛的代價。

「啪」的一聲，一支鉛筆被羅雲東折斷。斷裂的筆芯刺入手指，血湧出來，落在白色襯衫上。

將滴血的手指送進嘴裡，輕輕吸吮，滿嘴甜腥。

「沒有想到，你和嘉雅會鬧到這個地步。」唐毅痛心地看看羅雲東，「畢竟，你們夫妻一場，這樣的結局讓人唏噓。」

「樹欲靜而風不止。」羅雲東的視線轉向天邊，殘陽如血，「張嘉雅做得這樣狠、這樣絕。我和她前世，一定存在一種剪不斷、理還亂的孽緣，不然，今生今世不會彼此折磨、彼此傷害。」

唐毅嘆氣：「不瞞你說，我現在後悔，當初真不該介紹你們認識。」

──七年前，夏夜，音樂學院畢業的唐毅參加酒會，硬拉著羅雲東一同出席。

羅雲東本不想去，回國創業面臨前所未有的困境，每天思索的是如何為「愛購網」尋找到新的融資，哪有心思把酒言歡？但唐毅一番遊說，卻讓羅雲東改變了主意。

「這個酒會如果不去，你肯定後悔。我在音樂學院有一位小學妹叫張嘉雅，剛剛獲得維也納鋼琴演奏大賽金獎，這次酒會就是為了慶祝她得獎而舉辦的。學妹是個鋼琴天才，而且，人也長得漂亮。我看你最近心情不好，也該出去散散心。一張一弛是文武之道，你整天繃著臉，對公司對自己都沒有好處。哦，對了，張嘉雅的父親就是著名的投資人張石軒，你的『愛購網』現在不是資金鏈斷裂嗎？正好啊，去認識一下這位資本大鱷，說不定能絕處逢生。」

美國打拚多年，羅雲東也算見過世面，但是酒會的奢華程度還是超出他的想像。

張嘉雅穿一件高級訂製落地晚禮服，裙襬上點綴99朵人工刺繡的玫瑰。雲鬢高聳、全套卡地亞鑽石耳環項鏈，宛如童話裡走出來的公主。

羅雲東並不喜歡熱鬧喧囂的場面，找了個安靜的角落，端一杯紅酒，腦子裡卻思考著如何讓公司起死回生。

滿場應酬的張嘉雅注意到了羅雲東。這個男人好特別，身形高大挺拔，穿著卻極為低調。不過是白襯衫、黑褲子的普通裝扮，卻自帶磁場、讓人側目。

國字臉，希臘雕塑般立體。眉毛皺在一起，心事重重。

男子身上這種冷峻憂鬱的氣質，和酒會熱烈的氣氛格格不入，鶴立雞群。

張嘉雅向羅雲東走來，唐毅挽著羅雲東，見張嘉雅走近，急忙介紹：「學妹，這就是我之前告訴過你的神秘嘉賓，史丹佛高材生羅雲東。」

張嘉雅主動向羅雲東伸手，羅雲東冷峻的神情舒緩下來，伸出手，和美麗的女子輕輕一握。

羅雲東的手如此溫暖柔軟，張嘉雅的指尖微微顫動，凝視他的眼神有了光。

唐毅繼續向張嘉雅介紹：「我這位哥們兒可是難得一見的精英，從史丹佛大學畢業，在矽谷創業成功，然後轉去華爾街工作，現在回國創立了電子商務平台。他的夢想就是，有朝一日能夠回到紐約證券交易所，為自己的企業敲鐘上市。」

張嘉雅對唐毅的介紹很感興趣，忍不住發問：「唐學長，你是學音樂的，怎麼會認識羅先生這樣的商業精英？」

「我們是從小一起長大的朋友啊。」唐毅摟著羅雲東，滔滔不絕，「我和雲東出生在同一個廠區，他爸爸和我爸爸是一個工廠的工人，他媽媽是我們廠工會的宣傳幹事。從小到大，我們一起上幼稚園、一起上小學、國中、高中，我們兩人好得，簡直有點『基』情無限。」

唐毅的講述讓張嘉雅忍俊不禁。她對著羅雲東露出甜美的笑容，舉起酒杯，聲音動聽：「羅先生，歡迎你參加我的酒會，也祝你創業成功，早日去華爾街敲鐘。」

羅雲東和她碰杯，臉上有了一絲笑容。這轉瞬即逝的笑容，讓張嘉雅心裡蕩起一圈漣漪。她痴迷地看著羅雲東的臉，這世間，竟有如此優秀出眾的男子。

　　不斷有客人走過來，張嘉雅禮貌得體地應酬，但一雙眼，卻始終留在羅雲東身上。

　　終於有了機會，張嘉雅湊到唐毅耳邊：「你那位史丹佛同學好特別，結婚了？還是有女朋友？」

　　說完，張嘉雅用手撩了撩長髮，掩飾緊張。

　　「這小子可受女孩子喜歡了，上國中就有女同學遞紙條，到了高中更是被我們的校花瘋狂追求。不過，他眼光高，一心想要考大學出人頭地。聽他媽媽說，他直到大學畢業才開始交了第一個女朋友。」

　　「那女孩漂亮嗎？家裡有錢嗎？」張嘉雅急切地問。

　　看著張嘉雅的失態，唐毅似乎明白了什麼，他向面前的公主耐心地解釋：「不過，這都是以前的事了，聽說他和他的初戀女友很早就分手了。現在雲東整天為了創業焦頭爛額，哪有閒功夫談情說愛。」

　　一顆懸著的心落了地，張嘉雅的情緒變得愉悅：「我這段時間正想放鬆，改天，約他出來聚聚？」

9.

　　周春紅有句口頭禪：「不開心嗎，走，買打折商品去！」

　　在周春紅的心裡，這個世界上還沒有什麼悲傷是一件打折商品治癒不了的，如果有，那就再買一件！

　　「妳還宅在家？趕快出來！」周春紅打電話給卓兒，聲音亢奮，環境嘈雜。

　　卓兒情緒低落，沒好氣地問：「什麼事啊，難道又要去面試模特兒？」

　　「切，少提我的傷心事。告訴妳，妳現在不出來，肯定後悔一輩子……。」周春紅話還沒有說完，一陣嘈雜的人聲就把她的聲音淹沒。「哎，別擠、別擠，大媽妳別推我啊，別推我……，」電話裡傳來周春紅的嚷嚷。

　　「怎麼了？發生什麼事？」趙卓兒擔心。

　　「萬千商場正在限時促銷，好多牌子的衣服最低一折，妳上次看中的那件白色連身裙也在打折之列，一折，40元！來不來就看妳自己了，反正人家促銷只有兩個小時，過了這個時間立刻恢復原價。」電話裡周春紅上氣不接下氣。

　　萬千商場，白色連身裙？趙卓兒眼前立刻浮現出那件白色的、有著優雅皺摺的連身裙。

　　幾個月前，和周春紅逛萬千商場，卓兒第一眼就相中了這條裙子。在周春紅的慫恿下，她去試衣間換在身上。

　　卓兒簡直不敢相信自己的眼睛。小新月領，讓脖子立刻挺拔修長；收腰設計，把腰部勾勒得性感嫵媚；滿是皺摺的裙襬，輕輕旋轉，竟然有著公主般的優雅浪漫。

　　卓兒雙眼發光，這條裙子簡直就是為自己量身訂做。

　　趕緊查看衣服上的吊牌，我的天，竟然要 400 元！太貴了太貴了，卓兒的激情瞬間熄滅。

心情沮喪地將裙子換下，離開時還一步三回頭，猶如告別初戀。

周春紅不斷鼓吹她買下來：「千金難買心頭好，難得有一件妳穿起來好看的裙子，即使不為自己想想，也得為妳們家栗遠星想想啊，人家好歹也是帥哥一枚，妳怎麼樣也得打扮一下自己，別讓他沒法把你帶出去見人。」

卓兒思考了半天，輕輕搖頭：「算了，算了，400元夠我們倆一個星期的花費。妳懂什麼，我們是真愛，看重的是彼此的靈魂。」

周春紅沒好氣地一歪嘴：「算了吧，靈魂長什麼樣，能穿在身上吃進肚子裡嗎？裝什麼裝……不過呢，妳嫌貴捨不得買，可以理解。畢竟勤儉節約是我們中華民族的傳統美德，這樣吧，我幫妳盯著，如果哪天打折，第一時間通知妳。要相信自己，如果妳和這條裙子有緣，就一定會等到買得起的那一天！」

周春紅沒有食言，裙子果真打折，而且僅僅40元！怪不得周春紅外號「折扣天后」，只要是商場、小店、餐館，就沒有她不知道的打折訊息。

有這樣的閨密，真是上輩子修來的福氣。

卓兒以最快速度趕到萬千商場。商場中庭萬頭攢動，各個折扣花車前擠滿興奮的顧客。

卓兒努力在一群婆婆媽媽中搜尋，不料背後被人輕輕一拍，回頭，正是周春紅。

她將手中購物袋推到卓兒懷裡：「拿去，早幫你搶下了，沒看到這些婆婆媽媽有多兇猛嗎？妳這個時候才來，裙子早被人搶光啦！要知道，只要是漂亮又便宜的衣服，哪有女人會捨得留給別的同類呢？」

卓兒打開購物袋一看，正是她日思夜想的白裙子。將裙子取出來，拿在手上裡裡外外地檢查，完好無損、毫無破綻。

卓兒還是不敢相信，這樣一條品質完美的裙子，竟然會從400元直接折到40元？

「你整天宅在家，當然不知道外面的世界。」周春紅一本正經地講解：「現在大家都在網路上買便宜貨，誰還去商場買這種貴得離譜的衣服？別看這些大商場表面看起來富麗堂皇，私底下的經營狀況都不景氣。特別是像萬千商場這種，顧客本來就以家庭主婦為主，貴一分錢都乏人問津。聽說啊，這個商場馬上要關門，現在是關門前的跳樓大拍賣，老闆都不想賺錢這回事，只要把本錢拿回來，那就謝天謝地。」

「可以啊，妳！」卓兒輕輕推了一下周春紅，「怪不得你叫『折扣天后』，這世上就沒有妳找不到的便宜貨。」

卓兒興沖沖拿著裙子去結帳。等待結帳的人多，收銀台前排起長龍。

站在長龍最末段，百無聊賴，四下打望。忽然覺得排在前面的女人很眼熟。那頭染成深棕色的波浪捲髮，那條有著經典格紋的Burberry連身裙甚至是那個夾在腋下的LV小單肩包，何等熟悉。

卓兒脫口叫出了她的名字——錢蔓。

前面的中年女人應聲回頭，果然是她，都市報主任、那個渾身優越感的闊太錢蔓。

這是卓兒離開報社後，第一次見到錢蔓。看著那張久違的臉，卓兒詫異，怎麼才幾個月，錢蔓就像老了好幾歲？

錢蔓素顏，沒有化妝，皮膚暗沉油膩。臉上的肌肉過早鬆弛，在嘴角形成一道深深的法令紋。眼睛呈八字形倒垂，早已沒有了目空一切的飛揚，渾濁的眼睛，滿是哀怨。

卓兒視線朝下，看到錢蔓手上提著的購物袋，碩大的英文SALE，異常刺眼。

在這樣的情形下與卓兒邂逅，錢蔓不但意外，還有著難以掩飾的尷尬。輕輕叫了一聲「卓兒」，勉強擠出一絲笑容，立刻沉默。

見卓兒盯著自己手上的購物袋，錢蔓下意識地把袋子朝身後藏了藏。憋了半天，吞吞吐吐地解釋：「剛巧路過這裡，看著熱鬧，也就隨便買點。」

卓兒點頭，忽然想起什麼，急忙問：「現在報社還好？」

錢蔓的眼睛越發暗淡，輕輕地搖頭：「不好。下個月就停刊。我們這樣的中階主管，只多發了一個月薪水。哎，我在這個報社辛辛苦苦幹了十幾年，現在四十幾歲，正是上有老、下有小的年紀，工作說沒就沒，叫人怎麼活下去？」

錢蔓的話讓卓兒感到意外。曾幾何時，面對討要薪水的下屬，錢蔓是何等輕視不屑。

她不是口口聲聲宣稱，老公是大老闆、家裡住著大別墅、車庫裡停著兩輛BMW、兒子讀的是貴族學校？她不是責怪大家沒有提早為自己打算，不懂長遠規劃？為什麼此刻她說出的話，與當初那些老編輯老記者的抱怨如出一轍？

「錢蔓姐，你們家的經濟條件，不用擔心。」卓兒試探。

「唉！」錢蔓聞言，深深嘆氣，「家家有本難念的經。我，我已經和老公離婚……他的公司經營不善倒閉，還欠了一屁股債，我現在帶著兒子凡凡，什麼都得靠自己。」說到這裡，眼淚已經在錢蔓眼眶裡打轉。

短短幾個月，卻是滄海桑田。

「卓兒，還是你們年輕人好。」錢蔓看著卓兒，抬起手，幫她順了順垂下來的一絲亂髮，「人年輕，有希望，遇到困難也不怕，反正到最後都能跨過去。哪像我這樣的中年女人，沒有任何優勢可言，還拖著沉重的生活負擔。一點點變故，就讓我倒在地上爬不起來。」

錢蔓這個順頭髮的動作讓卓兒吃不消，她實在難以把眼前這個和善的中年女人和那個囂張跋扈的闊太太聯繫在一起。

卓兒輕輕扶住錢蔓顫抖的身體，安慰：「錢蔓姐，別擔心，船到橋頭自然直，老天不會不開眼。」

錢蔓嘆氣，以最快速度結了帳，輕輕說了句「再見」，迅速消失在人群中。

目送錢蔓，卓兒忽然惆悵起來。原來，生活對誰都很公平，那些曾經站在雲端的幸運兒，也會一個跟頭從雲端跌落在地上。而那些在地上艱難求生的人，也會在走投無路之際，迎來自己的柳暗花明。

那，還有什麼好抱怨的？趙卓兒，努力過好自己的日子吧，相信自己，只要努力就一定能在這個城市站穩腳跟、好好活下去！

「想什麼呢？」周春紅推了推卓兒，「那老女人是誰？我看妳們倆聊了好一陣子。」

「我們以前報社的主任，錢蔓。」

「哇，就是那個滅絕師太？她不是富婆闊太嗎，怎麼也到這種地方來搶打折商品？」

「所以啊，這就叫世事難料、滄海桑田。」

「切，還滄海桑田呢，少給我裝文藝。走，肚子餓了，吃飯。先說好了，我幫妳搶到裙子，你得請客。」

「沒問題，請妳去吃路口那家日本壽司吧。」

「算了吧，那家壽司店又貴又難吃，商場後面新開了一家拉麵店，全面8折，又便宜又好吃。」

「呀，真不愧是『折扣天后』，跟著妳就是能占便宜！」

張嘉雅和羅雲東的家是一棟三層樓別墅，名字很文藝，「雲雅」，各取夫妻二人名字中的一個字。

一樓客廳，異常安靜，只有英式落地鐘發出沙沙聲響。自從提出離婚申請，羅雲東就很少出現在這裡，偌大的三層樓別墅，只剩張嘉雅和幾個傭人。

張嘉雅幾乎忘記這是自己的家。在她眼裡，這棟別墅不過是由鋼筋水泥堆砌而成的建築物，帶著堅硬冷峻的工業氣息，住在裡面每個毛孔都是寒涼。

站起身，跟跟蹌蹌走向二樓臥室。樓梯處，傭人張媽從傭人房裡探出頭，察看客廳動靜。沒想到和張嘉雅四目相對。張媽一驚，縮頭，烏龜般退回房間。

　　張嘉雅習以為常，知道傭人害怕她，像躲避瘟疫一樣躲著她。面對張媽的窺探，張嘉雅從鼻孔裡哼了一聲，揚起下巴，走上樓梯。

　　二樓臥室，裝潢豪華，一塵不染。有不食人間煙火的高冷，不帶半點溫度。

　　四面八方的寂靜向張嘉雅襲來，耳朵因為太過安靜出現耳鳴。下意識地按住耳朵，不行，得有點聲音才好。

　　踱步到那台昂貴的音響前，伸手，按下「PLAY」鍵。

　　CD影片開始工作，房間裡立刻響起悅耳的鋼琴聲。

　　琴聲如泣如訴，是世界著名鋼琴演奏曲《夢中的婚禮》。

　　傳說，《夢中的婚禮》講述的是公主和衛兵雙雙殉情的故事。得不到的愛情最動人。

　　慢慢地，張嘉雅將手伸出來，想像面前是一台鋼琴，雙手隨著CD的音符輕輕移動，在一排並不存在的琴鍵上痴迷彈奏。

　　雙手的移動熟練而精準，每一個節奏和音符都與CD裡播放的樂曲高度吻合。沒錯，這首《夢中的婚禮》正是她演奏的。這是她七年前推出的第一張個人演奏專輯，在她剛剛獲得維也納鋼琴演奏大賽金獎之後。

　　閉起雙眼，陶醉在優美的樂曲中。那低回婉轉的旋律猶如一條河流，流淌過她生命中許多重要時刻。

　　──時光倒流，七年前。同樣是這首《夢中的婚禮》，但是彈奏它的卻是餐廳專為客人助興的琴童。

　　環境優雅的西餐廳，張嘉雅和羅雲東第二次見面，距離慶功酒會不過一週。

這次晚餐由唐毅出面邀請，只說是陪張嘉雅小姐放鬆心情，共度週末。

張嘉雅看著手錶，朝門口張望，神情焦慮。終於，按捺不住，問唐毅：「都過了半個小時，你那位史丹佛精英怎麼還沒有出現？」

唐毅也奇怪：「雲東是守時的人。不過，他的創業公司出了問題，最近焦頭爛額。等等吧，只要他答應，從不會食言。」

終於，羅雲東的身影出現在餐廳。張嘉雅驚訝地發現，日思夜想的男人竟然如此憔悴。面色暗沉，眼睛裡佈滿紅血絲，下巴上還透出一圈青色的鬍渣。

席間，唐毅說著各種笑話，極力營造愉快氣氛。羅雲東一直神情恍惚，愁眉不展。終於，唐毅放下刀叉，關切地問：「雲東，心情不好，出了什麼事？」

羅雲東眼睛垂下來，沉默。終於，用低沉的聲音說：「『愛購網』正式倒閉，創業失敗。這幾天正在處理各種善後事宜……。」

「哦……，」張嘉雅輕嘆一聲。看著羅雲東落寞的神情，張嘉雅忽然想要把他摟在懷裡，好好安慰一番。平生第一次，她有了想要擁抱一個男人的衝動。

晚飯之後，羅雲東急著離開。唐毅見狀，連忙說：「你順路，剛好可以送張小姐一程。」

張嘉雅一雙期待的眼睛望著羅雲東，終於，羅雲東點頭。

坐進羅雲東的車，張嘉雅異常興奮。不大的汽車空間，洋溢著男士古龍水的香味，那濃濃的、讓人心馳神往的香味。

一路上，張嘉雅不斷尋找各種話題，試圖和羅雲東聊天。羅雲東鐵青著臉，除了簡短附和，再無其他回應。

來到張家別墅前，張嘉雅悵然若失，期盼了好久的見面就這樣結束？下車前，張嘉雅終於鼓起勇氣：「羅先生，到我家坐坐？」

羅雲東面無表情，冷冷地拒絕：「不用，我有急事需要處理。」

羅雲東的車揚長而去。張嘉雅站在門口，臉色蒼白。生平第一次，她被拒絕。

咬著牙，心中升騰起強烈的不甘。從小到大，凡是她想要的，總會輕輕鬆鬆抓在手裡。羅雲東，你這個冷漠冷酷的男人，我不相信，我張嘉雅得不到你！

10.

　　當娛樂記者時，卓兒形容某個忽然竄紅的藝人，喜歡稱之為「一夜成名」。而現在，這個詞落到了自己頭上。

　　「卓越娛樂」透過馮娓娓事件一夜成名，推播一週，後台粉絲數破萬，累計點閱量「10萬+」。

　　這天清晨，卓兒接到陌生電話。對方自我介紹，一家4A廣告公司的宣傳經理。他們代理某品牌面膜，負責產品的經營銷售與宣傳。

　　「妳的自媒體這段時間異軍突起，點閱量大，而關注你這種娛樂自媒體的網友以25歲以下的女性為主，和我們這款面膜的目標客戶一致。所以，我們決定在你的公號投放一篇置入性廣告。」

　　卓兒興奮得差點把手機掉在地上。

　　對方見卓兒沒有回應，繼續問：「趙小姐，您願意就置入性廣告投放的相關事宜和我們進一步溝通嗎？」

　　「願意、願意。」卓兒連聲答應，像急切回答牧師提問的新娘。

　　「置入性廣告一千字，頭條位置，我們支付人民幣一萬元，您意下如何？」對方不急不緩，提到「一萬元」，特地加重語氣。

　　一萬元？卓兒不相信自己的耳朵，此時此刻，一萬元稱得上天文數字。

　　這一萬元可以幫助她支付房租、付清拖欠十幾天的電費、水費、天然氣費。她可以不用再去路邊攤，和工人們擠在一起吃便當。甚至還可以理直氣壯走進大餐廳，點上一兩個垂涎已久的「功夫菜」。

　　正在浮想聯翩，對方又重複問：「趙小姐，您在聽嗎？一萬元的價格，您意下如何？」

　　「哦，一萬元，好的，好的。」卓兒整個身體懸浮在半空，輕飄飄。

「那好，稍後我們的法務會聯繫您，簽訂合約。祝合作愉快。」對方說完，禮貌地掛斷電話。

這就定了？寫了一週公眾號，收獲點閱量 10 萬+，然後廣告商上門，一萬元廣告敲定。

卓兒將整個過程仔仔細細回憶一遍，咬了下手指頭。

嗯，很疼，不是在夢中。

卓兒想起看過的一篇文章，宇宙之間遵循著能量守恆的原則，當一個人倒霉太久、低潮太久的時候，能量守恆原則會幫助他脫離低潮，尋找到新的出路和機會。而當一個人成功太久、得意太久時，能量守恆原則又會讓他輕易陷入低潮、從零開始。

起起落落、沉沉浮浮，大抵就是一生。

一小時後，卓兒的出租套房裡來了一位西裝革履、文質彬彬的中年男人。對方自稱是律師，姓王。

廣告公司的辦事效率就是高，這麼快法務就到。卓兒熱情地讓王律師進屋。

律師站在門邊，一動不動，一副公事公辦的口吻：「趙小姐，方便出去談嗎？我的當事人也想見見你。」

卓兒點頭。見見對方老闆也好，說不定見面越聊越投機，還能找到新的合作機會。

卓兒趕緊將野草般的亂髮整理一番，從衣櫃裡翻出一件西裝外套，直接套在陳舊的連身裙外。看著鏡中的自己，依然皮膚黝黑、其貌不揚，但在西裝的映襯下，總算有了幾分職業氣質。

興高采烈地跟著王律師下樓，一台黑色奧迪等候多時。

十幾分鐘車程，到達目的地——中心商業區一棟氣派的辦公大樓，跟著王律師坐電梯到二十樓，身材佼好的女秘書 Lily 在此等候。

Lily踩著小碎步,帶兩人到一間辦公室。色調以白、灰為主,家具全部採用實木材質,沉穩低調,貴氣。

落地玻璃窗前,一張胡桃木大型辦公桌。辦公桌後坐著一個男人,椅子背對大門,只有後腦勺。

男人穿質地精良的白襯衫,棉布的紋理在陽光裡柔軟純淨。

好品味。卓兒浮想聯翩。這個後腦勺可是給我廣告的貴人啊,看這辦公室的裝潢風格,來頭不小。呵呵,不知道長相如何,最好帥一點、年輕一點,那才叫合作愉快。

「趙小姐來了。」王律師向後腦勺通報。

椅子緩緩轉過來。果然,一張英俊、輪廓分明的臉。特別是那雙眼睛,溫柔且暴戾,讓人浮想聯翩。

是他?他!

竟然是羅雲東。

趙卓兒的腦袋「嗡」地一聲悶響,電視劇中的橋段在腦海中飛快掠過。糟了,是不是被仇家綁架?會不會被蒙上黑布拖出去打?或者殺人滅口、毀屍滅跡於深山老林?

王律師看出卓兒的緊張,走到她身邊,輕聲說:「趙小姐,別誤會,我們只是請妳過來搞清楚一些事情,畢竟,妳那兩篇文章搞得滿城風雨,對羅雲東先生的傷害很大。」

「哦,好、好⋯⋯,」卓兒點頭,心裡卻在狂喊,大意了、大意了,簡直被勝利沖昏了頭腦。只想著法務來簽合約,怎麼不問問對方的真實身分?這下好了,自投羅網、插翅難逃⋯⋯。

在羅雲東的眼神示意下,王律師面對趙卓兒,語氣威嚴:「趙小姐,我們今天請妳來,是想向妳諮詢,你那篇關於羅雲東先生和馮妮妮小姐的文章,是在誰的授意下所寫?」

「什麼，誰授意我寫？」趙卓兒糊塗了，「沒誰授意我啊，為什麼要別人授意我才寫呢？我是一名記者，而且是一名做了很多年、在圈子裡很有口碑的娛樂記者，這點新聞敏感性還是有的吧。在那個人煙稀少的酒店花園，月黑風高，看到一個二線小明星和一個電子商務大人物抱在一起，最後兩人還去了酒店房間。稍稍有點常識的記者都知道，這是絕對的娛樂新聞啊，還用得著別人授意我寫？」

卓兒越說越興奮，羅雲東的臉色越聽越難看。他冷眼看卓兒，猶如看一隻獵物。

「妳不覺得自己的行為很卑鄙？」羅雲東冷不防打斷卓兒的話。

卑鄙？這個詞第二次降臨到趙卓兒頭上。

一把利劍，硬生生刺中卓兒的血肉之軀。她禁不住微微顫抖，本能地將後背挺直。

「羅先生，你覺得我卑鄙？我一不偷二不搶，只是做了一個記者的分內之事，我不覺得這是什麼卑鄙的行為。」

羅雲東沒有被卓兒的反駁激怒，仍然用那種冰冷、不帶感情的聲音說：「妳早就不是記者了。妳的報社已經停刊，而妳在一個月前離職，妳的記者證也已被註銷。所以，妳用記者身分來替自己的行為辯白，完全無效。」

原來，羅雲東早就把自己的底細調查得一清二楚。但卓兒並沒有因此退卻，遇強則強。

「是，沒有錯，我的記者證的確被註銷。但是，失去了記者證並不意味著我就失去了做記者的機會。我有自媒體，依然做著記者的工作。做記者是我在這個世界上養活自己的技能，我永遠都不會放棄。我不會用它來替自己辯白，更不會用它來幹見不得人的勾當，也請你別汙辱我的職業尊嚴！」

羅雲東的身體輕輕向後，穩穩靠在椅背上。雙手交叉握在胸前，將面前這個女子從頭到腳認真打量。

「妳口口聲聲說記者是妳養活自己的技能，那麼妳能告訴我，一個離開了報社、註銷了記者證的……記者，又是如何透過記者這個職業養活自己的？難道就靠妳那個開通了七天的自媒體嗎？」

「網路時代讓一切皆有可能！」卓兒脫口而出，甚至忘記，這句話就出自羅雲東的演講，「不要小看我的公眾號，開通一週，關注人數上萬，點閱數超過 10 萬 +。關於你和馮妮妮的那兩篇文章，每篇都是 5 萬 +！今天，我已經接到廣告公司的電話，要在我的自媒體上登廣告，一篇置入性廣告一萬元！也許，對於你這樣的成功人士來說，一萬元不過就是一條領帶或者一頓晚宴，但是對我這樣在社會底層苦苦求生的人，一萬元就意味著我可以在這個城市獨立生活半年以上。最重要的是，它讓我看到了希望。讓我在失去了工作、陷入人生低潮的時候，看到了養活自己的出路，看到了重新站起來的可能。如果說創業是一種信仰，那麼現在，我對這種信仰堅信不疑！」

卓兒慷慨陳詞，羅雲東垂下眼睛，一排長長的睫毛覆蓋住整個眼睛，讓人無法揣測他的內心。

睫毛急促閃動，猶如一對翅膀在天空飛翔。羅雲東用手托著腮，抬起眼，探究地注視卓兒。

「妳以為妳有了所謂創業的信仰，就能夠為所欲為？妳知道妳的那篇報導對馮妮妮造成了多大傷害？用犧牲別人來成全自己的創業，不是我所推崇的信仰。」

「我並沒有為所欲為。」卓兒打斷了羅雲東，「我只是把當晚在花園裡所見所聞報導出來，任何一個記者在那樣的情形下，都會做出和我一樣的選擇。我沒有要傷害任何人，當然，這篇報導出來讓馮妮妮遭受很大的輿論壓力，我表示抱歉，但是我的報導行為本身並沒有錯。」

「趙小姐，妳的報導不僅僅對馮妮妮的名譽造成傷害，還為羅雲東先生的離婚官司帶來巨大的影響。」王律師適時插話。

「現在，他的夫人張嘉雅要求在財產分割上獲得公司 10% 的股權，要知道，羅雲東先生本人的股份也只有 50%。這將為他帶來巨大的經濟損失，甚

至他對公司的控制權都會遭遇極大挑戰。所以，我們要搞清楚的是，這篇報導是妳自己寫的，還是有人授意妳寫的？如果是別人授意，這個幕後黑手是誰？」

「沒有任何人授意我去寫這篇報導。」卓兒就差指天發誓，「對羅雲東先生的離婚官司，我並不瞭解，如果我的報導增加了他的離婚成本，我非常抱歉。但是我沒有想要傷害任何人，我只是盡了一個記者的本分。」

門被推開，秘書 Lily 站在門邊：「董事長，高盛的 Robert 先生已到。」

羅雲東點頭，吩咐王律師：「到此為止吧，我馬上有一個重要會議。」

說完，羅雲東站起來，直接朝門外走去。

這個舉動來得突然，沉浸在脣槍舌戰中的卓兒完全沒有反應過來。

看見一個高大挺拔的身影逆著陽光走來，卓兒直愣愣站在原地，猶如一隻小小攔路虎擋住去路。

等到卓兒明白過來，急忙向右閃避。哪知，羅雲東為了避開她，也邁開大長腿，朝右邊走去。

猝不及防，兩人撞在一起。

在身體相撞的一瞬間，羅雲東本能伸手，扶住卓兒傾斜的身體。卓兒冰涼的手臂，傳來男人手掌的溫熱，鼻子裡湧進一股淡淡的古龍水香味，撩人。

卓兒抬起頭，怔怔地看他。而羅雲東，也用清亮的眼睛注視這個冒失的小女子。

一瞬間，卓兒的手臂被鬆開。羅雲東大步流星向外走去，空氣中一抹幽深的香。

卓兒伸手摸了摸自己的臉，呀，好燙。

11.

　　灰濛濛的清晨，天光從厚重的窗簾透進來，臥室死水一潭。

　　張嘉雅從昏睡中醒來，身體翻向右側，習慣性抬手，想要觸碰枕頭邊的身體。

　　卻，撲了空。

　　徹底醒了。是的，睡在身邊的男人已經消失，在他提出離婚之後。

　　張嘉雅睜著空洞的一雙眼，現在幾點？是早上、中午還是黃昏？

　　床頭放著一個鬧鐘，懶得看，反正看與不看，時間都一樣慢吞吞地過。

　　她的時間是用來浪費的。

　　懶洋洋地起身，赤腳走在臥室地板上，拉開窗簾，天邊是一團又一團厚重的雨雲。張嘉雅皺眉，這樣的天氣會殺人！

　　瞥一眼鬧鐘，早上 8 點半。

　　這個時間，對於城市裡大多數女人來說，正是一天中最忙碌的時候。也許剛剛催促孩子吃完早餐，也許正和老公一起出門上班，也許正在擁擠的地鐵裡被擠成一片沙丁魚。

　　但是對於張嘉雅來說，每天早晨的頭等大事，是思考如何打發接下來的 24 小時？

　　手機響，寂靜的房間，這聲音特別突兀。張嘉雅被嚇了一跳。

　　她的手機已經許久沒有響起過鈴聲，這個時間會是誰？是約她外出散心的闊太太，還是邀請她參加聚會的大學同學？

　　「是張嘉雅女士嗎？我是愛馬仕門市的店員。」電話裡，一個帶著職業性禮貌的聲音。

　　「新款手提包已經到貨，您是我們的 VIP，有優先選購權，所以特地打電話通知您，可以隨時到我們門市選購。」

原來，是奢侈品店的店員。原來，在這個世界上，只有他們還記得我。

張嘉雅拿著手機，痴痴地笑：「好，我一定來。有多少買多少，我有的是錢，買得起！小姐，看到新聞了嗎？我老公出軌被記者抓了個正著。呵呵，我的離婚官司勝券在握，我會分到10%股份，大買賣。」

店員在電話那端沉默，這樣古怪的客人，不知如何應對。

「說話啊？怎麼啞巴了？妳是不相信我的話？你去問問看，我張嘉雅的老公是誰？大名鼎鼎的『愛購網』創辦人羅雲東！你上網看看，他在外面偷情的文章滿天飛。我告訴妳啊，小姐，以後找老公可不能找這種有錢又長得帥的，隨時會被外面的狐狸精勾了去。對了，妳也不能去做小三破壞別人的家庭。我知道你們這些奢侈品店的店員，個個都是狐狸精，看見有錢人滿臉堆笑。不要以為我不知道你們的如意算盤，不就是想鯉魚跳龍門，飛上枝頭當鳳凰嗎？」

店員第一次遇見如此變態的客人，說了句「歡迎光臨，再見」，立刻掛斷電話落荒而逃。

張嘉雅拿著電話意猶未盡。

這麼快就掛了，怕我吃了你？算了，這樣的態度，休想再賺我的錢！

吐槽後，張嘉雅的心情好多了。踱步到落地窗前，白色鋼琴，名師手工訂製，她的嫁妝之一。

坐在鋼琴凳上，用戴著蕾絲手套的手，吃力地打開琴蓋。

已經記不得上次坐到這台鋼琴前是什麼時候，今天難得有興致，就為自己彈一次吧。

把手收回來，放到嘴唇上，細小的牙齒輕輕咬住一隻手套的手指，向下一拉，再咬住一隻手指，再向下一拉……。

終於，兩隻蕾絲手套被張嘉雅咬在嘴裡。把嘴歪向一邊，口中銜著的手套吐在地上。

抬起手。但,那根本不是手,而是兩隻由矽膠製作的義肢。

「天才,彈首曲子吧。」張嘉雅看看自己的義肢,冷笑。

將義肢放在琴鍵上,努力地向下按壓移動,一串刺耳的噪音響起。

張嘉雅臉色蒼白,不甘心,又將義肢放在琴鍵上。

「天才,就彈妳的成名曲《夢中的婚禮》吧。」揚起不服輸的臉,對自己說。

義肢重新在琴鍵上移動,依然是一串又一串噪音。

張嘉雅的身體劇烈顫抖,義肢在琴鍵上移動的速度越來越快,力道越來越大。房間裡充斥著讓人耳膜不適的尖銳噪音。

「轟……,」一陣巨大的聲響,悲憤的張嘉雅將整個身體撲倒在琴鍵上……。

——一輛賓士停靠在羅雲東公司樓下,張嘉雅坐在車裡,端詳著自己的一雙纖纖玉手。

來此之前,她特地去美容院做了手部護理。那雙鋼琴天才的手經過一個小時的保養,特別白皙修長。

美甲師幫十個手指甲都貼上了鑲鑽指甲片,手一動,指甲上的小鑽石閃閃發亮。

張嘉雅用這雙美麗的手,打開了一個包裝精緻的首飾盒。盒子不大,一只鉑金戒指安靜地躺在黑色絲絨中。

這是一只獨特的戒指,這個世界上只此一枚,由她設計。

戒指表面,鏤空雕刻著中國傳統的萬字結,萬字結中間,鑲嵌著一顆晶瑩的紅寶石。據說,紅寶石能為人帶來好運,再加上萬字結的喜慶寓意,整個戒指洋溢著一種喜氣洋洋的風格。

他不是創業失敗嗎?這枚戒指能為他帶來好運。

戒指背面，一行精細的英文：Happy Birthday to lyd.

那是張嘉雅在工匠的指導下，親自雕刻上去的。雕刻時，鋒利的刻刀劃破手指，她不得不包著OK繃，中斷了每天例行的鋼琴練習。

仔細檢查完禮物，張嘉雅這才拿出手機。「羅先生，我到你公司樓下了，你能下來嗎？」

不出所料，羅雲東的聲音依然冰冷：「有什麼事？」

「你下來就知道啦，耽誤不了你多少時間。」張嘉雅有些撒嬌。

謝天謝地，羅雲東沒有拒絕，只在電話裡輕輕「哦」了一聲：「五分鐘後。」

司機打開車門，張嘉雅焦急地倚靠在車門邊，等待心上人的出現。

她要給他一個驚喜。想著這個「驚喜」，張嘉雅忍不住打開自己的皮包，取出黑色的絲絨盒。

夕陽下，張嘉雅將戒指拿在手裡，對著光線細細欣賞。

這是一份多麼獨特的生日禮物啊，高冷男子看到，將會是怎樣一種心情？就算是鐵石心腸，也會有所動心吧？

張嘉雅的臉上浮現出笑容，少女般甜蜜。

現在正是下班尖峰時刻，街道上車水馬龍，好不熱鬧。一輛飛馳而過的小轎車不知為何，猛按喇叭。

張嘉雅被嚇到，手一抖，戒指掉落到地面。環狀的戒指一落地，飛快地向路中央滾過去。張嘉雅想也沒想，拔腿就追。

戒指一路翻滾，在路中央的位置，終於慢下來。張嘉雅蹲下來，伸手，急著捂住這枚不聽話的戒指，你再也逃不出我的手掌心。

那輛黃色的計程車出現。它剛剛從街角衝出來，以風馳電掣的速度衝向路中央。司機正在打電話，完全沒有看到路中央蹲著一個慌亂的女子。

11.

汽車輪胎碾壓過雙手，張嘉雅發出一聲慘叫。那聲慘叫如此尖銳犀利，以至於整個街上的人都朝她望過去。

0.06秒，事後的監視器畫面顯示，車輪壓斷她雙手的時間只有0.06秒。但是，就是這短短的0.06秒，毀滅了一個鋼琴天才，葬送了她人生所有的希望和夢想。

張嘉雅倒地的一瞬間，並沒有意識到發生了什麼事情。她的腦海裡還延續著剛剛的思考，戒指，戒指，你逃不過我的手掌心！

然後，她才看到，自己的手忽然不見了，大量的鮮血湧出來，噴射狀，灑到白色長裙上。前所未有的劇痛向她襲來，無力向後倒。眼前一黑，她的整個世界和人生，跌入無邊的黑暗。

羅雲東把張嘉雅送上救護車。

剛剛下樓的他，目睹了慘劇發生的整個過程。發瘋一樣衝過去，抱著已經暈厥的張嘉雅。血汩汩流淌，將他的衣服染成血衣。

「天啊，天啊。」他抱著這個女子，完全不相信自己的眼睛，「她可是一個鋼琴天才，沒有手，怎麼彈琴？」

救護車呼嘯著趕來，急救人員迅速幫張嘉雅包紮止血。

「她的手呢？」戴口罩的醫生問羅雲東。

羅雲東茫然地看著醫生，沒有明白過來。

「把她斷了的手找到，如果來得及，還能幫她接上！」醫生衝著羅雲東大喊。

羅雲東這才明白過來，急切地趴在地上搜尋。終於，計程車車輪下，一攤血汗中，看到了兩隻修長的斷手。

「在那裡！」羅雲東高喊，和醫生同時衝了過去。

那真是一雙美麗的手，夕陽照射下，指甲上鑲嵌的小鑽石反射出耀眼的光。羅雲東覺得那光陰冷刺眼，像一滴滴眼淚，悼念著主人的不幸。

醫生迅速地將那兩隻手撿起來，放進專業設備中。其中一隻手，五個手指緊緊彎曲，朝手心處緊握。

　　羅雲東和醫生面面相覷，不知是怎麼一回事。還是醫生鼓起勇氣，費力掰開了那五個緊緊彎曲的手指。

　　血汙的手心裡，靜靜地躺著一枚被鮮血染紅的戒指。醫生小心翼翼地取出，放到羅雲東手裡：「傷者的物品，你好好保管。」

　　張嘉雅被推進手術室緊急搶救。

　　唐毅聞訊趕來，將羅雲東一把拉到走廊的盡頭：「怎麼回事，聽說是在你辦公室樓下出的事？」

　　羅雲東蒼白著一張臉，無奈：「她打電話給我，叫我下樓，等我走到街上，她已經出事。」

　　唐毅一拳砸向牆壁，後悔不迭：「我他媽真是個混蛋，就不該告訴她，今天是你的生日！你知道嗎？她來找你，是想給你一個生日驚喜。幾個月前，她就從我這裡知道你的生日日期。這幾個月來，她都在為你準備生日禮物，說是要為你打造一份世界上獨一無二的禮物。」

　　唐毅痛苦地述說著，眼睛裡含著熱淚：「一個月前我碰到她，她興奮地對我說，為你設計了一枚戒指，還要親自在戒指背面幫你刻字。又說刻字的時候，劃傷了手指，搞得好幾個星期都沒有辦法練琴。」

　　戒指？羅雲東猛然想起，張嘉雅斷手裡緊緊握著的一枚戒指。

　　他顫抖著手，從褲子口袋裡拿出那枚帶血的戒指。湊近仔細看，戒指背面，確實雕刻著一行英文：Happy Birthday to LYD.

　　羅雲東跟蹌地退後幾步，沒有想到，萍水相逢的女子，竟然為自己付出如此巨大的代價。

　　這麼沉重的禮物，叫我怎麼承受得起？

12.

　　面膜廣告如期登上「卓越娛樂」。卓兒為這個廣告精心撰寫置入性新聞，標題絲毫看不出廣告痕跡——《看娛樂圈素顏照哪家強？》

　　她把當紅明星的素顏照依次排列品評，最後才放上面膜的廣告圖片。

　　一開始，廣告公司對這樣的隱性宣傳有所懷疑，他們還是習慣了將商品直截了當放在頭條。卓兒反覆和廣告公司溝通，最後終於說服他們，按照自己的想法推出廣告。

　　拿到酬勞，卓兒第一個想到的是周春紅。走，請妳吃高級餐廳！

　　卓兒約周春紅在市中心一家頗有知名度的西餐廳。

　　「呀，真夠意思！」周春紅樂極了，「這家餐廳我經常路過，每次看到那些男男女女從裡面走出來，我就告訴自己，蜜桃小辣椒，你得努力賣面膜，總有一天你也會進入這家餐廳大吃一頓。真沒有想到，這麼快，你就幫我實現了夢想。」

　　為了這次晚宴，卓兒特地換上了那件 40 元買來的白色連身裙。有了這件連身裙加持，卓兒坐在高檔餐廳裡，有了幾分信心。

　　而周春紅更是盛裝亮相，一件紅色緊身連身裙將豐滿的身材勾勒得嬌艷欲滴，耳朵上綴著一對誇張的流蘇大耳環，肩膀上則是一個仿冒的 LV 手提包。

　　卓兒仔細看了看周春紅的 LV，偷偷提醒：「小姐，你的 LV 包竟然還掉著線頭，趕快修剪一下啦。這裡的客人都有頭有臉，不能讓人認出你的山寨貨。」

　　周春紅聞言，低頭一看，可不是嘛，一根長長的線頭正肆無忌憚地掛在包包的底部，慘不忍睹。

　　該死，怎麼出門的時候沒有好好檢查一番？周春紅趕緊從包裡翻出指甲剪，對著那根線頭斬草除根。

「賣包的老闆可真是無良賣家，拍著胸脯跟我說經得起專櫃驗貨。看吧，吹牛不打草稿！」周春紅盯著山寨包，抱怨。

打著領結的服務生走過來，遞上菜單。卓兒一把接過菜單，裝模作樣看起來。

奇怪了，菜單上的菜名明明全是中文，可是怎麼就看不懂。

炸鮮蟹餅配蟹子塔塔醬——這是什麼鬼？

牛油生菜、番茄、黃瓜、洋蔥、青椒和蘑菇及您選擇的醬汁——這麼多東西堆在一起得多大一盤？

配檸檬優格醬及華爾道夫沙拉——這究竟是喝的還是吃的？

卓兒磨蹭了老半天也不知道點什麼才好，乾脆闔上菜單：「西餐廳總會有牛排吧，就給我們一人來一份。」不等服務生發問，還模仿電視劇裡的台詞：「七分熟。」

服務生心領神會地離開。周春紅低聲抗議：「為什麼不把菜單給我，我還想多點一些好吃的呢！你好不容易請客，我不吃到撐，怎麼對得起自己？」

卓兒微微一笑，心想，那上面的菜名如同謎語，誰猜得出最後端上來的是什麼謎底？

開始上菜。銀質刀叉，蕾絲餐巾，白色瓷盤。一客冒著熱氣的牛排，旁邊一朵嬌豔玫瑰。

「高檔，簡直捨不得吃下肚。」周春紅讚嘆。

立刻拿出手機，刷刷刷，對著牛排九連拍。迅速上傳朋友圈，配上文字：「這樣的夜，陪伴我的是這樣的美食。」

轉念一想，朋友圈只發牛排怎麼過癮？更何況今天的妝就化了一個小時，怎麼樣也得露露臉。

周春紅把相機遞給卓兒：「來，幫我和這盤牛排拍個照。記住，把我的臉拍小點，要和牛排同框。銀質刀叉也要拍進去，不把這些高檔貨拍出來，我們不是白白到這裡被坑嗎？」

卓兒接過手機，調侃：「周春紅，妳整天在朋友圈發自己的大頭照，張張都靠手機的美肌美顏功能，當我是傻瓜看不出來嗎，小心哪天我把妳加入黑名單！」

「妳敢！」周春紅一邊對著鏡頭微笑，一邊從牙齒縫裡擠出這句惡狠狠的話。

「兩位小姐，需要幫妳們合影嗎？」服務生躬身詢問。

卓兒想拒絕，哪知周春紅搶先說了個「好」。

周春紅跑到卓兒面前，親熱地摟著她的肩膀，生命不休，自拍不止。

卓兒無奈，只得起身，將手機遞給服務生。

「記住了，鏡頭要從上往下拍，這樣才能把我的臉拍小點，還有，我的右臉比左臉好看，盡量拍我的右臉。」周春紅一個勁叮囑。

卓兒揚起頭，努力配合周春紅的POSE。她的視線，穿過前面的服務生，移到後面的紫色帷幔。

那是一條華貴的金絲絨帷幔，垂掛在餐廳裡，營造靜謐雍容的氛圍。帷幔旁邊，一張熟悉的臉。明亮的眼睛、高挺的鼻樑、黑髮垂到肩膀。

那張臉正安靜地注視著卓兒，在距離她不到兩公尺的地方，落寞憂傷。

栗遠星。

一股熱血湧向腦門，卓兒身子一動，想要立刻衝過去。

哪知，服務生制止：「小姐，別動，還沒有拍完呢。」

服務生舉著相機，調整鏡頭的角度，向左跨一步，剛好擋住卓兒的視線。

卓兒急忙把頭一偏，眼睛急切地飄向了那塊帷幔。謝天謝地，他還在。

「這位小姐，妳的視線歪了，得看鏡頭。」服務生趕緊提醒。

卓兒一咬牙，邁開腿，衝出去：「對不起，等下再拍。」

卓兒向那道紫色帷幔飛奔，「哐當」乍響，她和一位端著托盤的服務生撞個正著，托盤裡的銀質餐具撒落一地。

顧不得說上一聲抱歉，卓兒繼續朝帷幔衝去。可是哪裡還有栗遠星的影子？帷幔背後，空空如也。

難道，是我看走眼？卓兒疑惑。但她馬上否定懷疑，不會的，那麼明確地看見了栗遠星的臉，一定不會出錯。

卓兒不甘心，撩起帷幔，背後是一條狹窄走廊。沿著走廊一路飛奔，抵達一道拱形門。門外，是一條人聲嘈雜的馬路。

氣喘吁吁地站在馬路邊，城市霓虹閃爍不定，滿街的行人匆匆而過，哪裡還有栗遠星的半點身影？

「栗—遠—星……，」卓兒對著馬路大聲叫喊，路過的行人投來異樣的目光。

閉上嘴，夜風吹來，陣陣涼意。卓兒環抱雙臂，一種前所未有的孤獨爬上背脊。

偌大的城市，她不過是一隻艱難爬行的螻蟻，沒有人在乎她的喜怒哀樂，她的存在無人聞問。

不過是冷冰冰地活著而已，哪一天消失，也如玻璃上的一顆水珠，迅速蒸發，不留痕跡。

眼淚大顆大顆滾落，慢慢地蹲下來，將臉埋在手掌裡，似乎無法直視這個世界。

其實，栗遠星並沒有走遠。從餐廳後門出來，直接拐進旁邊的側門，門後，一條消防通道。

他晃動著大長腿，噔噔噔，一直下到地下一樓的停車場，找到自己的車。

紅色法拉利，敞篷。坐進駕駛座，並沒有立刻發動汽車。手握方向盤，怔怔地盯著停車場入口。

　　如果卓兒追出來，她應該會知道側門直通這個停車場吧。如果她真的出現，該怎麼辦？

　　用麻木的表情看著她，然後用冰冷的語氣說：「不要來找我，我們已經分手。」

　　用歉意的表情看著她，然後用溫柔的語氣說：「是我對不起妳，妳會原諒我嗎？」

　　用憤怒的表情看著她，然後用粗暴的語氣說：「跟著我幹什麼，我們早就是陌生人！」

　　但是，卓兒並沒有出現。十分鐘後，法拉利開出車庫，直上二環高架。

　　夜風吹拂長髮，栗遠星的心裡湧動著巨大的傷感。打開車上音響，將音量開到最大。空氣裡立刻充斥著披頭四的經典歌聲，《Yellow Submarine》。

　　這是他最喜歡的一首歌曲，常常在卓兒的出租套房裡彈唱。每當他彈起這首歌，卓兒會用手托腮，認真聆聽。

　　栗遠星沒有想到，當初鼓起那麼大的勇氣不告而別，一轉身，卻又輕易地和卓兒在人海中邂逅。

　　原本，他是去這家餐廳和一個北京音樂人見面。他寄給對方演唱DEMO，剛巧，音樂人來成都，於是見面。

　　兩人在包廂相談甚歡，沒想到栗遠星忽然接到電話，必須馬上離開。

　　栗遠星走出包廂、從帷幔後進入地下停車場取車。就在他掀開帷幔的一瞬間，看到了趙卓兒，那個他不得不捨離的女子。

　　「Yellow submarine，yellow submarine……」披頭四的歌聲，像風，一路追逐栗遠星。向下猛踩油門，法拉利猶如一隻紅鶴，飛奔。

風大片大片襲來，燈火輝煌的夜景迅速掠過，此刻的栗遠星多麼希望自己能有一雙翅膀，飛起來，飛起來，遠離汙穢骯髒的塵世。

栗遠星繼續猛踩油門，他享受速度帶來的快感。一甩頭，興奮地跟著披頭四，引吭高歌。

法拉利飛奔，栗遠星歌聲嘹亮，唱到最高處，閉上雙眼，忘記周遭的一切。忽然，一陣巨大聲響，法拉利斜斜撞向高架橋上的分隔島。

安全氣囊彈到栗遠星的臉上，猛然驚醒。還好，全身還能動彈。手臂有擦傷，鼻子被安全氣囊彈出鼻血，除此之外，沒有大礙。

趕緊解開安全帶，從車裡跳出來。法拉利的車頭凹陷，兩個大燈碎裂一地。

得趕快送去原廠經銷商店維修，又得花不少錢。管他呢，現在唯一不缺的，就是錢。

手機鈴響，一看來電，栗遠星的神情立刻緊張起來：「對不起，對不起，我出了車禍，在二環高架上，我可能沒辦法準時趕過來……哦，好的，我在這裡等你接我……。」

栗遠星站在路邊，怔怔地發呆，臉上的神情變得越來越黯淡。最後，頹然地蹲下來，將臉埋在手掌裡，似乎無法直視這個世界。

不知過了多久，一個聲音在栗遠星耳邊響起：「帥哥，車是你開的嗎？」

栗遠星抬頭，只見兩個男子出現在他面前。

一個男子扛著攝影機正在拍攝他，另一個男子拿著麥克風自我介紹：「我是電視台記者鄭昊，剛接到熱線電話，說這裡有台法拉利超速出了車禍。」

栗遠星冷漠地看著他，沒有回答。

「請問，出事時你的時速是多少？」鄭昊步步進逼。

栗遠星態度冷漠：「對不起，我不接受採訪。」

鄭昊並不理會他，繼續問：「你是這台車的車主嗎？買了多久？花了多少錢？」

一輛黑色的流線型跑車從遠處開來，在栗遠星身後慢慢停下。

鄭昊定睛看那台車的標誌，OMG，奧斯頓‧馬丁。

栗遠星回頭，直接朝黑色跑車走過去。拉開車門，一閃身，鑽進去。

不好，採訪對象要跑。鄭昊急忙飛奔，大聲問：「按照目前的損毀程度，需要多少維修費用？」

栗遠星坐在後排，低頭，兩耳不聞窗外事。

汽車發動，引擎轟鳴，一溜煙，揚長而去。

「乖乖！」鄭昊轉頭對攝影記者：「這個新聞有趣，法拉利撞上分隔島，奧斯頓‧馬丁前來救駕，土豪啊。你看到奧斯頓‧馬丁的副駕駛座嗎？坐的是一個女人，頭髮長長的，很年輕。」

攝影記者接話：「這是哪家的千金大小姐，和這個法拉利小夥子又是什麼關係？一個車禍新聞難不成會引出一段豪門恩怨或者深宮傳奇？可惜沒有拍到跑車裡的女人，不然這條新聞會更勁爆。」

13.

　　臥室房門打開，傭人張媽端著一個青花瓷盅。

　　「小姐，該吃燕窩了。」張媽將燕窩放在桌上。

　　「不吃，端走。」張嘉雅一臉嫌惡。

　　「小姐，張老先生叮囑，一定要讓你每天吃一碗燕窩。妳好歹吃點吧。」說完，張媽輕手輕腳退出去，關上房門。

　　「哐當」，臥室傳來一聲清脆響聲，是瓷器砸在地上的碎裂聲。

　　隨即傳來張嘉雅沙啞的怒吼：「你們又在糊弄我！」

　　張媽慌忙打開門，房間裡一片狼藉，那燕窩盅被砸在地板上，昂貴的青花瓷碎裂一地，燕窩四濺，牆壁、床單上汁液星星點點。

　　「不是告訴過妳嗎？燕窩要放冰糖、冰糖！」張嘉雅一臉憤怒。

　　「小姐，我們放的的確是冰糖……。」張媽委屈地解釋，話還沒有說完，張嘉雅瞪圓眼睛，一陣咆哮：「冰糖？妳當我是傻子，妳放了冰糖我會吃不出來？」

　　張媽俯下身，撿拾地上的青花瓷碎片：「小姐，妳不要生氣，我這就去叫廚房重新幫妳蒸一碗，這一次一定會放冰糖。」

　　張嘉雅咬牙切齒：「滾！」

　　張媽落荒而逃，只見房門外立著一個人，靠在門框上，不發一語。

　　是張石軒。

　　張石軒走進臥室，看著餘怒未消的女兒，輕輕將手放在肩膀上：「嘉嘉，何苦這樣折磨自己……天下的好男人多得是，不是只有一個羅雲東。」

　　聽見父親的聲音，張嘉雅迅速抬頭：「我沒事，沒事。」

爸，你放心，我張嘉雅雖然沒有手，但是美貌還在、財富還在，我不缺男人……。」

張嘉雅沒有戴手套，一雙義肢裸露在空氣中。

手套呢？四下裡尋找。終於，在地毯上看到了一對被揉得皺皺的真絲手套。

張嘉雅彎腰撿拾。義肢僵硬，額頭鼓脹出青筋，卻無法將那雙手套拿在「手」裡。

張石軒見狀，立刻走過去幫忙。看著女兒的狼狽，心如刀絞。

張嘉雅並不在意，慢條斯理地將手伸直放在父親面前。張石軒會意，將手套套在女兒的義肢上，手套後部被輕輕拉到手肘，還不忘把蕾絲花邊整理一番。

雖然知道義肢沒有感覺神經，張石軒還是小心翼翼，生怕弄疼了自己的心肝寶貝。

「結婚前一直是你幫我戴手套，結婚之後就是羅雲東，現在，又輪到你。」張嘉雅感嘆，還帶著女兒向爸爸撒嬌的天真。

張石軒的臉色變得凝重，此情此景，又有多少父親不會傷心難過？

看著父親難過的表情，張嘉雅轉移話題：「爸，找我有事？」

「差點把正事忘了。」張石軒拉過一把椅子，在女兒對面坐下，「律師今天下午來找過我，那個在網絡上發布的、羅雲東私會小歌手的照片將會成為婚內出軌的有力證據。作為過錯方，他在這場離婚官司中的贏面很小。從目前的形勢分析，你拿到 10% 的股份，不成問題。」

「Well，這是一個好消息。」張嘉雅臉上卻沒有絲毫高興。

「嘉嘉，羅雲東毀了你整個人生，爸爸發誓，一定要幫你打贏這場官司，得到你應該得到的。」張石軒斬釘截鐵。

「Well，這是一個好主意。」張嘉雅嘴角一歪，似笑非笑。

她低下頭，對滿地青花瓷片興趣濃厚。不斷用腳踩踏，看著碎片在高跟鞋下粉身碎骨，笑意更濃。

毀滅，帶給人快感。

「想來，『愛購網』盈利後，羅雲東就計劃著和我離婚。他以為淨身出戶就能掩人耳目，沒有想到，我不但要他所有的存款和房產，還要『愛購網』的股份。呵呵呵呵，爸，多虧你提醒我，不然我可就吃了大虧。他羅雲東也不想想，我的父親是誰？和我們張家玩心眼，他有這個資格嗎？」

呵呵呵呵，張嘉雅笑。笑聲尖銳犀利，如一把匕首，讓人不寒而慄。

看著女兒的怪異行徑，張石軒表情陰鷙。拿出菸斗，點燃，深吸，慢慢吐出一團雲霧。

「嘉嘉，爸爸真不知道，當初讓羅雲東娶你，是對還是錯？」

──張嘉雅還沒出院，張石軒就出現在羅雲東公司。

辦公室裡一片雜亂。不斷有人將電腦、桌椅、傳真機等東西搬出去，牆壁上一幅照片，紐約證券交易所敲鐘陽臺，搖搖欲墜。

張石軒站在這張照片前，問羅雲東：「這是你的夢想？」

羅雲東苦笑，將照片取下來，捲成圓筒放進紙箱。「我離開美國回來創業，就是為了有朝一日回去敲鐘。」

張石軒伸出大拇指：「有理想。」

「可惜，『愛購網』倒閉。我只能變賣家當，支付辦公室最後的租金。」羅雲東沒有隱瞞。

「公司倒閉，有欠債嗎？」投資人張石軒精於此道。

「有，1000萬。」羅雲東臉色沉重。

「能償還嗎？」

「還在想辦法，這麼多年的積蓄已經全部投到公司。現在公司倒閉，欠下的1000萬，無力償還。」

「如果我幫你償還所有債務，再進行創業投資。2000萬，稀釋20%股份。你願意接受？」

羅雲東眼前一亮。大半年來，為了拯救公司，見了無數投資人，卻都鎩羽而歸。

踏破鐵鞋無覓處，得來全不費工夫。鼎鼎大名的張石軒竟然主動找上門來，要投資自己。

「除了VC正常的回報之外，您還需要我做點什麼？」羅雲東認真地問。

聰明。張石軒讚嘆。「我征戰商海幾十年，這世上的事，無論感情還是事業，友誼還是愛情，歸根結柢，就是兩個字——交易。友誼只會發生在兩個可以互相交易資源的人之間。愛情更是如此，你愛一個人，不過是他身上有你需要的東西。英俊的外表、淵博的學識、雄厚的財富……至於對方是否愛你，就要看你身上有沒有他所需要的。如果有，交易成功，你們相愛。如果沒有，交易失敗，你失戀或者單戀，直到找到下一筆交易。所以，我需要你的額外回報是，娶我的女兒，讓她快樂！」

羅雲東面色一沉，這是一個超過預期的回報。

「先不要急著回答，好好思考一下。」張石軒勝券在握。

「我知道，你對我的女兒沒有太大感覺。不要緊，當我的女兒和你的敲鐘夢捆綁在一起，你會對她有感覺。」

「你把女兒嫁給一個並不愛她的人，她會幸福嗎？」羅雲東第一次遇見這樣的父親。

「如果，我的女兒沒有遭遇車禍，我不會這樣做。我妻子去世的時候，我在病床前發誓，這輩子傾其所有，要讓女兒得到她想要的一切。車禍發生後，女兒崩潰，已經沒有活下去的動力。現在能拯救她的人，就是……。」

張石軒用手指著羅雲東。

「至於你愛不愛她，不重要。我只要你對她好，給她想要的一切，讓她覺得你愛她。所謂幸福，不過是一種自以為是的幻覺罷了。」

「那你怎麼能保證我一輩子都對你女兒好？」羅雲東這個問題很實在。

「你是一個追求事業成功的大男人，你看重事業，高過愛情。要想創業成功，你離不開我這棵大樹。所以，你怎麼會不善待我的女兒呢？更何況，我的女兒為了你，遭遇飛來橫禍，失去雙手。這樣有情有義，你作為一個男人，應該接住。」

七天之後，羅雲東給予肯定的答覆。

張嘉雅康復三個月後，和羅雲東舉行盛大的婚禮。

14.

　　「卓越娛樂」開通四個月，關注人數達到8萬+，平均單篇點閱數2萬+。在公眾號界，卓兒成為冉冉升起的新星，風頭直追各個擁有眾多粉絲、影響力大的網路用戶。

　　為了維持高人氣，卓兒堅持每天發送新文章。清晨睜開眼第一件事，上網瀏覽娛樂新聞；第二件事，思考當天選題。

　　最慢下午2點前必須動手寫文章，然後找圖、修圖、編輯、上傳。經過幾個小時的緊張忙碌，傍晚6點推播。

　　高強度的工作，讓卓兒患上嚴重的神經衰弱。經常反覆做著同一個惡夢：悶熱的出租套房，時針已經超過傍晚六點，但當天的文章還沒有寫下一個字。巨大的絕望鋪天蓋地襲來，公眾號後台，8萬多關注者瞬間「取消關注」。卓兒痛哭流涕，拉著一個個「取消關注」者苦苦哀求：「你們等等再等等，我馬上就能寫出今天的選題……。」

　　一分耕耘，一分收穫。第二筆廣告很快就上門，對方是一家女性服飾品牌，剛剛上市。

　　廠家一開口，拋出10萬元廣告酬勞。卓兒心裡咯噔一下，我這樣算是走運了嗎？

　　且慢，對方提出三大要求：

　　一、增加公號推播量，由每天推播一篇，增加到每天至少三篇以上。

　　二、撰寫與該品牌有關的置入性行銷稿件，每週兩篇，連續推播四個月。

　　三、必須成立公司，便於對方支付廣告酬勞。

　　這麼大的工作量，卓兒無法單打獨鬥完成，增加人手已成必然。但是，找誰？

這人得要有豐富的採編經驗，還要對娛樂新聞十分熟悉。更重要的是，對方要認同自媒體這一新生事物，願意為一個前途未卜的公眾號投入時間和精力。

冥思苦想，忽然靈光一閃，怎麼忘記錢蔓了？她在媒體混跡十幾年，熟悉採訪、精通編輯，現在離職，賦閒在家。還有誰比她更合適？

卓兒和錢蔓約在一家咖啡館見面。

知道錢蔓講究品味，卓兒特地選擇了這家頗有口碑的咖啡館。

錢蔓匆匆而來，身上穿著一件沒有熨燙、滿是皺摺的風衣。蠟黃的臉沒有任何化妝品，頭髮枯草般披散，整個人像一株行將枯萎的植物。

卓兒想，錢蔓一定遭遇到很大的打擊，一夜之間，從精緻時髦的女人變成邋遢粗糙的市井婦人。內心深處，已經放棄自己了。

「錢蔓姐，最近還好？」卓兒開口寒暄，心裡想問的卻是，妳找到工作了嗎？

「老樣子。」錢蔓含糊地回答。面對以前的下屬，患得患失。

服務生送來咖啡。卓兒特地為錢蔓點了一杯店裡最貴的麝香貓咖啡。雖然她並不明白這款咖啡為何如此昂貴，但是覺得錢蔓一定會喜歡，也就忍痛下單。

面對這杯價格不菲的麝香貓咖啡，錢蔓戒備的神情明顯緩和。自從失去報社主管的光環之後，她遭受到太多怠慢、敷衍和白眼。心裡落差大，就如從聖母峰跌進馬里亞納海溝一樣。

落魄的情況下，還有人願意為她點上一杯昂貴的麝香貓咖啡。而這個人，還是她當初並不喜歡的趙卓兒。

「錢蔓姐，快喝看看，這麝香貓咖啡的滋味怎麼樣？」卓兒熱情地期待。

錢蔓心頭一熱，趕緊端起咖啡杯，認真品嘗。

第一口喝下，她在心裡說，山寨貨。那年，她和老公去印尼海島渡假，喝到真正的麝香貓咖啡，那種淳厚香濃的味道讓她終生難忘。

麝香貓咖啡的產量那麼稀少，怎麼可能隨隨便便出現在一家中國的咖啡館？

「好香，真好喝。」錢蔓張嘴，連串讚美。為了讓卓兒相信，還特地舔了一下自己的嘴唇。

見錢蔓如此喜歡，卓兒樂極了：「好喝就多喝點，錢蔓姐，我猜你就喜歡這種洋玩意兒。」

錢蔓隨口附和著，特地又端起咖啡杯喝了好幾口。

錢蔓驚訝於自己的改變。如果以前，她肯定迫不及待道出真相，甚至還會將山寨貨奚落一通。但是現在，她卻願意演戲，只為對得起別人的善意。

「聽說，你現在做自媒體做得很成功，有人願意為你下廣告？」錢蔓心裡的隔閡慢慢消失，主動打開話匣子。

「還談不上成功，只是，起碼能看到點希望。」卓兒據實以告。

時機成熟，卓兒開門見山：「錢蔓姐，今天請妳來，就是為了自媒體的事情。我的自媒體做到現在，只靠我一個人已經沒有辦法滿足廣告商的要求，我需要有人加入。想來想去，您最適合。」

錢蔓對卓兒的邀約沒有心理準備，一臉驚訝：「妳是說，想要我和妳一起做？」

「是的，沒錯。」卓兒點頭，「我現在有了一筆廣告費，10 萬元。這筆錢足夠我找一個搭檔，支撐一段時間。」

「對於這 10 萬元，我的計劃是，每個月給你 5000 元的酬勞，而我自己的生活費只要 2000 元。這樣一個月我們的支出是 7000 元，這 10 萬元夠我們支持一年。如果我們的公眾號良性發展下去，在這一年裡，還會吸引到新的廣告投入，我們的收入也能有所提高。當然，也有可能這個公眾號遭遇失敗，花光了 10 萬元後，沒有新的進帳。那個時候，你還是得要另找工作。」

卓兒一番話，坦率真誠，沒有隱瞞。她用一雙期待的眼睛注視著錢蔓，希望得到對方的答覆。

　　錢蔓垂下眼簾，自問：還有拒絕的理由嗎？

　　這些日子以來，為了生計四處求職，無數封自薦信石沉大海。也難怪，誰願意聘請一個年已不惑、沒有多餘技能、離婚獨自撫養孩子的女人？

　　說不定，做自媒體真能帶來一條生路。即使失敗，起碼這12個月，收入得到保障。

　　一無所有的人，無須懼怕失敗。

　　錢蔓黯淡的眼睛裡，慢慢有了光彩：「卓兒，合作愉快。」

　　「什麼？妳竟然要和滅絕師太合作？」聽聞錢蔓加盟，周春紅手中的串燒掉到了地上。

　　「別大驚小怪，我現在需要一個搭檔，錢蔓姐最適合。」卓兒把手中一串燙好的黃喉遞給周春紅。

　　這是一家新開張的串燒店，全場8折，相當實惠。當然，這是「折扣天后」周春紅找到的。

　　一邊拿著串兒，卓兒一邊習慣性地拿起手機，隨手點開幾個公眾號，津津有味讀起來。

　　「卓越娛樂」問世後，卓兒的生活就被自己的公眾號占據。不但要撰寫文章，還要大量閱讀別人的文章。取長補短，知己知彼。

　　「卓兒，妳裝什麼裝，看到這麼便宜又好吃的串燒，我不相信妳有這個閒功夫玩手機？」周春紅嚷嚷，伸出手搶奪卓兒的手機。

　　卻發現卓兒眼睛直直盯著螢幕，對於外界全無反應。

　　「幹嘛呢，看到什麼好東西了？」周春紅察覺出異樣。

「羅雲東正式離婚。」卓兒迅速抬起頭，神色凝重，「剛剛推播的即時新聞，今天下午法院裁定，羅雲東和張嘉雅正式離婚，張嘉雅獲得『愛購網』10% 的股份。」

「哦，我說什麼大不了的事情。」周春紅手一揮，從鍋裡撈出一串排骨，「離婚新聞妳看得少了嗎？別人離婚，關妳什麼事情？這麼莊嚴肅穆？」

「法庭認定羅雲東是過錯方，所以才會判張嘉雅擁有『愛購網』10% 的股份。而認定過錯方的證據，就是羅雲東和馮妮妮的緋聞照片。」

「呀，這不是妳幹的好事嗎？」周春紅一臉驚喜，「妳應該高興，文章有那麼大的影響力，竟然可以左右別人的離婚官司。卓兒，妳現在紅了耶，連羅雲東這樣的大名人都栽在妳的手裡！」

卓兒的眉毛緊緊地擰在一起：「我根本沒有要為難羅雲東的意思，現在離婚官司判下來，他損失這麼慘重，大概會恨我一輩子。」

周春紅那張被串燒辣得紅撲撲的臉湊過來，假睫毛誇張地撲閃：「趙卓兒，妳有問題，竟然這麼在乎羅雲東對你的看法！老實說，妳是不是對我們家老公有點意思？」

卓兒聞言，一把推開周春紅：「少胡說！」

周春紅微微斜著眼，意味深長地打量著閨密：「趙卓兒，妳別否認，妳看你，臉都紅到脖子根兒了！」

卓兒下意識地一摸臉，糟糕，這麼燙！

吃完串燒，卓兒和周春紅分手，獨自沿著府南河步行回家。

河邊燈火輝煌，隨處可見相伴而行的情侶，幾個手拿玫瑰的花童在河岸兩側不停奔跑叫賣。

河風吹過，空氣中飄浮著初秋特有的清爽氣息。這氣息在潮濕中透著點曖昧，在曖昧中帶著點傷感。

卓兒行走在夜色中，心中升起莫名的憂傷。

「砰砰砰」，空中傳來爆裂聲。抬頭望去，一朵巨大的煙火正在河岸上空盛開。那是一朵帶著光亮的玫瑰花，在漆黑的夜空盡情舒展。

河邊的情侶們紛紛駐足觀看，不時能聽到人們的歡呼。

煙火之下，卓兒想，自己這一生應該就這樣了吧。在這座城市起早貪黑地奔波，某一天，忽然就成了人們口中的「剩女」，於是匆匆認識一個和自己狀況差不多的男人，草草結婚。

婚後，夫婦二人節衣縮食，貸款買一棟郊區的房子、開一輛貸款買來的平價車，然後生兒育女，灰頭土臉過完這一生。

不過是一片浮萍，隨波逐流。誰會在乎這朵浮萍曾經有過的喜怒哀樂？她曾經愛過的人，有過的憂傷，誰會在乎？當那朵巨大的煙火在夜空中綻放，憂傷的不止卓兒一個人。

20層辦公室落地玻璃窗前，羅雲東沉默地凝視著天邊的煙火。

幾個小時前，法院一紙判決，他結束了七年夢魘般的婚姻。但同時，也失去了「愛購網」10%股份。

今夜，是他恢復單身的第一夜。

煙花易冷。似乎，他的世界從未溫暖。

如今的他，是被鎂光燈包圍的商業精英，擁有財富、名聲、社會的肯定以及別人尊敬的目光，甚至，他離「華爾街敲鐘」之夢只有一步之遙。

但是，他真的擁有這一切？誰會知道，繁華背後，他過著怎樣一種人生？

羅雲東深吸一口氣，胸腔中充盈一種巨大的傷感。他想，自己不過是這座城市裡，一片漂泊無依的浮萍。

──新婚之夜，張嘉雅穿一襲潔白昂貴的婚紗，端坐新房，像臣服四方的女王。

羅雲東喝了太多酒，倒在床上，想迅速睡死過去，卻怎麼樣也無法入眠。

14.

張嘉雅側著頭，看著這個已經成為丈夫的男人，這個她付出了昂貴代價才獲得的丈夫。她，終於得到了他。

伸出義肢，輕輕觸摸羅雲東的身體。羅雲東沒有任何反應，死屍般攤在床上。

張嘉雅不甘心，用義肢輕輕拍打羅雲東的臉，那英俊的、讓她沉迷的臉。

羅雲東依然沒有反應，也許，他不想反應。

張嘉雅忽然變得有些煩躁，低吼：「這算什麼？裝死嗎？這可是我的新婚之夜！」

張嘉雅口口聲聲，我的婚禮、我的新婚之夜，似乎這場婚禮和羅雲東毫無關係，只是她一個人的勝利表演。

面對霸道女王，羅雲東有無法言說的無奈。輕輕扭動身體，想要坐起來，想去廁所沖涼，暫時逃避女王的步步緊逼。

哪知，身體剛剛動了一下，張嘉雅整個人就撲上來。那雙塗著大紅色唇膏的嘴唇重重壓在他的雙唇上，他動彈不得，只得被動地接受著她強悍的親吻。

這是兩人第一次親密的身體接觸。

從答應張石軒的交易到新婚夜足有半年時間，兩人雖然以情侶姿態出雙入對，但是對於張嘉雅的身體，羅雲東始終保持冷靜。

有一晚，兩人為籌備婚禮忙到很晚，張嘉雅主動說，時間不早了，你就留下來吧。

羅雲東想也沒想，拒絕。見張嘉雅臉色難看，心虛般解釋：「我明天一早要去見重要客戶，明天起太早會影響你休息。」

羅雲東也不明白為什麼如此拒絕張嘉雅？作為男人，被迫將自己當成籌碼交易，這是羅雲東內心永遠無法釋懷的屈辱。也許，身體上的抗拒，正是內心掙扎的外在表現。

床上，羅雲東身體裡的矜持和抗拒被剝奪。令人窒息的長吻中，張嘉雅的義肢游移到羅雲東胸前。她要解開他的襯衫鈕扣，她要完完全全占有他。

但是，矽膠義肢又怎能解開緊閉的鈕扣？張嘉雅努力了好一陣子，無法成功。

羅雲東長舒一口氣，張嘉雅一翻身，從他身上坐起來。迅速下床、在房間裡找到一把水果刀。

那把水果刀明晃晃地出現在了羅雲東的胸前，「啪嗒」，一顆鈕扣被割斷，掉落在地上。「啪嗒」又是一聲，第二顆鈕扣掉落。

那把寒光閃閃的水果刀如此鋒利，手起刀落，羅雲東的襯衫鈕扣被悉數割斷，露出結實強壯的身體。

羅雲東面帶恐懼，張嘉雅卻痴痴地笑。用勝利者的眼神俯瞰羅雲東，猶如一位獵人面對獵物。

「幫我把婚紗脫下來。」張嘉雅發出命令。

羅雲東沒有動。張嘉雅滿不在乎，水果刀倒轉，伸進婚紗。「撲哧撲哧」，婚紗被一寸寸割開，最終，赤身裸體。

她高傲地將那件破裂的婚紗踩在腳下，用自己的方式脫掉衣服，女王般重新爬上床，手裡，依然拿著那把明晃晃的水果刀……。

離婚第一夜，張嘉雅身處五星級酒店套房。

坐在窗前，一遍又一遍審視法院那張離婚裁定書。落地窗外，府南河的煙火次第綻放。

這一夜，她想要喝酒、想要狂歡、想要放縱，就是不想一個人度過。

身上穿著酒店的白色浴袍，剛洗完澡，頭髮上還滴著水滴。

浴室裡，有水流聲。那個男人在洗澡。

她女王般命令，我先洗，然後換你。

他順從地點頭，還幫她把浴袍、毛巾放好。

他聽她的，他必須聽她的。

他現在所擁有的一切，高檔的住處、數額不菲的生活費、豪華跑車，都來自她的給予。

「砰砰砰」，夜空中綻放一朵巨大的煙火，形如玫瑰，豔麗。

張嘉雅忽然想起，上一次看見這種玫瑰煙火，是在自己的結婚晚宴上。父親特地為她準備的驚喜。

她穿著白色婚紗，在煙火裡凝視羅雲東的面龐。終究，你還是屬於我。

從小到大，凡是她想要的，總能抓在手裡。失去雙手後，她常常問自己，還能抓住什麼？

甚至今天，連婚姻也失去，除了仇恨和報復，她還能抓住什麼？

她比煙火更寂寞。

——婚後，羅雲東向張嘉雅提出，接母親過來同住。「父親早亡，是她一把屎一把尿將我拉拔大，現在媽媽年紀大了，把她接到身邊，方便照顧。」

張嘉雅斷然拒絕。睜著一雙杏仁眼，高聲反駁：「我們剛剛結婚，還沒有好好享受二人世界，為什麼要和你媽同住？你媽一直生活在小縣城，生活習慣、價值觀念都是小縣城那一套，我沒有辦法和她同在一個屋簷下！」

張嘉雅的話，像針，字字扎進羅雲東的心。母親是羅雲東在這場交易裡最後的底線，這條底線，他必須堅守。

羅雲東在「雲雅」附近買下一間寬敞的套房，把母親從縣城裡接來，還請了一個手腳勤快的保姆。

張嘉雅睜一隻眼閉一隻眼，心裡老大不願意，但也不好立刻發作。漸漸地，羅雲東回家的次數越來越少，每次打電話詢問，都說自己在陪母親，如果太晚就在那留宿。

深夜10點，羅雲東還沒回家。張嘉雅一連打去十通電話，無人接聽。氣急敗壞，直奔羅母套房。

義肢大力拍門，終於打開，羅雲東穿一身運動裝站在門後，見到她，臉色忽變。

「我打給你十通電話，為什麼不接？」張嘉雅劈頭蓋臉質問。

「可能沒有聽到。」羅雲東壓低聲音。

「沒有聽到？我看你是故意不接！」張嘉雅眉毛一揚，不顧羅雲東的阻攔跨進房間。

飯桌上，有吃剩的飯菜，正中，是切了一半的生日蛋糕。

看著氣勢洶洶的媳婦，羅母小心翼翼滿臉堆笑：「嘉雅，來了，快坐。」

張嘉雅並不理睬婆婆的示好。在房間裡慢慢踱步，確定房間裡除了保姆、羅家母子三人再無其他人，怒火微微平息。

為了證實自己的猜測，再度拿起手機撥打羅雲東的電話。「嗚嗚」，已經調成震動狀態的手機發出嗡鳴聲。

「看看，手機明明就擺在桌上，怎會聽不到，你是故意不接！」張嘉雅咆哮。

「別鬧，」羅雲東伸手去拉張嘉雅，「今天是我媽的生日！」

「生日？生日有什麼了不起？你媽過生日你就不接我電話？」張嘉雅毫不示弱。

「嘉雅，都是我不好。」不知所措的羅母忽然開口，「我從來不過生日，今年好不容易到兒子身邊，就想著一家人聚一聚，這才要保姆做了點吃的，把雲東叫過來，都是我不好，做事情欠考慮⋯⋯。」

說完，淚珠已經在羅母眼眶裡打轉。

羅母一番委曲求全的表白並沒有打消張嘉雅的怒火，相反，新的憤怒在胸中燃燒：「一家人聚一聚？我不知道你說的一家人包括誰？怎麼我這個媳婦都沒有收到邀請？」

羅母和羅雲東面面相覷，無言以對。羅雲東把心一橫，對著張嘉雅低吼：「別鬧，有什麼問題，我們回去說！」

「鬧？」張嘉雅渾身著火，仰頭，眼睛逼視丈夫，「請問羅雲東先生，我和你結婚這麼久，你把我當成老婆了嗎？你這個老媽把我當成媳婦了嗎？如果不是這個老太婆偷偷搬來成都，你能找到那麼多藉口不回家？還不知道她背後怎麼挑撥我們的夫妻關係呢。正好了，今天你媽媽也在這裡，我們三個人打開天窗說亮話。我們結婚還沒有幾年，誰家的新婚夫妻不是先過幾年二人世界，可是你偏不要，要把你媽接到身邊。就拿這間房子來說，當初你買的時候，徵求過我的意見嗎？你背著我，偷偷買房裝潢，偷偷把你媽接來。想說你是孝子，我忍。但是你算算，一個星期，你有幾天在我家，又有幾天待在這裡？你是要讓我守活寡嗎？這位老太太，我知道妳年紀輕輕守了活寡，但妳受的苦可別硬栽在我頭上！我告訴妳，我張嘉雅不是守活寡的命，我們張家，容不得別人在我們頭上拉屎！」

話還沒說完，張嘉雅只覺面前一陣冷風掃過，「啪」，一記重重的耳光打在臉上。

「雲東，你幹什麼？」羅母對著兒子低吼。

張嘉雅雙手抱頭，爆發出野獸般的嚎叫。橫衝直撞，揮舞雙手，將身邊的物品通通推倒。花瓶、電視、茶杯、水壺、相框紛紛墜落，房間裡一片「唏哩花啦」。

砸東西還不能發洩心中怒火，張嘉雅猛地撲向羅雲東，一口咬住他的手臂。

使盡全力咬下去，抱著同歸於盡的決心。細密的牙齒深深嵌入羅雲東的皮膚，這是她的獵物，永遠不會鬆口！

鮮血從手臂流出來，羅雲東一聲不吭，任由女人撕咬。

手臂的痛楚讓羅雲東生出一絲快感，常年積壓在心頭的難堪和痛苦終於有了釋放的管道。

　　「我們離婚吧。」羅雲東平靜地說。

15.

　　錢蔓加盟，豐富的採編經驗、對新聞精準的判斷，在自媒體運作上顯示出巨大的優勢。

　　卓兒工作壓力減輕，以最快時間註冊成立一間公司──卓兒新媒體有限公司。

　　廣告廠商為上市公司，財務支付只能對公。成立公司，不過是為滿足客戶的支付要求，但是真的拿到那張金光閃閃的營業執照，卓兒內心還是禁不住激動。

　　誰也不能否認，這是一個美好的開端。總是為別人工作的趙卓兒，終於也擁有了自己的公司。

　　營業執照拿回來的第一天，錢蔓對卓兒說，我們之間的關係，得先講清楚。

　　卓兒沒有明白。錢蔓也不遮掩，直接說──就是我們倆之間，誰聽誰的？在報社時，錢蔓的這種直（ㄎㄡˇ）截（ㄨˊ）了（ㄓㄜ˙）當（ㄉㄢˋ）讓卓兒深惡痛絕，但是現在，卓兒忽然喜歡上錢蔓的風格，這可以省去許多揣摩與明爭暗鬥。

　　「我是公司法人，是公司創辦人。從這個角度來說，我會對妳的工作提出意見和要求。但是，我還有一個身分，採訪記者，從這個角度，我歸妳管，妳隨時可以對我的採訪做出指示和要求，就像當初在報社那樣。還有，妳是資深媒體人，業務經驗和人生經驗都比我豐富，我會充分尊重妳的意見。另外，在收入分配上，妳每月5000，我每月2000，妳是本公司收入最高的員工。」

14.

　　卓兒和錢蔓共事的最大障礙，就是彼此角色的轉換。

　　錢蔓從昔日主管變成下屬，而卓兒卻由昔日的下屬成為老闆。卓兒必須盡量照顧錢蔓的情緒和自尊。

　　錢蔓帶著滿意的答覆繼續工作，卓兒卻接到經紀人大牛的電話。

　　「卓兒，來北京吧，我馬上幫妳訂最近的航班。」大牛在電話裡十分焦急。

　　「為什麼？」

　　「快來吧，馮娓娓想見妳……晚了就怕來不及。」

　　「發生什麼事情？」

　　「見面再說……。」

　　四個小時後，卓兒飛抵北京，一輛轎車直接將她接到醫院加護病房。

　　大牛站在病房外，神情沮喪：「娓娓在裡面，她的時間已經不多了，她說，想見妳一面。」

　　卓兒無法相信眼前的一切，馮娓娓究竟發生了什麼事？「乳腺癌末期，腦轉移。」大牛費力地吐出這句話，「娓娓在美國求學時就因為乳腺癌做了手術，回國加盟我們公司，對自己的病情隻字不提。直到前一陣子，病情惡化，癌細胞轉移到腦部才不得不告訴我們真相。哎，腦轉移後，她經常頭暈、嘔吐，還瞞著大家四處演出。現在，她的生命已經進入倒數計時……。」

　　卓兒進入病房，馮娓娓躺在病床上，身上插滿各種管子。

　　她的臉色越發蒼白，那雙大眼睛深陷，猶如兩口幽深的枯井。消瘦的身體在白色被單覆蓋下，脆弱得猶如羽毛，隨時可能折斷，又隨時可能飛走。

　　大牛輕輕俯在馮娓娓耳邊低語。馮娓娓費力地扭過頭，一雙渾濁的眼睛注視卓兒：「我……想見妳，是想在生命的最後時刻，告訴妳真相……。」

　　這樣的場面，卓兒28年人生中未曾經歷。看著脆弱的馮娓娓，深深自責，她曾經嘲笑她是一朵白蓮花，卻不知，她背負如此巨大的秘密。

「一切都不是妳以為的那樣……，」馮娓娓繼續開口，由於虛弱，聲音像一只漏氣的皮球：「我不是什麼白富美，我是孤兒……，考取了獎學金，才得以去美國學習音樂。課餘，我得去打工，用賺來的錢維持生活。羅雲東就是我家政服務的僱主，他那時已經在華爾街工作，每週三次，僱傭我幫他打掃公寓……。」

說完一大段話，馮娓娓痛苦地喘氣。大牛問：「需要休息一下嗎？」

她搖頭，苦笑：「不用，我很快就會永遠地休息……。」

「我和羅雲東漸漸熟悉，大家都是中國人，談得來。後來，就成了好朋友……。後來，我得了乳腺癌，需要手術，那是一大筆錢，我無力支付。最後，是羅雲東資助我完成手術……。」

羅雲東？那張冷漠的撲克臉，竟然有一副古道熱腸？馮娓娓似乎看出卓兒的懷疑，她輕輕地問：「妳一定還在懷疑我和羅雲東的關係吧？是，我愛他……一直……直到現在……都愛著他。甚至，在我切除左乳房的手術之前，我想把自己的身體獻給他……但是，他拒絕，他……真的沒有愛上我……。」

馮娓娓苦笑，蒼白消瘦的臉有巨大的遺憾。

「手術康復後，他就刻意和我保持距離……後來，我回國，進入了娛樂圈。我隱瞞自己的病情，隱瞞在美國的一切。娛樂公司很現實，誰會和一個罹患癌症的歌手簽約？兩個月前，癌細胞轉移，情況不妙……我是那麼害怕和絕望，還必須保守秘密，不讓它影響現在擁有的演出機會……唯一能夠傾訴的，只有羅雲東……。」

說到這裡，馮娓娓乾枯的眼裡，流出一行晶瑩的淚。

「於是，就有了你在酒店花園見到的一幕……現在，妳知道了吧，為什麼我們會到酒店房間去，難道我會讓眼淚、傷痛和秘密暴露在大庭廣眾之下？在酒店房間，他安慰了我整整一個晚上。在他面前，我把這幾年藏起來的眼淚，全都流了出來……。」

卓兒無言以對。是的，一切都不是她想像的那樣。

「趙卓兒，我不在乎妳對我的傷害……，但是，我不能原諒，妳對羅雲東的傷害……。」馮婗婗直視卓兒，臉上有了一種凜然之氣，「妳知道嗎？妳的那些文章，對羅雲東造成了多大的傷害？他打輸了離婚官司，他為此失去了 10% 的股份，他對公司的控制權岌岌可危。要知道，那家公司寄託了他所有的人生理想和希望……。」

卓兒難過地低下頭，馮婗婗的話猶如尖刀，鋒利得讓她體無完膚。

「原本，原本，羅雲東是可以避免這樣的結果……我告訴他，我可以召開記者會，將一切真相公開，但是他卻拒絕了。沒有誰比他更瞭解我……他知道，一旦公布真相，我的演藝事業就將中止，失去了鍾愛的事業，我的人生也將失去希望……他要讓我抱有這樣的希望，他希望給我繼續求生的動力……。」

說到激動處，馮婗婗艱難地喘息，過了好長時間，她才平靜，輕輕說：「該說的我都已說完，妳可以離開。趙卓兒，我不會恨妳……生命是如此美好，妳要珍惜，好好地活……。」

五個小時後，卓兒從北京飛回成都。腦袋裡不停閃現馮婗婗的聲音，虛弱卻擲地有聲，每一個字都是一刀凌遲，將她推向萬劫不復的深淵。

飛機著陸，卓兒坐在機艙裡頭暈目眩，一陣強烈的飢餓感向她襲來。這才想起，一整天奔波，卻滴水未進。

機艙門打開，卓兒站了起來。忽然間天旋地轉，眼前蹦出小金星。趕緊扶住前面的座椅靠背，深呼吸。

低血糖，老毛病。

踏出機場，城市燈火闌珊。想也沒想，直接叫車朝中心商業區那棟辦公大樓奔去。

下班後的辦公大樓異常安靜，坐電梯直達 20 樓。謝天謝地，走廊裡亮著燈。那間來過一次的辦公室，大門虛掩。

毫不猶豫，推門而入。

羅雲東正站在玻璃窗前，背對她，凝視著樓下的夜色。

「羅先生，對不起。」卓兒看著這個高大挺拔的身影，思緒混亂、言語遲鈍，「我剛剛從北京飛回來……我……我一下飛機就直接過來找你，我是想……想當面跟你說一聲……對不起……。」

羅雲東轉過身，看清楚卓兒，眼睛裡閃過一抹光亮。

然後，迅速恢復冷峻，冷冷吐出一個字：「哦？」

「對不起，真的對不起……我去加護病房見到了馮妮妮，她告訴我一切，我不知道是這樣……一切都不是我以為的那樣……我很後悔，我不知道如何彌補為你以及馮妮妮帶來的傷害……。」

卓兒低頭，像犯錯的小學生。淚水大滴大滴滑落，身體因為激動而顫抖。

「妳知道了什麼？」羅雲東平靜地問。

卓兒抬頭，不知道何時，羅雲東已經站在她面前，一雙眼冷漠地逼視。

「我，我什麼都知道……。」

卓兒只覺血往上湧，雙眼一黑，失去意識。她的身體軟綿綿地癱倒，羅雲東伸手，緊緊抱住。

卓兒的頭無力地垂靠在羅雲東的胸膛，他的心跳，陡然加速。

16.

半小時後，卓兒慢慢清醒。面前是一張年輕女孩的臉。

「妳醒了？」穿著護士服的護士輕聲問。

卓兒稍稍側頭，發現自己躺在一張柔軟舒適的沙發上，身上蓋著一床輕盈的毛毯。右手在毯子外，正插著管子打著點滴。

「這是哪裡？」卓兒聲音虛弱。

「妳在羅總的辦公室暈倒了，我們剛幫妳進行了急救。」護士為她解釋。

一個男人低沉的聲音響起：「情況怎麼樣？」

「病人醒了，血壓也恢復正常。」護士回答。

卓兒只覺沙發一沉，那個男人已經坐到沙發上。一陣緊張，卓兒掙扎著半坐起來，卻只覺肩膀一熱，男子的一雙手，已經扶住她。

「好些了嗎？」羅雲東的臉離她很近，甚至能感覺到他嘴裡溫熱的呼吸。卓兒只覺半邊身體發麻，整個人像被點了穴，動彈不得。

「妳暈倒了，醫生說，是低血糖。」羅雲東的眼睛凝視著她，像暴風雨後的天空，湛藍溫柔。

沒等卓兒有所回應，羅雲東的手忽然伸到了她的臉龐邊。輕輕地，將一縷垂下來的亂髮撩起，掛在耳後。

「哦，哦，是的，是的……我一整天都沒有吃飯。」卓兒慌亂地說。

「身體是自己的，要愛惜。」羅雲東特別輕柔。

第一次，卓兒發現羅雲東的聲音如此悅耳動聽，那種低沉的，午夜電台般的磁性嗓音，猶如一池溫泉將冰冷的身體緊緊包圍。

28年來，卓兒從未被如此溫柔以待。

來自小縣城的野丫頭，在社會底層苦苦掙扎，習慣了被歧視、被輕賤、被傷害。野草般頑強生長，與天鬥與地鬥，傷痕纍纍，而後結疤，變成盔甲。

　　此刻，盔甲脫落，她如柔軟粉嫩的嬰兒，一絲一毫的溫情都難以招架。

　　卓兒心頭一酸，兩行熱淚奪眶而出。

　　羅雲東輕輕嘆氣，那雙手移到她的臉頰，食指緊貼，一點一點，擦去她的淚水。

　　四周出奇安靜。

　　卓兒無法從目眩神迷中清醒，面對溫柔的男子，呢喃：「對不起，請原諒我⋯⋯。」

　　羅雲東眼睛裡的那抹藍，慢慢飄過烏雲。烏雲越積越多，覆蓋住整個眼眸。

　　他從沙發上站起來，雙手插進褲子口袋，居高臨下看著卓兒。溫情從臉上瞬間消失，冷若冰霜。

　　他轉身向外走去，到房門處忽然停住，微微側過臉，冷冷地說：「妳身體恢復了，就請離開吧。」

　　上午10點，「愛購網」股權變動後的第一次股東大會。

　　9點55分，羅雲東走進會議室。一場漫長慘烈的戰鬥打響第一槍。

　　10點整，長方形大會議桌邊，股東們悉數就座，出國在外的張石軒全權委託張嘉雅代表自己出席。

　　但，張嘉雅沒有現身。

　　羅雲東靠在椅背，一隻手放在桌上，食指和中指有規律地敲擊桌面。

　　這個張嘉雅，搞什麼名堂？

　　10點10分，會議室門口，響起不緊不慢的高跟鞋聲。

　　大門打開，張嘉雅出現。

精心打扮，穿一套粗花呢香奈兒套裝，頭上戴一頂同色寬簷帽。臉上化著精緻的妝容，大紅唇，豔麗高貴。

張嘉雅在眾人的注視中走進會場，脖子挺直，下巴微抬，一臉矜持地坐到羅雲東右手邊的空位。

秘書 Lily 立刻上前，為她送來一杯熱茶。

「什麼茶？」張嘉雅輕聲問。

「竹葉青。」

「妳不知道，我從來不喝綠茶嗎？」張嘉雅斜眼看著 Lily。

「把它倒掉，換一杯咖啡來。」張嘉雅伸出戴黑手套的手，輕輕把茶杯推開。

公司 CEO 唐毅見狀，立刻宣布會議開始，轉移大家注意力。

「今天是『愛購網』股東調整後的第一次會議。首先向大家報告的是，目前本公司的股份持有情況為，董事長羅雲東先生持有 40% 的股份，是公司控股人。本人唐毅兼任公司 CEO，持有公司 25% 的股份，『石軒基金』以投資入股的形式持有公司 20% 的股份，張嘉雅女士持有 10% 的股份，成為公司新任股東；孫慶國先生持有 3%，李河先生持有 2%……。」

Lily 輕輕走進來，將一杯咖啡放到張嘉雅面前。

「這是什麼咖啡？」張嘉雅忽然提高音量，甚至把唐毅的聲音壓了下去。

「雀巢。」

張嘉雅從鼻孔裡發出一聲冷笑：「雀巢？你這是打發工讀生嗎？」

唐毅停止報告，看了看羅雲東，又看了看張嘉雅，神色尷尬。

羅雲東臉色鐵青，她在宣戰？

張嘉雅換了一下坐姿，對著 Lily，眼角卻瞄向羅雲東：「你們董事長應該知道，我喝咖啡只喝馬來西亞怡保的舊街場。」

羅雲東強壓住怒火，轉頭對Lily說：「去我的辦公室，泡一杯舊街場。」

張嘉雅看著羅雲東，冷笑。揚聲對唐毅說：「唐總，為什麼停止？繼續啊。」

唐毅只得硬著頭皮繼續。投影螢幕上，映出公司財務數據對比表格，綠色代表下滑數據，紅色代表上升數據。

可惜，整個螢幕，綠色多，紅色少。

「唐總，這是怎麼回事？」張嘉雅雙手抱在胸前，眉毛向上挑著，「雖然我不懂商業，但是因為父親的緣故，也算是略知一二。大家看看，這就是『愛購網』這半年來的業績，簡直就是綠樹成蔭啊。這樣的業績拿出去，還有什麼臉在這個行業混下去，你們又怎麼向我們這些股東交代？作為羅董事長剛剛離婚的前妻，我對他也算是瞭解，他最大的夢想是要去美國敲鐘。可惜，這樣的業績，偉大的董事長又怎能一圓敲鐘夢呢？」

Lily誠惶誠恐地端來一杯舊街場咖啡。張嘉雅也不伸手接，點了點下巴，示意將咖啡放到桌子上。

義肢垂在身體兩側，低頭、整個上身伏在桌子上，嘴唇湊在咖啡杯邊，像小孩偷吃食物般輕輕抿一口。

「呸。」還沒等Lily轉身，張嘉雅忽然將嘴裡的咖啡一口吐到地上。眾人的目光，再一次轉向。

「怎麼回事？」張嘉雅高聲質問，「咖啡裡沒有加奶嗎？」

Lily慌了神，連聲道歉：「對不起，對不起，我不知道。」

「不知道？」張嘉雅眉毛一挑，「你們羅董和我同床共枕這麼多年，妳不知道，難道他還不知道？」說完，將挑釁的目光投向羅雲東。

「張女士，」羅雲東按捺不住，「這裡是股東會議，咖啡的事情我們能不能暫停討論。現在，請唐毅先生繼續報告……。」

11點30分，會議結束。羅雲東大步流星回到辦公室。

門忽然打開，張嘉雅快步走了進來，身後跟著一臉焦急的唐毅：「嘉雅，還是回去吧，我還得和雲東討論項目。」

「怎麼？不歡迎我？」張嘉雅並不理睬唐毅的阻攔，眼睛挑釁地看著羅雲東。

「妳有什麼事？」羅雲東面色一沉，盡量壓抑厭惡。

「什麼事？」張嘉雅走到大型辦公桌前，身子斜斜地靠在桌子邊，雙手抱胸，「難道我沒有事，就不能來看望你這個離了婚的前夫？」

沒等羅雲東回答，張嘉雅轉向唐毅：「唐總，你說呢？」

唐毅輕輕嘆氣，盡量用柔和的語氣說：「嘉雅，別鬧了，我和雲東真的有事情要討論。」

「鬧？我哪裡在鬧？」張嘉雅用戴著黑手套的義肢指著羅雲東，「他羅雲東一說要離婚，我乖乖簽字，一刻也沒有耽誤他奔向自由。你們現在說我鬧，這是什麼道理，欺人太甚了！」

「張嘉雅，夠了！」壓抑多時的羅雲東終於發出怒吼。

一場風暴就要爆發，千鈞一髮之際，唐毅開口：「嘉雅，別這樣。妳是公司的大股東，而雲東呢，是我的頂頭上司，你們倆的事情，我不方便插嘴。但是，我是妳音樂學院的學長，妳和雲東認識也是經我介紹，我還是想說幾句。」

唐毅走到張嘉雅的身邊，看著那張被怒火扭曲了的臉，心疼地說：「嘉雅，離婚在今天已經不是什麼稀罕的事。一對夫妻緣分盡了，分開是最好的選擇。妳是受過高等教育的女性，應該有這樣的胸懷和見識。」

「怎麼，你是在指責我小心眼，沒有見識？」張嘉雅像一隻好鬥的公雞，渾身羽毛立刻豎起來。

「嘉雅，別這樣。」唐毅沒有生氣，眼睛裡卻多了一份沉痛，「如果妳還沉溺於自暴自棄、與全世界為敵的狀態，你會傷害身邊每一個關心妳的人。」

這句話，擊中張嘉雅的痛處。眼睛裡忽然湧出淚水，倔強如她，將頭一扭，不願讓人看到。

　　「嘉雅，妳雖然離婚了，但是什麼也沒有失去。」唐毅輕輕地扶住張嘉雅顫抖的肩膀，「我還是妳的學長，是妳無話不談的朋友，甚至雲東，也還是妳的朋友，只要妳願意敞開心扉接納他，他可以是妳在這個世界上最值得信賴的朋友。」

　　淚水一行一行，從張嘉雅的眼裡湧出來。她身體劇烈顫抖，一轉身，頭也不回衝出辦公室。

17.

　　每天上午 10 點，錢蔓準時出現在卓兒的出租套房。兩人討論當天的娛樂新聞，然後分頭行動，各自擔任採編工作。

　　沒錢租辦公大樓，出租套房就是辦公室。一張老式書桌，兩把塑膠椅，是她們所有的辦公家具。

　　「呀，馮娓娓病逝……。」錢蔓在網路上搜尋新聞，一聲驚呼。

　　卓兒只覺後背一麻，趕緊湊到電腦前：「什麼時候？」

　　「今天早上。」錢蔓繼續搜尋網頁，「竟然死於乳腺癌末期，怎麼之前沒有她生病的消息？」

　　卓兒愣在原地，說不出一句話。

　　錢蔓回頭看卓兒：「那，今天的公眾號就做馮娓娓？」

　　卓兒回過神：「做，肯定做，我來寫……給我留頭條……。」

　　當晚 6 點，「卓越娛樂」推出「馮娓娓紀念專題」，整個自媒體四條推播都是關於馮娓娓的。

　　策劃人，錢蔓。重大事件的策劃包裝，歷來是她的強項。

　　頭條文章由卓兒撰寫，題目：娓娓，請你原諒。

　　卓兒詳細描寫娓娓和她在加護病房的最後一次見面。然後筆鋒一轉，馮娓娓在美國的第一次手術、進軍歌壇隱瞞病情的心酸以及羅雲東對她的幫助保護……。

　　卓兒毫不隱諱地寫出馮娓娓和羅雲東酒店相會的真正原因，並對自己之前的報導表達深刻的歉意和自責。

　　當然，她隱瞞了娓娓對羅雲東無法實現的愛情。

　　「娓娓，謝謝妳在生命的最後一刻，告訴我一切真相。

也謝謝你能夠原諒我帶給妳的那些傷害。妳是真正的靈魂歌手，願妳在天堂得到愛和幸福。」

寫完最後一個字，卓兒淚流滿面。淚眼矇矓望向窗外自語：「妮妮，如果有知，一路走好。」

一陣風過，薄紗窗簾高高吹起，輕輕拂過卓兒的臉龐，猶如回答。

一個小時後，錢蔓在微信裡驚呼：「卓兒，不到一個小時點閱量突破3萬+，看樣子，衝到10萬+不成問題。快看後台留言，8000多條，盛況空前。」

卓兒登錄後台，整個螢幕都是留言，既有對馮妮妮的懷念，也有對她執著於歌唱夢想的欽佩。還有網友出言不遜，對卓兒當初斷言「馮妮妮、羅雲東幽會」破口大罵。

眾多留言中，一則留言引起卓兒的注意。

「想讓她在生命的最後一刻，還能抱有重回舞台的希望，她的一生將了無遺憾。可惜，我沒有做到。」

留言的網名是「LYD」。

卓兒知道他是誰。迅速將「LYD」加入微信好友，並不奢望對方能夠通過加入好友請求，只是希望他能夠看到自己在「驗證申請」中寫下的話：

「我知道，你其實愛她。趙卓兒。」

讓卓兒意外的是，LYD很快確認了自己的申請。

LYD傳來回覆：「我其實很佩服她，可以用整個生命去追求自己的夢想，她是為自己而活的人，她的一生沒有遺憾。」

卓兒：「她唯一的遺憾是，沒有好好愛一場。」

LYD：「我不配愛她。」

清晨，張嘉雅從微矇的天光中驚醒。恍惚間，記不得自己身處哪家酒店。

離婚之後的很多夜晚，她的肉身流連在各大酒店的床上。

17.

貪歡片刻，最怕面對夢醒時分。

一場瘋狂的性愛耗盡了張嘉雅所有的力氣，此刻的她，猶如一只墜落地面的風箏，空洞麻木，毫無生氣。

身後傳來那個男人的聲音：「醒了？」

張嘉雅沒有回頭，也沒有回應。

男人繼續用關切的語氣問：「餓了嗎？要不要叫早餐？」

張嘉雅搖頭，用一種輕佻的語氣說：「怎麼會餓？昨夜你已經讓我很飽。」

她一翻身，將自己那雙矽膠義肢送到男人面前：「喜歡嗎？愛它嗎？親吻它吧。」

男子猶豫了一下，半坐起來，低下頭，將嘴湊到張嘉雅那雙義肢上，一寸一寸，認真親吻。

張嘉雅仰頭，喉頭發出混濁的聲響，分不清是痛苦的嗚咽還是曖昧的呻吟。

男子頭髮垂下來，蓋住大半張臉。一邊親吻一邊用手撥開長髮，整張臉暴露出來。

清秀的臉龐、明亮的雙眼、殷紅的雙唇。

他，是栗遠星。

張嘉雅很快就厭倦了無聊的遊戲，她將手從栗遠星唇下抽回來，一雙眼環視酒店套房，尋找新的刺激。

「你看，那裡放著一架鋼琴。這是音樂主題的套房，怪不得收費那麼昂貴。」

經張嘉雅的提醒，栗遠星這才注意到，套房的牆壁上掛著好幾幅音樂大師的肖像油畫，客廳裡不但有一台鋼琴，甚至還在角落裡擺放了一把大提琴。

「去，彈一曲。」張嘉雅用一種不容違背的語氣發布命令。

栗遠星順從地下床，光著上身走到鋼琴前，坐下，打開琴蓋。

「想聽什麼？」

此時的張嘉雅身上穿著一件皺巴巴的真絲睡裙，左邊吊帶斷裂，那是昨晚某個瘋狂舉動的犧牲品。

頭髮蓬亂，皮膚蠟黃，眼袋凸出，姣好的面容埋沒在一種毫無遮攔的潦草之中。

栗遠星知道，這個女人在他面前從不在乎形象。女為悅己者容。她不需要取悅栗遠星，相反地，栗遠星卻需要處處為「取悅」她而掙扎。

面對栗遠星的詢問，張嘉雅甩了甩蓬亂的頭髮，滿不在乎地吐出兩個字，隨便。

栗遠星把手放在琴鍵上，開始彈奏。彈的是一首練習曲，是他泡在大學琴房裡的童子功。

憂傷的旋律從栗遠星的指間緩緩流淌，低頭，他要把自己在這個清晨的所有情緒都傾訴出來。

琴聲裡，張嘉雅走到栗遠星身邊。

她注意到了栗遠星背部的刮痕和肩頭的牙齒印，那是她昨夜的瘋狂。義肢輕輕地觸碰那些傷口：「疼嗎？」

栗遠星停止彈奏，反手摸了一下肩頭的傷，滿不在乎地搖頭。

張嘉雅低頭，輕輕向傷口吹氣。

她記得，十幾歲時，家裡養了一隻小白貓。某次，她對小白貓發脾氣，害小白貓的後腿骨折。

小貓趴在地上無法動彈，她也跟著趴在地上，朝小貓的傷口上吹氣。

一邊吹氣一邊自責：「疼嗎？我以後會輕點。」

而現在，面對栗遠星的傷口，她也說出了同樣的話：「我以後會輕點。」

「別停啊，繼續彈。」張嘉雅命令。

栗遠星抬手，繼續彈奏。回味著張嘉雅對他小寵物般的語氣，走神。

「停，停，給我停住！」耳邊忽然傳來女人的咆哮。

他用一雙疑惑的眼神望向她，此刻的張嘉雅，杏眼圓睜，滿臉怒氣。

「你彈的是什麼？指法不對、節奏不對，還比不上街邊賣藝的乞丐！」

栗遠星低下頭，他早已習慣女人的喜怒無常。忍受她的咆哮和刁難，是他必須習慣的家常便飯。

沒有一種獲得不需要付出代價。

他如今擁有的一切，都是這個女人給予的。更重要的是，他心中沸騰的音樂之夢，也得依靠這個女人雄厚的財力。

你覺得屈辱、沒有尊嚴嗎？比爾蓋茲早就說過，成功之前，最不值錢的就是你的自尊。

「對不起，我知道，在妳這個大師面前，我是班門弄斧。」栗遠星委曲求全。

「大師？你是睜眼說瞎話吧？你看看，你看看，我現在這個樣子，算什麼大師？」

栗遠星耳邊傳來張嘉雅的咆哮，一雙矽膠義肢伸到眼皮底下。他看了看那雙義肢，無比厭惡。

平時，這雙義肢都是藏在真絲長手套裡，連她泡溫泉時都不願取下。

現在，在他這個用金錢「買」來的男人面前，她可以毫無顧忌地展示自己的醜陋。反正錢已給夠，她在他面前做什麼，都不過是一種「消費」。

「姐……，」栗遠星抑制住自己的厭惡，輕輕呼喚。

這聲溫柔的呼喚，似乎打中了張嘉雅的罩門，暴戾的臉色緩和下來。

見這招起了作用，栗遠星繼續打鐵趁熱：「妳誤會了，我其實不是這個意思。」

等待了幾秒鐘，見張嘉雅不再咆哮，栗遠星繼續說下去：「我反覆聽過妳的演奏專輯，真的是大師水準，不是我這樣三流大學音樂系的學生可以比擬的。」

栗遠星說的是實話，張嘉雅在鋼琴上的造詣，確實堪稱不凡。

張嘉雅臉上漸漸浮出一層驕傲的光彩。她光著腳，慢慢在地毯上踱著步，一邊走一邊高談闊論：

「音樂是天才的藝術，沒有天賦，在音樂的世界裡只能成為一名匠人。但是，光有天賦也不行，如果沒有超乎想像的勤奮，那就只能成為一位音樂的旁觀者而不是駕馭者。」

栗遠星安靜地看著面前的女人，每當她談起音樂，不管是濃妝艷抹還是蓬頭垢面，都會立刻變成發光體，璀璨得讓人無法直視。

張嘉雅轉過頭，迎上了栗遠星的眼神，她的嘴角浮出一絲驕傲的笑容。她看得出來，這個小男生眼裡傾慕的光亮。這是他從內心深處流淌出來的真實情感，和她的「購買」無關。

這一刻，張嘉雅的心裡有了一份真正的自信。

她不再是那個被壓斷雙手的可憐蟲，不再是那個被丈夫拋棄的中年棄婦，她也不再是眾人眼裡性格暴戾的刁蠻怪物。

她是天才、是大師，是一個被英俊小男生傾慕的優秀女人。

「行了，我說這些，你這個小腦袋瓜也裝不下。」張嘉雅的語氣裡有了一種母性的溫柔，「你呀，整天就只知道彈吉他玩搖滾，對古典音樂天生缺少熱情。對了，你錄歌的事情談得如何？」

謝天謝地，女王終於提到音樂專輯的事。

栗遠星趕緊接上話題：「DEMO已經發給唱片公司，他們還在猶豫。主要是現在唱片市場低迷，他們也不敢在一個新人身上投資太大。」

張嘉雅思索片刻：「唱片公司的擔心不無道理。一下就幫你推出一張專輯，這樣做的市場風險太大。如果你的第一張專輯失敗，後面就不會再有公司願意捧你。不如這樣，你先製作幾首歌曲的EP，把它們拍成MV，輪流在電視台、網站、電台上打歌。透過這樣的方式，你可以迅速打開知名度。」

「可是，做EP、拍攝MV都需要資金，唱片公司大概也捨不得在我身上做這麼多投資。」栗遠星小心翼翼說出自己的擔憂。

「這好辦。」張嘉雅滿不在乎，「等一下跟我的理財顧問說一下，這些費用由我來出。具體要怎麼操作，你直接跟理財顧問溝通。」

「姐，謝謝你。」栗遠星看著張嘉雅，由衷地說。

從「出賣」自己的第一天起，栗遠星就知道，和張嘉雅的關係不過是一場交易。但是在赤裸裸的交易背後，兩人之間又並不僅僅是金錢與肉身的交換。

「買主」張嘉雅心存善意，「賣方」栗遠星心有仰慕，即使這兩種情感飄忽不定，卻總會在某個不經意的瞬間，不約而至。

18.

　　花無百日紅，更何況風起雲湧的自媒體江湖。「卓越娛樂」上線五個月後，出現嚴重停滯。

　　「取消關注」現象越來越嚴重，關注人數不增反降；閱讀量大幅下降，期待中的第三支廣告遲遲不上門。

　　卓兒內心升起巨大的危機感，她和錢蔓緊急碰面，商討對策。

　　「下滑的原因是因為競爭對手增多，」錢蔓分析，「妳看，這幾個月，新增多少娛樂公眾號？少說也得有七、八個吧。這些公眾號背後的寫手和我們一樣，都是有傳統媒體經驗的人，大家實力相當。更要命的是，他們在北京、上海、廣州，訊息快、資源多，都是我們比不上的。」

　　卓兒同意：「這幾個月，我越來越感覺到題材的侷限性，經常陷入一種無題可寫的焦慮。我們不在北京、上海、廣州，沒有那麼多的實地採訪資源，追逐焦點和挖掘內幕的能力很弱。現在只能做一些靜態的專題或者訊息整理，對讀者的吸引力越來越小。」

　　幾個月的自媒體生涯讓錢蔓感慨萬千：「這玩意兒真的要講究天時、地利、人和。你看我們，天時有了，微信公眾號一上線就推出來，可謂搶占先機。人和嘛，也說得過去。我們倆都是幹了這麼多年娛樂新聞的媒體人，業務能力和新聞判斷沒有問題。就是沒有地利優勢啊，這是我們的弱點。我們這個城市，娛樂資源並不豐富，我們輸在了起跑線上。」

　　卓兒得出結論：「要贏得地利，就必須像在報社那樣，全國各地四處採訪，確保新聞素材夠新鮮。但這需要一大筆資金，我們無力負擔。」

　　巧婦難為無米之炊。

　　「我們能找到資金贊助嗎？」錢蔓忽然想到，「以前你們記者出去採訪，很多都是劇組、公關公司邀請，如果現在還能接到這樣的邀請，外採經費的問題就迎刃而解了。」

「唉，我們就只是個公眾號而已，影響力有限，現在還入不了劇組和公關公司的法眼。不過……，」卓兒忽然有了靈感，「我們可以嘗試吸引投資，不是好多創業項目現在都有創業投資、天使投資人嗎？如果我們能找到投資，那不就能活下來？」

卓兒為自己的想法激動起來，一邊說一邊在房間裡踱步：「如果我們能解決外採經費，那就能和北京、上海、廣州零時差、零距離。像娛樂記者卓大哥，當年和我一起去雲南追蹤過房祖名的《千機變》，他後來在北京成立工作室，專挖爆炸性新聞。在北京那種藝人聚集的地方，努力幾年，現在已經是公認的中國第一狗仔。還有廣州的黃佟佟，娛樂記者出身。她的公眾號雖然創立的時間比我們晚，但是廣州的娛樂資源豐富，又靠近香港，地理優勢強大。現在她的公眾號無論是點閱率還是廣告量，都已超越我們。還有其他一大波娛樂公眾號，它們都跑到我們前面去了。我們只有解決經費問題，才能和他們短兵相接！」

錢蔓對於創業圈的創業投資、天使投資人毫無概念，她擔心的是，在那個遙不可及的投資到來之前，我們的自媒體該怎麼辦？

「改版。」卓兒斬釘截鐵。

錢蔓幾乎拍案而起：「對，怎麼把這個忘記了。以前在報社，只要銷量下滑，主管就會醞釀改版，重新吸引讀者。」

卓兒要的改版，不僅僅是對專欄名字、包裝手段的變化，她想要的是一場外科手術般的大變革。

「娛樂資源後勁不足，我們現在需要增加內容。錢蔓姐，你需要負責一個新專欄，這個專欄既要和娛樂沾上邊，但又不需要動用太多娛樂資源，同時還要能夠吸引讀者。」

深思熟慮，錢蔓提出，開設情感專欄──《蔓姐談情》，從情感的角度對一條娛樂新聞重新進行解讀。

「娛樂圈的娛樂緋聞，無非就是情愛慾望的糾葛。找準這個點，往下深度娛樂，應該很有吸引力。風格上有點像黃佟佟的《黃小姐和藍小姐》，但會比她『情感』得更徹底。」

卓兒對錢蔓豎起了大拇指，薑還是老的辣。

「新增一個專欄夠嗎？沒有量變就沒有質變。」卓兒提出新的要求。

「不然，做一個服務專欄？」錢蔓建議，「我們的讀者大多是二十幾歲的年輕女孩，這群人喜歡逛街買打折商品，可以針對她們開設一個服務性專欄。這個專欄也不用每天都上，一週推個兩、三次，方便女孩子吃喝玩樂。馬上要過年了，正是女孩們瘋狂血拼的時候，這個專欄得打鐵趁熱。」

打折商品？卓兒一拍大腿，這個專欄非「折扣天后」周春紅小姐莫屬啊。

周春紅聽到卓兒邀請自己加盟，興奮得大叫大嚷：「啊，讓我做自媒體，那我也算是文化人了。說不定寫著寫著，就能走紅，成為網紅一枚！」

「豈止是紅，簡直紅得發紫。妳負責的專欄叫做『折扣天后』，聽聽，天后啊，想不紅都難。」卓兒向她打趣。

周春紅從手機裡倒出一大堆照片，要在《折扣天后》裡放上自己的大頭照。

「不行。」錢蔓馬上反對，「那些照片俗不可耐，放上去會影響公眾號品質。」

錢蔓的心直口快讓周春紅大為光火，刷刷刷，她點開電腦上一張剛剛 PS 的圖片，那是錢蔓為《蔓姐談情》設計的刊頭——一張卡通化的個人肖像。

「來來來，都過來，看看這張照片。」周春紅招手，把卓兒和錢蔓叫到電腦前。

她指了指電腦螢幕上的卡通圖案，語氣誇張：「錢蔓姐姐，如果沒有看錯的話，這張漫畫上畫的大頭娃娃就是妳自己吧？如果說我的照片俗不可耐，妳這張照片叫什麼？是不是就該叫滑稽至極？看這大腦袋小身子，知道的是《蔓姐談情》，不知道的還以為是《大頭兒子小頭爸爸》呢。」

周春紅的犀利反擊讓錢蔓羞愧難當，她咬著嘴唇，狠狠地拋出一句：「反正不能放，就是不能放！」

「我偏要放！偏要放！」周春紅毫不示弱。

「好了，好了，都冷靜下來。」卓兒夾在兩個女人之間，充當和事佬。

最後，卓兒偷偷找到錢蔓，為周春紅說情：「錢蔓姐，春紅做這個專欄純屬幫忙，我們現在的財務狀況，沒有辦法支付她酬勞。所以，她的照片還是放上去吧，就當是給她的回報。春紅性子直、脾氣烈，但是心眼不壞，要不然，我也不可能和她保持這麼多年友誼。你就大人不記小人過，把她的照片放上去吧。」

錢蔓拗不過，老大不高興：「妳看著辦吧，反正妳是老闆。」

接下《折扣天后》專欄，周春紅超積極，整天大街小巷閒逛，收集各種打折情報。平日裡還要兼顧網路商店的面膜生意，日子變得十分忙碌。

忙碌讓周春紅感受到前所未有的充實，被人需要，才能感受到生命的價值。

為了犒勞自己，周春紅決定週末放鬆一下。從網路上搶到一張歌手黃明明的歌友會入場券，盛裝打扮，早早到場。

第一次參加這樣的追星活動，周春紅特別激動。歌手黃明明一出現，前來採訪的記者立刻擁到前排，將他團團圍住。

周春紅跟著粉絲失聲尖叫：「天啊，沒有想到黃教主現實生活中也是這麼帥！」

周春紅偷偷跑到前排，混在一群記者中，近距離觀察大明星。心情稍稍平復，這才想起用手機幫偶像拍照。

墊起腳，舉起手機，對著黃明明一陣猛拍。可惜，她個子不夠高，手機鏡頭被前面一堆攝影記者擋住。

周春紅不甘心，拚盡全力踮腳，增加自己的高度。終於，可以拍到黃明明正面，沒想到幾位攝影記者往後挪動，健壯的身體撞到周春紅的手臂，一個趔趄，她差點摔倒，「啪」地一聲，手機掉在地上。

周春紅急忙蹲下，在人群中尋找那台廉價手機。攝影記者們還在後退，眼看手機就要被踩在腳下。說時遲那時快，一隻寬大的手出現，將地上的手機迅速撿起來。

「小姐，是妳掉的？」周春紅的耳邊傳來一個溫和的聲音，定睛一看，個子高高、留著平頭的男人正看著她。

「哦，是的，是的。」周春紅接過手機，忙不迭地對那個男人道謝。

「妳也是來採訪的？」男子微笑著和周春紅搭訕。

「啊？是，哦，不是。」周春紅有些慌亂，仔細看了看男人脖子上的證件：「市電視台記者鄭昊。」

「你是黃明明的粉絲？想不想和他合影？」鄭昊似乎談興很濃。

「想是想啊，但是這怎麼可能？」周春紅嘟起嘴。

恰在此時，黃明明結束採訪。鄭昊快步走到他身邊，在他耳朵邊低語，黃明明立刻點頭。

鄭昊對著周春紅揮手，周春紅趕緊撥開人群，衝到黃明明面前。黃教主對周春紅溫和地笑，合照的時候還特地把手搭在她的肩膀上。

「開不開心？刺不刺激？驚不驚喜？」周春紅回到鄭昊身邊，興奮地叫嚷，「快，加我的微信，趕快把照片傳給我。」

鄭昊微笑，拿出手機和周春紅互加微信：「『蜜桃小辣椒』，好有趣的名字，小姐，你是做什麼的？」

「告訴你吧，我是開網路商店賣面膜的。」說到這裡，周春紅網路商店掌櫃的精靈勁兒又冒出頭，「你加我的網路商店，說不定你的女朋友或者老婆喜歡我的面膜。」

鄭昊飛快地回答：「我沒有老婆，連女朋友也沒有。」說完，意味深長地注視著周春紅。

周春紅輕輕「哦」了一聲，有些不自然地將眼光轉向別處。

卓兒的出租房來了個5歲男孩，錢蔓的兒子，凡凡。

「唉，一直是我媽在帶他，但是這幾天我媽也住院了，就只能把凡凡帶過來。」錢蔓一臉愁容。

怕卓兒不高興，她一再保證「孩子很乖，絕對不會影響大家的工作」。

卓兒拍拍錢蔓的肩膀，急忙打消她的顧慮：「錢蔓姐，別見外，妳現在也很辛苦，凡凡很可愛，我們都很喜歡他。」

說完，卓兒蹲下來，和凡凡打著招呼，還拿出一塊巧克力。

凡凡是個眉清目秀的小男孩，伸手接過巧克力，拿在手上卻捨不得吃。

「凡凡，吃吧，巧克力，很好吃喔。」卓兒用手摸摸凡凡的頭。

「我知道好吃，但是我不吃。我留給媽媽，媽媽今天錢不夠，只幫我買了早餐，她自己沒有吃。」凡凡怯生生地說。

「真是個好孩子。」卓兒疼愛地誇獎。一轉頭，看見錢蔓正悄悄擦掉眼角的淚水。

卓兒鼻子一酸，轉回頭，裝作沒看見。錢蔓自尊心強，如今的艱難窘迫，並不願讓外人知道。

「呀，呀，好帥氣的小鮮肉啊！」周春紅的聲音在出租套房裡響起，她衝過去摟著凡凡，甚是喜歡。

面對周春紅的熱情，凡凡並不怯生，伸出小手反抱住周春紅，還很紳士地在她的後背拍了拍，大人般地說：「女士，認識妳很高興。」

凡凡此舉把大家都逗樂了，卓兒問他：「凡凡，這麼有禮貌，誰教你的？」

「是幼稚園老師教的。老師說，在外國，人們見面會擁抱，這個時候男生可以拍拍女生的背，表示自己的歡迎。」

周春紅忍不住又蹲下來，在凡凡臉上猛地親了一口：「小帥哥，姐姐真是愛死你了。」

錢蔓看著兒子，驕傲地說：「我們家凡凡讀的是雙語幼稚園，老師會教他們許多西方的禮儀知識，他從小就是個紳士。」

愉快的氣氛沒有維持多久，一通電話就讓大家掃興。

廣告客戶來電，劈頭質問：「趙小姐，怎麼回事？你的娛樂文章點閱數怎麼那麼少？這樣下去，我們的廣告能有什麼效果？你得想想辦法啦，再這樣低迷下去，我們就只能停止登廣告！」

卓兒如臨大敵，立即召集錢蔓、周春紅開會，商討對策。

卓兒拿出計算器，對改版後每篇文章的點閱率做詳細統計。數據不說謊。改版之後，每天總的點閱率有所增加，但是主打的娛樂文章，閱讀量卻從幾萬直線下滑為幾千。

「卓兒，這樣不行，娛樂是我們的主打內容，是核心業務，如果它不能起死回生，整個公眾號死期將至。」錢蔓憂心忡忡。

「怎麼會？」周春紅白了錢蔓一眼，提高聲調，「《折扣女王》只做了三期，但是一期比一期點擊率高。你的《蔓姐談情》也不錯，每篇都是一、兩萬點閱。不就是頭條差了點嗎？這有什麼關係。只要總點閱數增加就說得過去。」

「廣告商可不這樣想。」卓兒否定周春紅，「皮之不存，毛將焉附？我們是娛樂自媒體，現在養活我們的廣告客戶是衝著娛樂內容而來。客戶已經嚴正警告，如果娛樂文章的點閱數繼續下跌，他們將要停止合作。依我判斷，一旦娛樂頭條失去競爭力，《折扣女王》也好，《蔓姐談情》也好，閱讀數很快也會掉下去。」

一團巨大的烏雲籠罩在三個女人頭頂。山雨欲來風滿樓。

18.

卓兒愁眉深鎖，布滿紅血絲的眼凝視窗外。

困局，如何突圍？

19.

「蜜桃小辣椒，在幹什麼呢？」微信裡，鄭昊發來留言。

周春紅心裡暗自一喜，卻不忘端架子，倒水、吃東西，磨磨蹭蹭好一會兒才回覆：「請問，您是？」

「我是鄭昊啊，電視台的記者，上次在黃明明的歌友會見過面。」

「哦，好像，好像是見過。」周春紅盡量用滿不在乎的口吻回覆。

對話框裡，鄭昊傳過來一個電話號碼：「這是我的手機號，歡迎妳隨時騷擾。」

呸，看你得意的。周春紅對著手機螢幕一嘟嘴，心裡有甜甜的感覺。

「小辣椒，能把妳的電話也留給我嗎？」鄭昊在對話框裡試探。

周春紅歪著頭，內心糾結，給還是不給？忽然，她靈機一動，發過去一句話：「真為你的智商著急，我的電話？你不是加了我的網路商店嗎？」

鄭昊一愣，忍不住發過來一連串的問號。然後，就沒動靜。

周春紅啃著手指，猜測著對方的心思。是不是我說話太過分讓他生氣了？還是他現在正在按照我的提示，在網路商店裡尋找電話？如果他找不到，我要不要直接告訴他？為什麼這麼久都沒有動靜？難道他又有採訪任務，已經離線？

正在糾結，鄭昊的對話框再度閃爍：「哈哈，找到了，賣家聯繫方式裡的手機號碼就是妳本人嗎？」

周春紅長舒一口氣，這人總算還有點智商。不過，你老半天不回我，我也得折磨你一下。

於是，周春紅將手機放在一邊，自己一個人在房間裡踱步，每走一步就數一個數字，從 1 開始，數到 100，停止。

走過去，拿起手機，對話框已被鄭昊洗版。

「這個號碼對不對？」

「朋友，回答我。」

「還在不在啊？」

……

見對方如此焦急，周春紅於心不忍，急忙回過去：「剛有事走開。沒錯，這個號碼是我。你怎麼那麼閒，不用去採訪？」

「上次做的新聞得了個大獨家，這個月的進度達標，這幾天休息。」鄭昊得意揚揚。

說完，鄭昊傳來一個影片網址：「這是我這個月的獨家，多多指教。」

周春紅點開，竟是栗遠星駕駛法拉利出車禍的新聞。

冤家路窄，陰魂不散。

周春紅立刻將影片網址轉傳給卓兒，還沒好氣地留言：「看看妳的前男友，真他媽風光！」

此時，卓兒正繫著圍裙，在出租套房裡大掃除。斷裂的鉛筆、破碎的刮鬍刀、破了洞的臭襪子，這些躺在角落裡的垃圾被她一一掃出來。

看著這些有著明顯栗遠星烙印的雜物，卓兒黯然神傷。

這個男人出現在生命裡，陪伴她度過踏入社會的艱難時光。要將他從生命中一筆勾銷，談何容易？聽到手機提示音，卓兒點開網址。咬著嘴唇沉默地看完，猛然想到什麼。

立刻將影片倒回去，審視新聞發生的時間。沒錯，就是那一天，她在餐廳偶遇栗遠星的那一天。

仔細聽鄭昊在影片裡播報的採訪時間，沒錯，這起事故就發生在栗遠星離開餐廳之後。

憑著女人的直覺，卓兒認定，栗遠星的車禍和自己有關。

她太瞭解栗遠星，任性衝動、情緒化。情緒不好，連騎腳踏車都會撞到電線桿。

卓兒心裡有一種隱隱的安慰。看，他並沒有想像中絕情，他會躲在帷幔背後注視我，還會因為我而情緒激動、發生車禍。

想到這裡，卓兒的眼前浮現出一雙眼睛，一雙像棗紅馬般，溫柔又殘暴的眼睛。羅雲東。

卓兒被自己嚇住，這樣的時刻，她的腦海裡，竟然是羅雲東。

手機響，周春紅來電。

「親愛的，煩死了，又有人追我耶！」周春紅在電話裡誇張地抱怨。

「誰呀？那麼沒有品味。」卓兒沒好氣地回她。

「去死！」周春紅呸她一口，還是忍不住繼續傾訴，「一個電視台記者，上次參加黃教主歌友會遇見的。」

「妳怎麼看得出來人家在追你呢？」

「這點都看不出來，我還怎麼在江湖上混？」周春紅不服氣。

卓兒習慣了周春紅的自我迷戀，忽然想到她剛剛發來的新聞影片：「剛才妳傳的新聞網址，也是那個電視台記者傳給妳的？」

「對啊，看看，妳們家小星星現在多得意。」

「他不知道那個肇事的司機就是栗遠星？」

「我是大嘴巴的人嗎？一面之緣，怎麼會跟他說那麼多。」

「好，別讓他知道，免得又幫栗遠星鬧出什麼亂子來。」

「呀，妳到現在這個地步，還在為栗遠星著想，卓兒，妳可真夠痴情，當之無愧的最佳前女友！」

卓兒黯然神傷。真的還愛著栗遠星嗎？或者是放不下和他一起經歷的那些歲月？

好幾日沒有回家的張嘉雅，這一天終於回到「雲雅」，栗遠星用法拉利載她。

在車庫裡，張嘉雅圍著法拉利轉了一圈：「都修好了？聽說，這車撞得很嚴重？」

「是的，大燈碎了，連引擎也出問題了。還好原廠經銷商最後都搞定了。」說起愛車的損傷，栗遠星頗為心疼。

「沒有出息，看你那心疼的表情。」張嘉雅輕蔑地看了一眼栗遠星，「還是改不了土包子的本性，不就是台法拉利嗎，有什麼好心疼的？」

一邊往裡走，張嘉雅一邊數落：「以後開車給我當心點，上次我把酒店房間都訂好了，你卻出車禍。我可警告你啊，絕對不允許發生第二次。」

正說話時，張石軒從沙發上站起來。看了看女兒身後的栗遠星，臉色一沉。

張嘉雅倒不在乎，對栗遠星說：「去樓上臥室等我。」

說完，直接走到父親面前。「爸，找我有事？」

「聽說妳好幾天都沒有回家過夜？」張石軒質問。

「該死的張媽！」張嘉雅在心裡抱怨張媽打她的小報告。

張嘉雅一屁股坐在沙發上：「那又怎樣？我現在單身，想和誰在一起是我的自由。」

「那人是誰？」張石軒看了看栗遠星的背影。

「一個小朋友。」張嘉雅語焉不詳。

張石軒想責備女兒幾句，但是思前想後，還是作罷。

做父親的，怎麼忍心責備剛剛遭遇離婚打擊的寶貝公主？「今天來找妳，是要告訴妳一個好消息。」張石軒只得回到正題。

「哦？是關於『愛購網』？」

「沒錯。這幾個月,我已經秘密和孫慶國、李河談妥,我以雙倍價格買下他們手裡5%的股份。」

「那現在,你有20%、我有10%的股份,再加上新收購的5%,我們在『愛購網』的股份已經達到35%?」

張石軒點頭。

張嘉雅微微一笑:「的確是一個好消息。下一步,我們怎麼做?」

「一旦我們在『愛購網』成功控股,第一件要做的事,就是將羅雲東掃地出門!」

呵呵呵呵,張嘉雅笑出了聲。那笑聲冰冷刺骨,沒有絲毫愉悅。

「但是,爸爸,你覺得羅雲東會束手就擒嗎?以我對他的瞭解,他可不是一盞省油的燈。」

「哼!」張石軒鼻孔裡出氣,「他當然不會束手就擒。不過,棋逢對手,才是戰鬥真正的樂趣。」

兩個小股東向董事會發函,將手上共計5%的股份轉賣給「石軒基金」。

羅雲東坐在辦公室,不發一語。

沒有人比他更瞭解自己這位前岳父。在商場上吃人不吐骨頭的張石軒,畢生追求利潤最大化。現在,他以雙倍價格回收股份,幾乎注定是一樁賠錢生意。如果沒有特殊目的,絕對不會如此出手。

那麼,他的目的是什麼?哼,還用問,當然是要毀滅他羅雲東的一切。

──羅雲東將律師草擬的離婚協議書拿出來,張嘉雅雙唇顫抖。

第一個反應,打電話。

「爸爸,快過來,快過來,羅雲東要和我離婚,離婚協議都擬好了!」

羅雲東無奈地看著張嘉雅,七年來,每當她情緒失控,父親就會火速趕來,為女兒擺平一切。

這段婚姻不僅僅是他和張嘉雅兩個人的事，無所不能的岳父張石軒才是主宰一切的人。

張石軒趕到「雲雅」時，張嘉雅正將木架上羅雲東珍藏的一套景德鎮瓷器砸碎在地上。

「你要離婚，好，我讓你離！看到沒有，我張嘉雅得不到的東西，就會像這些瓷器一樣，個個粉身碎骨、沒有好下場！」

羅雲東平靜地坐在沙發上，並無太大意外。七年的共同生活，他已習慣張嘉雅的喜怒無常、暴躁蠻橫。

「嘉嘉，住手！」張石軒一聲低吼。

張嘉雅看見父親，忽然一愣，直接撲倒在父親懷裡號啕大哭。

「爸爸，你總算來了……，你女兒馬上要變成棄婦了，這次，雲東是鐵了心要和我離婚……。」

張石軒拍著女兒的背，輕聲安慰，讓傭人張媽把張嘉雅扶去臥室休息。

他坐到羅雲東對面的沙發上，一垂眼，看見茶几上擺放著的離婚協議書。

「這個，是你找律師寫的？」張石軒指了指那份協議書。

羅雲東平靜地點頭。

「為什麼？」張石軒臉上有一層慍怒，「當初我投資你的時候，你可沒有說會離婚啊。」

羅雲東深吸一口氣：「對不起，這七年，對我和嘉雅都是一種折磨。也許分開，對我們兩人都是比較好的選擇。」

「強詞奪理！」張石軒動怒，「我看離婚是對你自己比較好吧。你看看我女兒，被你折磨成什麼樣？你卻覺得離婚對她是一個比較好的選擇？」

「對不起，我會盡量補償嘉雅，我所有的房產、存款都給她，我可以淨身出戶。」

「你什麼意思？你以為我們張家缺你那一點錢嗎？羅雲東，你是翅膀長硬了，想要遠走高飛吧？如果沒有我當初對你的投資，你會有今天的成就？恐怕現在連欠債都還沒有還清。你以為現在的成就，真的是靠自己一手打拚出來的嗎？如果沒有我張石軒的幫助，你怎麼會有這麼深厚的政商人脈？如果沒有我從中斡旋，你的投資又哪來那麼高的成功率，彈無虛發？沒有想到你是這種忘恩負義的東西！當初因為你，我女兒，一個鋼琴天才失去了雙手；現在，和你共同生活了七年之後，你卻要一腳把她踢開。你讓我們張家的面子往哪裡擺？你是存心羞辱我嗎？」

「爸，請不要誤會。這七年，我一直都在思考自己當初的決定是否正確。我照顧嘉雅的生活、陪伴她、安慰她，努力扮演一個好丈夫的角色，但是我真的不愛她，我也沒有辦法愛上她。她嬌縱霸道的個性、與生俱來的占有慾，我真的無法忍受。女人都是敏感的，嘉雅也知道，我娶她不是因為愛，僅僅是一場交易。她疑神疑鬼、患得患失，她僱私家偵探打探我的行蹤，甚至監聽我的手機、監控我的信箱。她對我、對這段婚姻完全沒有信心，每天都活在害怕失去的恐懼中。我必須結束這種彼此折磨、彼此傷害的狀態。離婚能讓她解脫，也能放我一條生路。」

「你放屁！」張石軒勃然大怒，「少在我面前說這些歪理，你拋棄我張石軒的女兒，就是向我張石軒挑戰。嘉雅媽媽去世的時候我發過誓，這一輩子要傾其所有，讓我的女兒幸福。你應該知道我張石軒的行事風格，人不犯我，我不犯人；人若犯我，我必犯人！現在，你，羅雲東，就是我張家的頭號敵人！」

20.

　　早上9點，羅雲東準時出現在辦公大樓。剛進入一樓大廳，就被一群蜂擁而上的記者團團圍住。

　　「羅董事長，我是《財經週報》的記者，第四季財報顯示，『愛購網』出現嚴重的業績下滑，您怎麼看？」

　　「羅先生，我是《每日快訊》的記者，聽說『愛購網』正計劃赴美上市，能透露最新進展嗎？『愛購網』目前的業績會對美國上市產生負面影響嗎？」

　　「請問『愛購網』應對業績下滑，會採取哪些措施？」

　　面對記者們連珠炮般的發問，羅雲東表情平靜，側耳細聽。略微思考後，開口道：「謝謝各位媒體記者對我們的關心。任何一家網路企業都會面臨業績波動的考驗，目前的波動處於一個正常合理的區間，還可以控制。至於說到美國上市，我們充滿信心，一切按照原計劃進行，不會受到外界任何干擾。」

　　回答完記者的提問，羅雲東亮出了他那招牌式的迷人笑容，親切地對記者說：「大家一大早來圍堵我，真是辛苦，想必大家都還來不及吃早餐吧。這樣，我安排大家去員工餐廳吃早餐，順便感受一下我們的企業文化。」

　　說完，在司機的保護下，他撥開記者，進入電梯。

　　一位財經女記者看著羅雲東的背影，花痴般感嘆：「真是帥呆了耶，從今天起，我也要改口，叫他老公！老公、老公、老公……重要的事情要說三遍！」

　　上到20樓，走進辦公室，秘書Lily遞上前一天「愛購網」的交易數據以及大數據分析。

　　羅雲東用布滿血絲的眼審視報告，神情凝重。整整48天，交易量連續下滑，昨日更是跌到歷史最低點。

羅雲東將分析表重重扔在大型辦公桌上，雙手抱在胸前，咬著下唇，不發一語。這是他心情沉重時的慣有動作。

應付記者，他可以輕鬆瀟灑、四兩撥千斤，但是這分沉甸甸的數據報告，卻真實地反映著公司的生死存亡。

唐毅氣喘吁吁地推開門，人還沒有站穩就大聲報告：「情況有變，科盛集團剛剛通知我們，雙方的合作談判即刻終止。」

羅雲東大驚。

和科盛集團的合作，是他推動了兩年的大項目。好不容易在今年進入實質性洽談，原本指望透過這次合作為低迷的公司業績注入強心針。

「我打聽到的消息是，『石軒基金』將以高於我們兩倍的價格和科盛集團合作。」唐毅壓低聲音。

「他瘋了嗎？」羅雲東脫口而出。

張石軒要用高於兩倍的價格和科盛集團合作，這又是一樁注定賠錢的買賣。他為什麼要這麼做？難道就只為了把自己從「愛購網」中擠走，給自己一個下馬威？

張石軒，算你狠！

半個小時後，羅雲東召集公司高層召開緊急會議。

會議室氣氛凝重。羅雲東端坐會議桌盡頭，臉色鐵青、目光如炬。

「現在是『愛購網』最關鍵的時期，我們在紐約證交所上市的籌備工作正進入最後衝刺階段，董事會嚴陣以待，形勢到了只許成功不許失敗的地步。但是……。」

羅雲東停下來，鷹一樣犀利的眼神環視公司高層主管：「但是，我們的頁面瀏覽次數和交易額卻跌到了歷史最低點，成了史上最差時期！」

羅雲東修長的手指彎起，用指關節重重敲擊桌面。那聲音沉悶凝重，在場的每一個人心跳加速、血液倒流。

「一個月之內，經營業績必須止跌上揚，不但要擺脫歷史最低點的狼狽，還必須創造出歷史上最好的業績，只有這樣，才能確保美國上市萬無一失！」

會議室內鴉雀無聲，似乎能聽到每一位高層主管的心跳。

「現在，我宣布……，」羅雲東重新開口，他把手機拿在手裡，像拿著一道令牌，「今天的會議，必須拿出改革方案，什麼時候討論出結果，什麼時候散會，在討論出令人滿意的結果之前，任何人都不得離開這間會議室。」

眾人面面相覷。

「上午討論不出結果，中午就吃外賣。下午討論不出結果，就讓秘書採購睡袋。今天討論不出結果，大家就吃住在會議室，明天天亮繼續討論。只有討論出滿意的方案，才能離開這間會議室！」

艱難的討論開始。市場部、銷售部、技術部、大數據分析部等各個重要部門依序發言。

羅雲東全神貫注，不時插話。時間一點一點流逝，整個上午，方案連雛形都沒有確定。

於是，幾十個便當出現在會場，大家低頭猛吃，氣氛尷尬。

下午的討論變得針鋒相對。銷售部堅持自己的思路，組織「愛購網」平台上的商家進行統一的低價打折活動。

市場部堅決反對。平台上的億萬商家來自五湖四海，讓他們集中統一打折，不但工程浩大，更將催生出一大批假冒偽劣產品。不但讓消費者荷包損失，更會破壞「愛購網」信譽，為整個平台帶來毀滅性打擊。

於是，整個下午，大家就圍繞著低價折扣的可行性進行辯論。

不知不覺，身後的陽光變為金黃色。冬日的夕陽有種清冷的調性，整個會議室籠罩上一層悲壯的色彩。

夕陽投射在高層主管們的臉上，他們面紅耳赤、聲如洪鐘，猶如古代沙場上浴血拚殺的將士。

看著這一幕，羅雲東心情煩躁。起身離席，踱步到會議室的落地玻璃窗前。

點上一根菸，注視著夕陽下的城市，他覺得自己猶如一位拔劍出鞘的將軍，站在千軍陣前，要麼馬革裹屍，要麼榮耀凱旋。

殘陽如血。鐵馬金戈的時刻，羅雲東的心忽然疼痛，眼前出現一張小女人的臉。

五官平平卻又美麗如薔薇的神奇女子。她昏倒在他懷裡，她在他面前流淚，她用羞澀的眼神注視他……。

下意識地，他拿起手機，手指一滑，傳給她一個表情符號。流淚的小黃臉。

卓兒很快有了回應：「朋友，有什麼可以幫你？」

這句話讓羅雲東輕輕嘆氣，回了一句：「妳幫不了我。」

是啊，他的事業危機、他的婚姻悲劇，甚至是他的人生絕境，一個萍水相逢的女子，又怎能明瞭？

對話框裡，卓兒發回一個表情。小黃臉挖鼻孔。

羅雲東：「妳現在在做什麼？」

卓兒：「正在上你的『愛購網』，把看中的衣服放進購物車，等到過年再買。現在花錢有罪惡感，過年花點錢就不好意思責怪自己啦。」

羅雲東眼前一亮。

一個箭步衝到會議桌前，高聲宣布：「方案有了！」

眾人斂聲屏氣，盯著滿臉興奮的董事長。

「現在大家都捨不得花錢。請注意，是『捨不得花錢』而不是『沒有錢可以花』。中國人勤儉節約的傳統根深蒂固，平常大家習慣了開源節流。但是，人對物質的占有慾只能被遏制、不會被消除。有句流行語不是說，有錢沒錢回家過年嗎？逢到過年，再節儉的老太太都會拿出私房錢來為家裡添置

年貨。這說明什麼，中國人不是不會花錢，而是沒有到他們認為應該花錢的時候。」

羅雲東的一番闡述，立刻引來各位高層主管頻頻點頭。

「現在，我們就要為成千上萬的買家，創造一個花錢的理由！」羅雲東雙手撐在桌子邊緣，低頭略一思索，「我們要自己創造一個節日，這個節日的主題只有一個，血拼！」

四周響起一陣誇張的驚呼，高層主管們的臉上堆砌著討好的笑容，大家似乎一下開始腦補，紛紛跟隨羅雲東的思路往下發展。

「就叫『愛購節』，這一天要像三八婦女節一樣，是全天下女人的節日，女人過節肯定就要買買買！」

「這一天，我們『愛購網』會掀起一片打折風潮，讓所有網路商店都參與進來，吸引女人來購物，讓她們在這一天不購物都對不起自己！」

……

高層主管們你一言我一語，一個前所未有的經營銷售方案討論成型。

羅雲東瞇縫起眼睛，他的腦海裡，又浮現出卓兒的臉。

隆冬臘月，城市裡遭遇十年來最嚴重的寒流，氣溫降到0度左右。天氣預報說，這個西南城市極有可能迎來一次難得的降雪。

大街小巷，過年的氣氛日益濃厚。商場裡「恭喜你發財」的歌聲單曲循環，燈籠、春聯讓滿街洋溢著紅通通的喜慶氛圍。

面對滿街歡樂，趙卓兒黯然神傷。

廣告廠商向她發出最後通牒，三天之內公眾號的閱讀量無法恢復到2萬+，他們將停止合作。

卓兒握著電話的手顫抖起來，整個人猶如掉入冰窟窿：「可是，可是，我們簽了合約，你們這樣做是違約！」

「趙小姐，妳可能沒有仔細查看那份合約，在附加條款裡寫得很清楚，如果頭條文章的閱讀量連續一個月無法達到 2 萬＋，我們有權終止。」

放下電話，卓兒趕緊找出那份合約。沒錯，附加條件裡的確寫上了這一條。

這就意味著，下週之後，廣告公司將停止匯款，工作室一貧如洗。

「不就是要個 2 萬＋的數字顯示嗎，這好辦。」周春紅撲閃著一對大眼睛，一臉神秘，「你們聽說過『買粉』沒有？」

買粉？卓兒和錢蔓面面相覷。

「我們做網路商店的經常幹這個。就是付錢找人幫你衝銷量、衝好評、衝粉絲。妳看現在有些個公眾號文章，動不動就號稱 10 萬＋，可是看看妳的朋友圈，這篇文章連根毛都看不到。妳以為真的有那麼大的閱讀量啊，不就是花錢買粉，找人衝點閱率嗎？如今買粉的市場價，即使衝一個 10 萬＋，也不過千一千多塊錢左右。」

周春紅難得在錢蔓面前展現自己的能耐，一張臉得意揚揚。

「那不就是造假嗎？」錢蔓不以為然。

「造假又怎樣？」周春紅沒好氣地白了錢蔓一眼，這個老女人三天兩頭和我作對，哼。

「現在做網路商店、做公號，誰不在數據上造假？就連那一大堆沒人看的網路劇，也動不動就是上億的點閱率，誰信？」

周春紅一屁股坐到卓兒身邊，拉著她的手：「妳別頑固，大家都在造假，妳不造假就等於自殺。我們的自媒體閱讀量一掉下來，連廣告都要跑。廣告沒有了，你和錢蔓喝西北風啊？不管三七二十一，還是先穩住廣告才是王道。」

卓兒皺眉，腦袋裡千軍萬馬奔騰，思考之後終於拿定主意：「不行，不能在數據上造假，這和賣假貨坑人有什麼區別？如果被廣告商發現，那可就是死罪一條，傳出去，我們還怎麼混？」

「死腦筋！」周春紅急了，拿手戳了一下卓兒的額頭，「妳不說，誰知道妳的數據造假？那麼多公眾號造假，人家不是過得好好的？」

「周春紅，別耍妳那套小市民的做法！」錢蔓喝斥，她看周春紅是百分之兩百的不順眼。

「小市民做法？」周春紅哪會認輸，立刻擺出一副戰鬥到底的架勢，「我是為卓兒好，錢蔓，妳可不要狗眼看人低，也沒見你這個『大市民』比我高級多少！」

錢蔓正要回擊，忽然聽見卓兒一聲怒吼：「都別吵！」

從沒看過卓兒如此激動，錢蔓和周春紅住了嘴。

卓兒一抬手，將一縷亂髮夾到耳朵邊，咬著嘴唇、下了決心：「我來想辦法，我不相信，老天不給我一條活路！」

21.

　　入夜，天空開始飄揚起細碎的雪花。這是十年裡的第一場雪，路人紛紛駐足，驚喜地看著漫天飛雪。

　　卓兒低頭，在寒風中疾走，無心欣賞雪景，今夜，她肩負一項特殊使命。

　　幾個小時前，她在微信上留言給「LYD」：「我能和你見面商談事情嗎？」

　　隔了很久，才收到羅雲東的回覆：「什麼事情？」

　　卓兒鼓足勇氣、堅持自己的請求：「見面談，可以嗎？」

　　又是漫長的等待，一個多小時後，羅雲東回覆：「今晚7點半，辦公室，半個小時。」

　　半個小時也好，只要你肯見我，就有希望。

　　卓兒冒著風雪準時來到「愛購網」大廈。電梯直上20樓，直接走向羅雲東的辦公室。大門緊閉。

　　做了個深呼吸，輕輕敲門。沒有回應。又敲了幾次，還是沒有回應。

　　於是鼓起勇氣轉動門把，門鎖住，裡面沒有人。

　　羅雲東搞什麼鬼？難道他故意放我鴿子報復我？還是他臨時有事，稍微晚到？

　　卓兒站在門邊，左思右想，卻捨不得離開。

　　過了半個小時，還是不見羅雲東的蹤影。只得發微信給「LYD」：「羅先生，我已到達辦公室門口。」

　　卻始終沒有得到羅雲東的回覆。

　　辦公大樓人去樓空，走廊上只亮著一盞淺淺的吸頂燈，寒意四起。

　　卓兒裹緊身上那件陳舊單薄的氈毛大衣，發一則留言給羅雲東：「我會一直在辦公室門口等您。」

站累了，卓兒蹲下身子，在門口席地而坐。寒冷加上疲憊，她的眼皮重重地垂下來。頭枕在膝蓋上，打起了盹兒。

　　時間一分一秒過去，夜深了，細碎的雪花變成鵝毛大雪，整個城市籠罩在一片白色之中。

　　半夢半醒間，卓兒似乎又行走在家鄉的那條小巷。穿著布裙子，在青石板路上蹦蹦跳跳，頭上一片湛藍的天空。

　　已經去世多年的奶奶站在巷子盡頭，朝她微笑招手。

　　卓兒幸福地跑到奶奶身邊，拉著她的手。

　　奶奶，好想妳啊，妳走了之後，再也沒有人疼我；奶奶，我不喜歡大城市，這裡的人看不起我、欺負我，這裡是不屬於我的地方；奶奶，我想回家，我想回家……。

　　可是，奶奶的身影卻越來越模糊，一點點消失。卓兒忍不住號啕大哭：「奶奶，妳別走，別拋下我，我好孤單……。」

　　卓兒從夢中猛然驚醒，臉上爬滿淚水。頭離開膝蓋，視線朝上，透過朦朧的淚光，看見面前站著一個高大的身影。

　　一雙閃閃發亮的精緻皮鞋、一件溫暖精緻的羊絨大衣、一張英俊陽剛的臉以及一股濃濃的酒氣。

　　「妳怎麼還在這裡？」羅雲東慢慢蹲下來，用詫異的目光注視卓兒。

　　是啊，我怎麼會在這裡？我想回家，我想奶奶，為什麼我會在這裡？

　　卓兒清醒過來，猛地從地上爬起來，用手擦掉滿臉淚水：「羅先生，我在等你，我們可以談了嗎？」

　　密閉的空間裡，羅雲東身上的酒氣更加濃烈。酒氣醇厚澄淨，還有一種麥芽的清香。卓兒第一次發現，原來男人的酒氣也可以這麼好聞。

　　羅雲東直接走到辦公椅上，「噗哧」一聲，180公分的高大身形重重陷進去，像一只倒地的拳擊沙袋。

他似乎耗盡了全身的力氣，頭垂靠著，脖子無力支撐，只得用手托著額頭。垂下眼皮，長長的睫毛猶如受傷的翅膀，厚厚地蓋住帶著醉意的眼睛。

他忘記了卓兒的存在，整個人淪陷在陰鬱中。似乎剛剛從一場殘忍血腥的戰鬥中逃生，身上還殘留著殊死搏鬥後的悲涼。

如此憂傷頹廢的羅雲東，卓兒第一次見識。他遭遇了什麼？發生了什麼讓人沮喪的事？

哎，想多了，想多了，也許人家不過是參加了一次晚宴，喝了太多好酒，有些醉意。

卓兒甩甩頭，管不了這麼多，還是抓緊時間說自己的事吧。

「羅先生，今天來找您，是想請您幫忙。」

卓兒特地把「你」換成了「您」，以表示對羅雲東的尊重。

羅雲東對卓兒的話沒有任何反應，那張帶著醉意的臉，一片冰冷。

房間裡是令人窒息的安靜。

卓兒以為他沒有聽見自己的話，鼓起勇氣想要再重複一遍。哪知，羅雲東卻開口：「妳需要我幫什麼忙？」

「投資我的自媒體。」卓兒開門見山。

羅雲東慢慢抬起眼睛，漫不經心地問：「我為什麼要投資妳的自媒體？」

「我知道，你除了『愛購網』之外，還是天使投資人。我的自媒體缺錢，快撐不下去了，我需要你投資我。只要我有錢，就可以全國各地出差採訪、挖掘各種娛樂內幕新聞。我有信心，一定能夠成為10萬＋大V。等我成功了，廣告就會源源不斷地湧來，你這個投資人也會和我一起發財！」

「這就是妳要找我談的事？」羅雲東嘴角浮出一抹冷笑，「好，我知道了，妳請回吧。」

什麼？我等了你整整一個晚上，和你只說了三句話，就要打發我走人？

卓兒咬著嘴唇，這種被人拒絕、被人輕視的感覺猶如長著倒鉤的利箭，支支射中她的心臟。

羅雲東的眼睛垂下來，似乎卓兒已經人間蒸發。

強烈的自尊讓卓兒一個轉身，快步向門口走去。她要離開這間讓她飽受屈辱的辦公室，要離開這個輕視怠慢她的男人。

走到門邊，猛地拉開厚重的橡木門，寒風襲來。卓兒一個激靈，從頭冷到腳。

承認吧，趙卓兒，不管妳如何努力、如何掙扎，妳終究會被打倒在地，妳命中注定是一個 Loser！

一瞬間，所有的委屈、不甘、憤怒湧上心頭。卓兒猛地轉身，猶如一座即將噴發的火山，對著羅雲東咬牙切齒：

「你覺得戲弄我這樣有求於你的人，很開心、很好玩、很有滿足感，對吧？是，我確實傷害了你和馮妮妮，我也誠心誠意地向你們道歉。你不原諒我，你還要繼續戲弄我、羞辱我，對不對？你們這些站在金字塔頂端的人，哪裡知道我這種小人物的悲哀。為了這個自媒體我擔驚受怕、寢食難安，好不容易看到點希望，廣告客戶卻又要終止合約。我難道不知道，這樣不顧顏面地來求你，無異於自取其辱？但是，如果我不拚盡全力，我不會原諒自己。羅雲東，我只是不甘心、不服氣、不想認輸，我只是不願意歷經千辛萬苦之後，還是被命運打敗，還是一個 Loser！」

看著淚流滿面、全身顫抖的卓兒，羅雲東面無表情：「那好，我就以天使投資人的身分問妳幾個問題。妳既然來找我投資，那麼妳的商業計劃書呢？妳的經營數據表呢？請拿出來給我看看。」

商業計劃書？經營數據表？乍聽到這些陌生的名詞，卓兒愣住了。

「妳看，妳連最基本的資料都沒有準備。那我繼續問妳，你的創業團隊如何進行股權分配？妳的項目核心競爭力是什麼？妳對自己企業的估值是多少？有期權池嗎？獲利之後，妳怎麼處理投資人的退出方式？」

卓兒徹底迷糊了，看著羅雲東，臉色慘白，無言以對。

「所有這些問題妳一個都答不上來，妳要我怎麼投資妳？妳這樣魯莽草率地跑來找我，根本是在浪費投資人的時間，說嚴重點，是對雙方的不尊重！」羅雲東垂下眼簾，冷冷地說出最後一句話，「現在，妳可以離開了嗎？」

卓兒羞愧得無地自容，一轉身，不見蹤影。

辦公室重新恢復安靜，羅雲東從辦公椅上站起來，踉蹌地走到落地玻璃窗前。

今晚，他喝了太多酒。他的酒量並不好，但是人在江湖，哪一杯酒能躲得過？

酒精讓他頭痛欲裂，把頭輕輕靠在玻璃上，整個人放鬆下來。每當需要思考、需要舒壓，每當痛苦無助、孤獨寂寞的時候，他都習慣站到這扇玻璃窗前。

這兩扇巨大的玻璃，是他在這個世界上唯一願意相信、願意傾訴的對象。

此時的玻璃窗外，漫天鵝毛大雪。藏汙納垢的街道、奇形怪狀的建築都在雪花的掩蓋下，潔白得猶如童話世界。

是的，雪花能掩蓋人世間所有的汙穢。但願，雪花也能掩蓋自己今晚所有的罪惡和骯髒。

那個金碧輝煌的會所包間，那一道道價格昂貴的山珍海味，那一杯又一杯主動或者被動喝下去的烈酒，那些卑躬屈膝的笑臉，以及他在汽車後座上留下的 5 萬美金……。

張石軒，你說得對，這個世界上的一切都是交易。當年，我把男人的尊嚴交出去，迎娶你的女兒、換取你的投資。今晚，我把 5 萬美金交出去，換取和你殊死搏鬥的勝利。

「我只是不甘心、不服氣、不想認輸，我只是不願意歷經千辛萬苦之後，還是被命運打敗，還是一個 Loser！」

羅雲東的耳邊又迴盪起趙卓兒剛才說過的話。苦笑，羅雲東拿出電話，撥通唐毅的號碼。

「你們今晚需要加班，把和科盛集團的合作方案準備好，明天一早送到我的辦公室。」

「科盛？」唐毅有些意外，「他們不是已經終止和我們談判了嗎？」

「事情發生了變化。今晚，科盛『太子爺』已經決定，終止和『石軒基金』的談判，馬上和我們簽署合作協議！」

「哦，這是個好消息。不過，張石軒是以高於我們兩倍的價格去和科盛談判，難道，我們這次價格比『石軒基金』還高？如果這樣的話，我們可是贏了面子，輸了裡子。」唐毅說出自己的擔心。

「放心，我們還是維持以前的價格。這次合作，我們穩賺不賠！」

羅雲東掛斷電話，用一雙醉意矇矓的眼睛俯瞰著 20 樓下的白雪世界。

忽然，一個消瘦的身影從大樓裡走出來，站在路邊茫然四顧。

她在漫天雪花中蹣跚而行，一不小心，腳下一滑，整個人重重地摔倒在濕滑的路面上。

她似乎還沒有回過神來，就那樣直直地坐在雪地裡愣了好幾秒鐘，這才手撐著地，重新站起來。

羅雲東用手擦了擦玻璃上的霧氣，專注地看著。

趙卓兒，妳終究還是 too young too simple，妳以為自己是這個世界上最絕望、最困苦的人嗎？這世上的苦難都不是為某一個人獨自準備的。

妳絕望嗎？會有人比妳更加絕望！

妳屈辱嗎？會有人比妳更加屈辱！

我無法理解妳的掙扎和苦難？笑話！

有誰會知道，我，羅雲東，每天都過著如履薄冰、戰戰兢兢的生活？

妳難過了，可以跑到我這裡發洩一通，那我呢，除了這兩扇玻璃，我還能找誰？

22.

整整一夜的雪。第二天清晨，雪停。整個城市銀裝素裹，清冷凜冽。

對於卓兒來說，這是有生以來最寒冷的一個早晨。

服飾廠商正式通知，即日起，停止在「卓越娛樂」投放廣告。工作室的帳戶上只剩下3000元現金。

卓兒無力回天。她把那3000元現金裝在信封裡，輕輕推到錢蔓面前。

「錢蔓姐，不好意思，我食言了。原本以為我們可以撐一年，哪知道只過了幾個月，公眾號就做不下去了。廣告廠商停止登廣告，這個月的薪水也沒有辦法給妳。這3000元是工作室帳戶裡的所有存款，妳拿著吧，就當是我的一點補償。」

說完，卓兒將信封又往錢蔓的方向推了推，錢蔓卻並沒有伸手去接。

「卓兒，這個錢我不能要。雖然我的經濟條件也不好，但是瘦死的駱駝比馬大，好歹我也是工作了十幾年的人，總比妳們這些剛剛出來打拚的小姑娘強。這個工作室真的就這樣解散了？妳真的就這樣放棄了？妳再認真考慮一下。憑我十幾年的媒體經驗，我有種直覺，這個公眾號不能放棄。雖然它現在遇到了困難，閱讀量低迷，但是它是有市場的，也許換個思考方式、換個方法操作，這個公眾號就能夠成功。」

錢蔓的話讓周春紅感到意外，她忍不住認真打量對方。這個老女人平常斤斤計較，看不出來，關鍵時刻還能如此高風亮節。

卓兒的眼眶一紅：「錢蔓姐，謝謝妳的鼓勵。但是工作室現在沒有任何收入，我負擔不了員工的薪水，也許，自媒體真的不是我該選擇的路……。」

錢蔓果斷地打斷了卓兒：「不要放棄，卓兒，我們不要放棄。沒有薪水，我就不要薪水，但是自媒體不能停，改版後的專欄也不能停。如果我們現在停止，那就前功盡棄，之前所有的努力都付之東流。相信我，相信我的判斷，這個自媒體值得做下去！」

卓兒心頭一熱，眼淚掉了下來。

「對，卓兒，不要停，我繼續幫你寫《折扣天后》，反正我也不拿錢，工作室有沒有錢都不影響我，我賣面膜可以養活自己。不過我有一個要求……，」說完，周春紅用眼角瞄了錢蔓一眼，「以後我的專欄，每期都要上我的照片，不光刊頭要放，連文章裡面也要放，就當是給我的報酬好了。」

錢蔓沒好氣地回敬：「周春紅，我再次提醒妳，公眾號上發照片不像妳發朋友圈那麼隨意，不要動不動就上自拍照好吧。跟妳說了多少次，照片質量要高，解析度必須符合要求、服裝不要太暴露、臉上化妝不要太濃太俗豔……。」

「我哪張照片質量不高？我點給妳看，妳跟我說，我哪張自拍照質量不高？」周春紅點開手機圖片庫，又和錢蔓較上勁了。

「妳看，這張，這張露手臂、露腿不說，臉上紅得跟猴子屁股似的！」

「拜託，這是最新款的腮紅，要的就是紅潤的感覺，大姐，妳懂不懂時尚？」

……

卓兒看著她倆，用手輕輕擦掉眼角的淚水。原來，再冷的冬天，也會有溫暖。

三天後，科盛集團和「愛購網」舉行盛大的簽約儀式。

張石軒坐在電視前，安靜地看著新聞報導。

電視裡，羅雲東西裝革履出場。走上簽約台，熱情地向科盛集團的「太子爺」、行政總裁周天華伸出了手。兩人的手緊緊地握在一起，全場掌聲雷動。

張石軒將菸斗放在嘴邊，深深地吸了一口。然後，張開嘴，將一團巨大的菸霧吐在了螢幕上的羅雲東臉上。

羅雲東接受採訪。

有記者問,「愛購網」能和科盛達成合作的祕訣是什麼?羅雲東帶著微笑,不疾不徐地回答:「祕訣只有一個,那就是我們的誠意和實力。」

記者追問:「之前有消息說『石軒基金』也在和科盛接洽,你們如何戰勝『石軒基金』」?

羅雲東平靜地回答:「還是那五個字——誠意和實力。」

「爸,怎麼回事?你不是說要不惜一切代價把科盛從『愛購網』手裡搶過來嗎?」張嘉雅氣急敗壞的聲音在張石軒身後響起。

張石軒沒有回頭,繼續注視著電視螢幕上的前女婿:「我已經開出了高於『愛購網』兩倍的價格,科盛臨時變卦,這背後一定事出有因。」

「爸,會是什麼原因?羅雲東這樣做,分明是向我們挑戰示威。」

「科盛變卦的原因,我已經派人去調查。不過可以推斷,羅雲東一定是用了非常手段,搞定了周天華。」

張石軒把玩著手中的菸斗,腦袋裡飛速思考,似乎要從一座迷宮找到出口。

他對周天華頗為瞭解,他是周氏家族的長子,但一直不被自己的老爹、科盛集團董事局主席周老爺子信任。集團中的重要事務大多由其妹妹周天靈把持,兩兄妹為了家族企業的控制權鬥得不可開交。

也難怪,周天華是典型的紈褲子弟,平常花天酒地、貪得無厭,連他老爸的錢都敢騙。周老爺子早就凍結了他的所有帳戶,每月只能從家族基金中領取生活費用。

如今,周老爺子年事已高,繼承人選已經迫在眉睫。這幾年,他讓周天華擔任集團的行政總裁,讓女兒周天靈擔任集團的 CEO,既是對兩人的栽培也是對兩人的考察,究竟誰能最後勝出坐上董事長寶座,目前還是未知數。

「周天華這個人貪得無厭,我認為這一次,羅雲東是讓這個『太子爺』的貪婪得到了滿足,才讓我們敗走麥城。」張石軒自言自語。

螢幕上，記者繼續提問：「『愛購網』最近業績下滑，有分析說這將影響『愛購網』海外上市的進度，您怎麼看？」

羅雲東鎮定地回答：「『愛購網』海外上市正在穩步推進，我們近期將有一系列大動作來提升業績，比如說，我們即將舉辦『愛購節』，創造一個真正屬於購物達人的節日。讓企業走向世界是我的夢想，我會一直努力。」

哼，張石軒從鼻子裡發出一記冷笑，將手上的菸斗重重地扔在了桌子上：「嘉嘉，看來，咱們要加快進攻的節奏。」

「下一步我們該怎麼做？」

「妳去約唐毅見面。」

「唐毅？約他幹什麼？他可是羅雲東的心腹大將。」

「要的就是心腹大將。我也要讓羅雲東嘗嘗，被人背叛、被人欺騙的滋味。」

「但是，唐毅和羅雲東是從小一起長大的朋友，兩人一直是鐵哥們兒，要他背叛羅雲東，難度很大。」

「妳忘記了？這世界的本質就是一場交易。唐毅沒有背叛羅雲東，是因為他面對的誘惑還不值得這樣做。當某一天，他面對的誘惑巨大到無法拒絕時，我倒要看看，他是選擇背叛還是選擇友誼？」

「我們要讓唐毅背叛什麼？」

「交出他手裡的股份！」

「股份？明白了，他手裡有 25% 的股份，只要我們拿到他手裡的股份，我們就成為『愛購網』的實際控股人。」

張石軒站了起來，用菸斗指了指女兒：「妳盡快約他出來，越快越好。」

羅雲東秘書 Lily 來電，她代表羅雲東邀請卓兒參加公司的企劃會。

卓兒不相信自己的耳朵，羅雲東難道忘記了上次的不歡而散？他把我趙卓兒當成什麼人了，召之即來、揮之即去？

「去，妳一定要去！」周春紅態度堅決，「妳不能在羅雲東面前認輸，拿出點精神來，讓他看看妳的真正實力！今天的我你愛答不理，明天的我你高攀不起！」

9點半，卓兒準時坐在了「愛購網」的會議室。

唐毅熱情地招呼她，還不忘叮囑工作人員幫卓兒倒來了熱茶。唐毅身上那股親和友善的氣息，緩解了卓兒的緊張拘謹。

卓兒想，唐毅和羅雲東應該是年紀相仿的同輩吧，但是兩個人的差別怎麼這麼大？唐毅像春日裡的一陣細雨，潤物細無聲；而羅雲東呢，卻是夏夜裡的一陣暴雨，電閃雷鳴，凜冽霸氣。

此時，公司的高階主管陸陸續續來到會議室。卓兒仔細看他們，男的西裝革履，器宇軒昂；女的淡掃蛾眉，精明幹練。

會議還沒有開始，高層主管們的聊天十分隨意。

「李總監，休假回來了啊，日本好玩嗎？」一位女士微笑著開口。

「還可以，主要是帶老婆、孩子去玩，我女兒很喜歡東京的迪士尼。」那位李總監氣質儒雅，說話不快不慢。

「我兒子也喜歡迪士尼，香港的迪士尼每年必須去一次，不然小傢伙和我沒完。」另一位高層主管加入了談話。

「我說李總監，別避重就輕啊，日本好玩的多了去，你就沒有去銀座的什麼二丁目感受一下？」唐毅看著李總監，半開玩笑半認真地說。

一聽二丁目，一屋子的人都發出了會心的微笑。

只有卓兒，呆呆地看著大家，就像看著另一個世界的外星人。雖然共處一室，但是卓兒和他們之間，卻是天壤之別。

正說笑間，羅雲東出現。剛剛還談笑風生的眾人，變臉似的，個個正襟危坐，神情嚴肅。

看見羅雲東，卓兒忽然紅了臉。她垂下眼，極力避免和對方視線相對。這個男人帶給她的恥辱終究無法釋懷。

羅雲東面無表情地環顧一圈，看到坐在會議桌邊的卓兒，眼裡滑過一絲光亮。旋即，恢復嚴肅，一聲不吭地坐到主持椅上。

唐毅躬身在羅雲東面前請示，羅雲東點點頭，唐毅隨即宣布開會。

「我幫大家介紹一下，參加今天這次企劃會的還有一位特殊的客人。」唐毅指了指身邊的卓兒，「她叫趙卓兒，是自媒體創業者，這次『愛購節』的靈感，來自於她。」

眾人的目光整齊地投向卓兒。卓兒莫名其妙，什麼「愛購節」？什麼靈感？和我有什麼關係？

企劃會隨即開始，唐毅代表團隊向羅雲東匯報「愛購節」最後的活動方案。

前期會有持續性的宣傳造勢，然後在「愛購節」這一天，平台將組織日用、服裝、化妝品、家用電器等各個領域的專門賣場折扣，每一件商品的折扣都確保低於5折。而「愛購網」的各個店家還會在這一天，自行組織各種打折促銷活動。

「從前期的調查情況看，無論是我們自己的折扣促銷還是各個網路商店的促銷都沒有太大問題，各大品牌店家對我們這個企劃十分看好，在價格的優惠、貨品的組織上給予了極大支持。」

羅雲東緊繃的臉緩和下來。

「但是，目前問題最多的地方，在前期的宣傳造勢。」唐毅話鋒一轉，「我們前期會有一個『愛購節』的宣傳，團隊討論的結果，還是傾向於請當紅的藝人來進行活動代言。目前符合定位的明星包括范冰冰、周杰倫、Angelababy和鄧超。只不過，這些一線藝人的開價都不便宜，是請他們其中的一位代言還是四位一起代言，這需要決策層有一個最後的決定。而且，

如果請四位藝人同時代言，價格十分昂貴，這部分的預算已經超出我的審查批准權限，還得由董事長親自簽字審批。」

羅雲東詳細詢問這四位明星的代言價格，專注地盯著桌面思考，然後抬頭，斬釘截鐵地說：「『愛購節』是我們今年的頭等大事，一位藝人代言好，還是四位藝人代言好？當然是四個人一起上陣，對網友的吸引力大。」

羅雲東的眼睛閃閃發光，那是一種說一不二的霸氣：「至於經費，我說過，『愛購節』是我們的重中之重，一切問題都要為它讓路。經費的問題你們不用考慮，我來簽字審查批准。」

羅雲東的話，引起會議室裡的一陣騷動。高層主管們的臉上都有著興奮的神色，巧婦難為無米之炊，羅雲東說了算，讓大家吃了一顆定心丸。

「這樣不行！」會議室裡忽然響起一句反對聲。

尋聲望去，是皮膚黝黑、悶聲不響的趙卓兒。一言既出，卓兒好不窘迫。該死，怎麼就脫口而出？

羅雲東身子微微向卓兒傾斜，用少有的柔和聲音問：「為什麼不行？」

卓兒看了看羅雲東，對方投來鼓勵的眼神。

豁出去了，卓兒鼓起勇氣繼續：「是這樣的⋯⋯這個節日不是要讓大家買買買嗎？那當然是東西越便宜，大家買買買的興趣越大。那四位藝人，確實夠大牌，但是，他們來代言的話，可能真正買東西的人就不多了。」

此語一出，眾人一片譁然。請這麼大牌的藝人來代言，還有粉絲不衝著來買東西的道理？

「你們想想看，」卓兒思路清晰，語速恢復正常，「范冰冰、周杰倫、Angelababy和鄧超都是大牌藝人沒錯，但他們代表著一種昂貴的生活方式，如果他們為『愛購節』代言，大家第一印象就是，『愛購節』賣的東西一定不便宜，誰還會來買呢？」

那位李總監有些不服氣，反駁：「他們代言『愛購節』的廣告，一定會打出諸如『折扣』、『促銷』這樣的字眼，怎麼會給人昂貴奢侈的印象呢？」

「是，你可以打出這些宣傳字眼。」卓兒漸漸進入狀態，面對李總監的質疑從容應對，「但是，它們給人的印象，也是奢侈品的『折扣促銷』。十幾萬一個的愛馬仕打折，那也不便宜，在普通網友心中，還是昂貴和奢侈。」

李總監看著卓兒，這個土裡土氣的女子一席話，竟然讓他無言反駁。

羅雲東的嘴角浮起一記若有似無的笑意，他深深地看了一眼卓兒。這個小女人，真是讓人意外和驚喜。

羅雲東看了看唐毅，又看了看在座的各位高層主管，慢條斯理地說：「那，宣傳預熱的方式還是回到邀請平民代言人？」

唐毅急忙點頭：「對，對，可以從這個點切入，像『超女』一樣進行代言人海選，打平民牌，接地氣，貼近普通網友。」

會場裡響起一片誇張的贊同聲，高層主管們集體轉向，紛紛附和，每個人臉上洋溢著近似於諂媚的笑容。

23.

還有兩週過年。卓兒的出租套房，三個女人聚在一起，熱烈地討論春節特別企劃。

「不行，不行，我嗓子都啞了，怎麼寫公眾號比我賣面膜還累啊，這可真不是人幹的。」周春紅按壓著嗓子，誇張地嚷嚷。

「給妳吃點潤喉糖吧，我記得房間裡還有。」卓兒的眼睛在凌亂的房間裡搜尋，終於在書櫃裡發現了那盒「聲寶」牌潤喉糖。

三個女人將「聲寶」瓜分一空。卓兒忽然想起來，這些潤喉糖還是春天的時候，她為栗遠星買的。

那個時候，栗遠星在酒吧駐唱用嗓過度，她特地去買了這盒「聲寶」，讓她的小星星好好保養聲帶。

時間過得真快，一轉眼就大半年。栗遠星這三個字，怎麼忽然陌生得恍如隔世？

卓兒這才明白，愛情也是一件奢侈品。你餓著肚子食不果腹時，麵包總是比愛情重要。

「哎呀！」周春紅一邊嚼著潤喉糖一邊對著手機螢幕發出驚嘆，「不得了、不得了⋯⋯。」

錢蔓好奇地湊過來：「別大驚小怪的，出什麼事情？」

周春紅將手機遞到卓兒面前：「快看，這是誰？」

卓兒定睛看手機螢幕上的一則新聞──「歌壇新秀栗遠星推出單曲《愛與罪》」。

卓兒向下滑動頁面，栗遠星的照片赫然出現在眼前。

照片上的他穿著白襯衫，長髮垂到肩膀，清秀的臉依舊是憂鬱傷感的文藝氣息。

新聞裡說，栗遠星多年來執著追求音樂夢想，在唱片業不景氣的情況下，他自費出版了單曲《愛與罪》，還自掏腰包拍攝MV。

自費？這會是多大一筆費用啊。栗遠星哪來那麼多錢？

「卓兒，栗遠星會不會被什麼富婆包養了？」周春紅皺著眉毛，說出了自己的疑惑，「妳看，他把父母接到成都住、自己還開了輛法拉利，現在又自費出單曲、拍MV，哪一樣不需要雄厚的財力？這些錢，栗遠星如果靠自己，幾輩子都付不起。他人年輕、長得又帥，這就是被人包養的節奏……。」

錢蔓趕緊制止周春紅：「妳少說一句，沒人會把妳當啞巴。」

卓兒苦笑。其實，這樣的猜測她何嘗沒有？但是奇怪，她對栗遠星並沒有預料中的憎恨。當初他不辭而別，的確讓她抓狂崩潰，但是當她為了生存苦苦掙扎，為了點閱率甘願被人斥為「卑鄙」時，她卻忽然有些懂他。

人在溺水時，怎麼會放過任何一根救命稻草呢？她和栗遠星都是沉在水底的人，只要有一點光，他們都會拚盡全力、爭取浮出水面的可能。

周春紅對卓兒的反應感到奇怪，她把臉湊到跟前：「妳怎麼這麼鎮定？難道妳一點都不心疼、都不吃醋、都不憤怒？完了，完了，趙卓兒，妳肯定不愛他了。要不就是，妳已經移情別戀了？」

「亂說什麼呢？」卓兒瞪圓了眼睛。

「被我說中了吧？是不是看上那個英俊多金的羅雲東？」

「再亂說，小心我剝了妳的皮。」卓兒真的急了。

「妳看看，說到栗遠星，一臉高冷，一說到羅雲東，立刻惱羞成怒，是人都看得出這裡面的差別啊。趙卓兒，妳就別自欺欺人了，正視自己的內心吧。都是女人，妳能瞞得過誰呢？錢蔓姐，妳說呢？」周春紅說完，朝錢蔓眨了眨眼。

錢蔓閉上嘴，沒有吭聲。她想，卓兒這是陷在愛裡不自知啊。

農曆臘月二十三日，小年，「愛購節」閃亮登場。

「愛購網」一樓大廳被布置成發布會場，正中巨大的 LED 螢幕，即時顯示成交紀錄。

從零時到次日零時，LED 螢幕的數字牽動億萬人的眼光。

羅雲東和一票高階主管坐鎮會場，目不轉睛，追蹤螢幕上跳動的數字。

作為特別來賓，卓兒現身。坐在角落，默默關注羅雲東以及螢幕上的數字。

卓兒第一次發現，一天 24 小時如此漫長。每一分每一秒，都是挑戰、都是煎熬。

羅雲東用手托著下巴，不發一語。沒有人知道，這一天，他經歷怎樣的心路歷程。

電子數據飛快地跳動，他的心跳和呼吸與那一堆數據融為一體，彼此之間利害一致。

晚上 11 點 58 分，距離「愛購節」結束不到兩分鐘。

螢幕上的成交額瘋狂遞增，唐毅掩飾不住興奮的表情，高聲對羅雲東說：「突破 100 億，我們創造了歷史！」

羅雲東極力保持鎮定，眼裡閃著光，視線捨不得離開那行數字。

最後一分鐘到來，由羅雲東帶頭，大家開始倒計時：

「十、九、八、七、六、五、四、三、二、一！」

大廳裡響起整齊的倒數聲，時針指向零點，「愛購網」成交額最終定格在 110 億！

一天，24 小時，110 億，這是前所未有的豐功偉業，是中國網路的商業神話，也一舉讓「愛購網」走出困境迎來輝煌。

記者們大陣仗圍住羅雲東，提問、採訪，記錄歷史。羅雲東微笑、回答，意氣風發。

鄭昊也在記者隊伍裡，麥克風遞到羅雲東面前，提問：「羅董事長，『愛購節』是由網路誕生的節日，不知道當初您是怎麼想到這個創意的？」

「『愛購節』來自於網友，又服務於網友。這個創意來自於一位普通網友，在後來的執行過程中，她還參加了活動企畫。因此，這個節日能貼近網友，接地氣，符合網路趨勢。」

鄭昊追問：「能透露這個網友是誰嗎？」

羅雲東沒有絲毫猶豫：「她叫趙卓兒，是一個年輕的自媒體創業者。」

說完，羅雲東朝身後看了看，準確指出了卓兒所在的位置。

此刻的卓兒坐在人群中，內心湧動一股暖流，這樣輝煌的時刻，羅雲東心裡有她。

媒體立刻調轉方向，聚焦到趙卓兒身上。

面對突然出現的攝影機及麥克風，卓兒的臉上泛起羞澀的紅暈。

她迴避著鏡頭，拋下一句「我只是個普通網友，沒有什麼好說的」，匆匆跑開。

卓兒直接跑進廁所，手機響。周春紅。

「卓兒，妳紅了、紅了，全體網友都知道妳的存在！」周春紅興奮地嚷嚷，「我看那個羅雲東八成是對妳有意思了，竟然當著那麼多人的面誇獎妳，妳這輩子就等著平步青雲吧。說不定哪天，我要叫妳羅太太？」

卓兒羞得滿臉通紅：「呸，別亂說。」

此刻，城市的另一端，五星級酒店的套房裡，張嘉雅也關注著這場嘉年華盛會。

斜靠床頭，手機裡網路直播氣氛熱烈。

直播鏡頭裡，羅雲東穿一件皺巴巴的白襯衫、雙眼布滿紅血絲，接受採訪。

張嘉雅冷冷地注視著前夫，吐出兩個字：「裝吧。」

羅雲東向來注意自己的形象，每一次公開亮相，小到一條皮帶、一根領帶，都會精心挑選。

網路時代，眼球經濟，顏值即正義。

但是此刻，鏡頭裡的羅雲東疲憊憔悴、不修邊幅。雖極力維持鎮定，在張嘉雅眼裡卻是破綻百出。

「愛購節」成敗，生死攸關，一點穿衣打扮，何足掛齒？

「裝吧，不難受嗎？」張嘉雅再度吐槽。

栗遠星從廁所裡出來，穿著白色浴袍，坐到張嘉雅身邊，柔聲問：「餓了嗎？要叫宵夜嗎？」

張嘉雅眼皮都沒抬，語氣極度不耐煩：「別煩我。」

說完，動手推了推栗遠星。

張嘉雅的喜怒無常，栗遠星早已經習慣。他識趣地挪開身體，側坐在床頭，視線瞄向手機。

直播鏡頭裡，羅雲東向大家正式介紹幕後功臣趙卓兒。張嘉雅瞳孔放大，臉部肌肉瞬間變形。

搞什麼飛機，這麼大的企劃，羅雲東竟然把功勞推到一個醜丫頭身上？這個土妞究竟什麼來頭，心高氣傲的羅雲東這樣抬舉她？

栗遠星目不轉睛地盯著手機螢幕，這個接受採訪的女子，多像卓兒啊。不但五官、氣質，連開口說話的聲音也一模一樣。

終於，螢幕上打出字幕：「趙卓兒，自媒體創業者」。

沒錯，真的是卓兒！

栗遠星心跳加速，咚咚咚，幾乎要從胸腔破壁而出：「怎麼會是她？」

張嘉雅從床上彈起來，一雙眼逼視栗遠星：「你認識這個女人？」

栗遠星看著失態的張嘉雅，不想引火上身。

「說啊，你認識這個女人？」張嘉雅厲聲喝問。

栗遠星垂下眼，點點頭。

「她是誰？什麼來頭？和羅雲東什麼關係？」張嘉雅步步進逼。

和羅雲東什麼關係？

雄性動物與生俱來的占有慾遭到挑戰，栗遠星一反柔順，沒好氣地搶白：「她是我的前女友，和羅雲東能有什麼關係？」

「你的前女友？」張嘉雅瞳孔陡然擴大，像一隻炸毛的貓。

這個叫趙卓兒的女人，究竟是何方妖孽，不但是栗遠星的前女友，還是羅雲東嘴裡的頭號功臣。這個女人是我命中注定的剋星嗎？一而再，再而三，和我的男人糾纏不清！

「快說，詳細地說，這個叫趙卓兒的，究竟什麼來歷？」

張嘉雅湊到栗遠星胸前，不容抗拒的強悍。

栗遠星艱難地開口。從卓兒的家鄉，到兩人的相戀，再到他的不辭而別。

嫉妒像火，燒遍全身，將張嘉雅逼到逃無可逃的牆角。

「原來是你玩膩了的女人啊，破鞋、爛貨！」只有惡毒的話，才能緩解心中的痛。以毒攻毒。

栗遠星厭惡地將臉扭到一邊。妳憑什麼咒罵卓兒？那可是我藏在內心深處，小心保護的一片白月光。

張嘉雅哪會在意栗遠星的變化，只用一雙眼死盯著手機裡的卓兒，就如一頭母狼，窺伺自己的天敵。

24.

春節越來越近，空氣中飄浮著節日特有的歡樂氣息，除了卓兒的出租套房。

為了省錢，卓兒連那台廉價的電暖器都捨不得開，整個房間冷如冰窖。

唐毅敲門，卓兒正在寫文章。身上披著一床大棉被，整個人蜷縮在電腦前，「噼噼啪啪」敲打鍵盤。

工作室斷了經濟來源，但是三個女人卻破釜沉舟，猶如敢死隊員，不殺出一條血路絕不罷休。

聽到敲門聲，卓兒以為是周春紅，直接披著棉被打開了門。

卻發現，是唐毅。

卓兒將唐毅迎進房間，身上的被子滑落在地。

窘迫中，她指了指房間裡一張塑膠椅：「您請坐。」

唐毅也不客氣，敦實的身體重重坐到椅子上。

廉價的塑膠椅從來沒有承受過如此的重量，單薄的椅腳開始搖晃。唐毅一個重心不穩，趕緊伸手扶住了面前的桌子。

經此虛驚，他笑了。環視這間陳舊雜亂的出租套房，自言自語：「您這裡的條件可夠艱苦的。」

卓兒有些過意不去，站起身：「我幫您倒杯水吧。」

拿著杯子才想起，飲水機已經壞了一個禮拜，只得尷尬地重新坐下來：「不好意思，飲水機壞了，我都是吃路邊攤時，順便喝點熱水。」

唐毅急忙說：「您別客氣，我們還是進入正題吧。」

唐毅從公事包裡拿出一疊文件：「這是天使投資的合作協議，您看看具體的條款，有沒有什麼需要討論的地方？」

卓兒沒有明白過來，滿臉疑惑。

「這是我們董事長羅雲東的一份天使投資合約，他決定以天使投資人的身分，投資妳的工作室，投資金額是人民幣 300 萬元，他獲得 20% 的股份。」

天使投資？300 萬元？卓兒都快飛上天了：「給我那麼多錢，如果沒有獲利，我怎麼還得起？」

唐毅微微一笑：「天使投資不是借錢給妳，是一種投資方式。既然是創業投資，一定會有風險，就算妳這的事業最後沒有成功，也不會要妳還錢。」

唐毅將合約鄭重遞到了卓兒手上：「今天我來，是先徵求妳的意見，如果妳同意接受這項投資，之後我們再詳細商談合作事宜。妳需要擬定一個詳細而完備的計劃書，羅雲東先生也還會和妳單獨討論。現在，就看您的意見了，趙小姐。」

卓兒腦袋裡一片空白，只能機械地朝唐毅點頭。

天外飛來好運？

長久以來，卓兒習慣接受各種噩耗的打擊，但面對從天而降的喜訊，卻忽然反應遲鈍，茫然不知如何應對。

羅雲東，羅雲東，你究竟是個怎樣的人？

冷若冰霜，卻又常常體貼細膩、話語溫柔。

傲慢無禮，卻在我絕望中送來一份大禮。

恍惚間，卓兒拿出手機，對「LYD」發出兩個字：「謝謝。」

但，「LYD」沒有回應。

張嘉雅約唐毅在張家別墅見面。一樓客廳，一套精緻上乘的茶席。

張嘉雅婚前，唐毅常常來張家喝茶，他和張石軒都是好茶之人。

每次到張家，唐毅都會為張嘉雅帶來各種小禮物。喝到高興時，還會坐到鋼琴前，和張嘉雅表演一曲四手聯彈。

張嘉雅和唐毅頗有默契，他的敦厚沉穩、體貼周到，讓身為獨生女的嘉雅如沐春風，充分享受兄長般的呵護寵愛。

作為女人，張嘉雅當然知道這位學長的心意。那時的她，是前途無量的驕傲公主，身邊圍繞著眾多追求者。

特別是當一身光環的羅雲東出現，張嘉雅眼裡就再也看不見其他人。

張石軒親自動手，為唐毅泡上一壺珍藏多年的上等普洱。

沸騰的滾水從精緻的鐵壺中倒出來，一塊精確發酵過的茶餅在滾水中舒展開來，隨即，一股濃郁的茶香四散而出。

「好香，多少年沒有聞到這樣純正的茶香了。」唐毅瞇縫起眼睛，認真捕捉著空氣中飄浮著的茶分子。

「是啊，這幾年，你來我這裡走動少了，我這個老頭子想喝茶，也找不到真正的茶友。」張石軒感嘆。

其實，他說的不假。堂堂張石軒要想找人喝茶，不知道有多少人趨之若鶩。但是要遇見一個懂茶的知己，卻不是件容易的事情。

唐毅聽出張石軒話裡的真情實感，想想這幾年滄海桑田的變化，不免有些傷感。

「唉……，」張嘉雅輕輕嘆了口氣，「唐學長，我常常想，如果你當初不放棄音樂從商的話，現在應該也是一位成功的演奏家吧。」

唐毅聞言，聳聳肩：「演奏家？談何容易。妳以為人人都像妳，又有天賦又勤奮又有機會……。」

話說到一半，看著張嘉雅黯淡下來的臉色，唐毅立刻停止。

「喝茶、喝茶。」張石軒重新將氣氛變得熱絡，將一杯湯色純正的普洱遞到唐毅面前，唐毅連忙起身，雙手畢恭畢敬地接過。

「坐下、坐下。」張石軒親切地拍了拍唐毅的手背，示意他不要客氣。

見氣氛融洽，張石軒不動聲色地將話題引向正軌：「唐毅啊，這麼多年，你都沒有想過自己出來創業，幹一番事業？」

唐毅嘴裡含著茶，輕輕搖頭：「我這個人，天性散漫。這麼多年待在『愛購網』，各方面都還不錯，而且外面也沒有什麼好機會，也就懶得再出去從頭開始。」

「不是從頭開始，是將你這麼多年累積的經驗真正發揮出來，在資本市場上發出屬於你唐毅的聲音。」張石軒擲地有聲。

唐毅沒有聽懂張石軒的意思，一臉茫然。

「唐毅，你是嘉嘉多年好友，不是外人，我就打開天窗說亮話……，」張石軒翹起二郎腿，一副威嚴的長者風範：「我想要重新成立一家投資公司，需要一個合夥人來經營。

注意了，是擁有股份的合夥人，而不是單純的CEO或者行政總裁。為了顯示我的誠意，合夥人將成為這家公司最大的股東。而且，最關鍵的是，合夥人可以技術入股，不必真的拿出資金。」

唐毅聽明白了張石軒的意思：「也就是說，你出錢辦公司，合夥人可以一毛錢不出，卻享有這家公司的控股？」

張石軒鄭重地點頭。

唐毅不免失笑：「這得多幸運，才能接得住您老人家拋出來的橄欖枝。」

張石軒也笑：「年輕人，要對自己有信心……。」

唐毅有些明白張石軒的暗示，慢慢放下手中的茶杯。

「要不然，我爸怎麼會特地請你過來喝茶？」張嘉雅直接說。

「但是……，」唐毅還沒有回過神來，「我現在在『愛購網』……。」

「『愛購網』的事你不必擔心，」張石軒接過話題，「你在『愛購網』的股份可以轉手給我，我保證，我出的價格一定會讓你滿意。只是，你必須從『愛購網』全身而退，不能腳踏兩條船。」

張石軒的一番話避重就輕、滴水不漏。浸淫商海多年的唐毅略微思索，大致明白對方的用意。

張石軒真正想要的，是他手上25%的「愛購網」股份！

張嘉雅和羅雲東離婚之後，張家和羅雲東勢不兩立。張石軒步步進逼，目的只有一個——打敗羅雲東，以解心頭之恨。

看出唐毅的猶豫，張石軒向女兒使了一個眼色。

張嘉雅會意，拿出一個信封，遞給唐毅：「唐學長，這裡面有一份詳細的價格表，包括我們對新公司的出資額以及向你購買『愛購網』股份的金額。」

「年輕人，不要太急於做出決定。」張石軒微笑，「張叔叔混戰商場這麼多年，有一個深切的感悟，在變幻莫測的商戰中，機會以及把握機會，是成功者與失敗者的分水嶺。我希望，你能把握住這個機會，讓自己的人生發生翻天覆地的變化。」

唐毅從張家出來，心情複雜。坐進汽車，手裡一直捏著那個淡藍色信封。

終於，他打開信封，急切審視。目光停留在「共計」一欄，不覺一驚，連呼吸都變得急促。

他一遍又一遍確認著那個數字，個十百千萬十萬百萬千萬億……對，沒有錯，是億！

複雜而詳細的合作溝通後，卓兒趕去「愛購網」，和她的天使投資人進行最後一輪商討。

唐毅和秘書Lily在辦公室外等候，看到卓兒，Lily臉上露出一個職業化的笑容：「趙小姐，董事長已經等候多時。」

羅雲東端坐在大型辦公桌前，聚精會神看著電腦螢幕。

唐毅上前，輕聲說，趙卓兒小姐來了。

羅雲東冷峻的五官猶如一張撲克牌，沒有任何變化。

眼睛依然死死盯著電腦，對周遭的變化置若罔聞。

趙卓兒仔細觀察著面前這個霸道總裁，驚訝地發現，對方的電腦上沒有滑鼠。

羅雲東的手指在鍵盤上飛快遊走，代替滑鼠完成各種操作。

卓兒的目光被羅雲東的手深深吸引。那可是一雙修長白皙的手，每一根手指都如早春翠竹，柔軟，靈性。

它們在鍵盤上移動，猶如十個精靈在琴鍵上舞蹈，就連敲擊鍵盤的聲響，都如天籟。

為了緩和尷尬的氣氛，唐毅對卓兒解釋：「妳一定奇怪，為什麼董事長不用滑鼠吧？這是他在華爾街工作養成的習慣。華爾街的工作人員為了提高工作效率，都是一個鍵盤走天下。他們認為，明明在鍵盤上可以完成的操作，如果再使用滑鼠，那就是浪費時間。」

羅雲東忽然開口：「趙卓兒，妳今天推播的這篇文章配圖很遜色啊。娛樂公眾號要的就是一個好看，妳放的這些藝人照片個個油光滿面，誰願意看？」

嗯嗯？他一本正經、目不斜視，竟然是在看我的公眾號文章？

見趙卓兒沒有回答，羅雲東的目光從電腦螢幕上移開，直接逼視著她：「妳說說，這樣的照片能吸引讀者嗎？」

「我知道，」卓兒想要辯駁，但是一開口，語氣裡卻多了一層撒嬌，「好照片都是要去專業圖片網站上購買，解析度高一點的大圖一張就要上百元，我哪裡買得起？」

羅雲東繼續咄咄逼人：「你的公眾號文章每況愈下，根本無法和最初兩篇相比。」

最初兩篇？卓兒心裡暗自發笑。最初兩篇，不是報導你和馮妮妮的緋聞嗎？這是怎麼回事，難道你還希望我繼續幫你下猛藥？

卓兒清清喉嚨，一本正經地回答：「娛樂文章想要有影響力，現場採訪是基礎，圖文獨家是關鍵。但是我現在的經濟狀況，哪能像當初做記者那樣，天南地北追著藝人滿世界跑？所以現階段，我們只能宅在家裡閉門造車，最多道聽塗說、打打擦邊球。這也是我急於想找人投資，增加經費的原因。」

　　羅雲東將面前的鍵盤一推，輕輕靠在椅背上：「說來說去，妳現在最大的困難是——缺錢？」

　　「當然。如果有錢，我可以買好看的圖片，可以全國各地甚至去國外追蹤藝人們，那時候的公眾號才是我真正想要的樣子。」

　　羅雲東深深看了一眼卓兒：「既然妳走上了網路創業這條路，就要把眼界放開。老實說，一個娛樂公眾號的發展前景有限，妳有沒有想過，以妳這個公眾號為基礎，做成一個女性生活平台？」

　　女性生活平台？卓兒眼前一亮。「啪嗒」一聲，靈感的火花在她腦子裡跳躍出來：「你是說，將這個娛樂公眾號變成一個綜合性的女性網路閱讀物？有娛樂新聞、有情感傾訴，還有商品折扣之類的服務訊息？然後，它還能網路與現實生活打成一片，現實生活有自己的粉絲見面會，在網路上則可以銷售折扣商品？」

　　聰明。羅雲東的臉上有了難得的笑容，他忽然發現，這個倔強的小女子，竟然有著良好的商業天分。

　　「我還要帶來一個好消息。」唐毅打鐵趁熱，「上次我去了趙小姐的出租套房，的確，妳的辦公條件太過艱苦。回來跟董事長一說，他立刻就想了辦法。我們已經在市裡的創業孵化園為趙小姐申請了辦公場所，以後啊，妳就不必在那個連熱水都沒有的地方受苦了。」

　　卓兒心頭一熱，不由自主地凝視羅雲東。羅雲東忽然退縮，垂下眼，避開卓兒的深情。

　　一瞬間，卓兒雙頰滾燙。

25.

　　臘月二十八，大家都急著回家過年，卓兒卻帶著錢蔓、周春紅趕到城南高新區，歡天喜地入駐創業孵化園。

　　孵化園位於中國最大的專業軟體園區——天府軟體園區內。出了地鐵站，街道兩邊的建築物櫛比鱗次，好不氣派。路邊一棟巨型建築物，攔腰立著巨大的 Logo——騰訊 Tencent，往後看，「阿里巴巴」四個金字招牌在辦公大樓頂發光。往左看，是 IBM；往右邊，是華為；環顧四周，賽門鐵克、SAP、NEC、GE 紛紛躍入眼簾。

　　卓兒渾身一個激靈，和錢蔓交換著激動的眼神。

　　周春紅張大嘴巴，半天才吐出一個字——「酷」。

　　辦公室位於軟體園區 C 區第 12 棟。打開辦公室，三個女人同時驚呼。周春紅一個箭步，衝到一排辦公桌前，伸出手，摸摸這裡，摸摸那裡。

　　看到面前的旋轉電腦椅，興奮得一屁股坐上去。一蹬腿，整個人跟著椅子做了個 360 度的大迴轉。

　　「卓兒，我們是不是鴻運當頭了？妳看這辦公室，多正規、多氣派。沒有想到，連我這個臨時幫忙的編外人員，也能領到一份薪水。」

　　周春紅似乎想到了什麼，停止椅子的旋轉，認真問卓兒：「妳說，羅雲東給妳這麼多錢，他會不會哪天忽然反悔，要我們還錢啊？」

　　卓兒沒好氣地瞪著周春紅：「跟妳說了多少次，這錢不是羅雲東給我的，他也不會要我們還錢。這叫做天使投資，他是我們的天、使、投、資、人！」

　　「對對對，」周春紅一雙大眼睛滴溜溜地轉，「他是妳的天使，是老天派到凡間，來拯救妳的天——ㄕ——。」

　　卓兒一急，作勢要打，周春紅一抬腳，連人帶椅滑得老遠。

　　「別鬧了，我們還是趕快打掃一下辦公室吧。」錢蔓喜上眉梢。

卓兒知道，錢蔓是個處處講究的女人，跟著她窩在簡陋的出租套房裡，有苦說不出。

「錢蔓姐，前段日子資源不足，讓妳受苦了。」

「瞧妳說的，我們是創業嘛，哪能計較那麼多，妳看現在不是好了嗎？苦盡甘來，辦公室有了，薪水也有了，過完年，就該放手大幹一場。」

過年期間的孵化園冷冷清清，創客們回家過年，昔日人來人往的大樓，空無一人。

只有「卓兒新媒體」辦公室亮著燈。

周春紅、錢蔓都已回了老家，卓兒卻沒有地方可去。

哥哥在廣東江門打工，今年冬天大嫂在當地生了第二胎，鄉下的父母早早趕過去照顧。

過年前卓兒計劃著去江門，哥哥在電話裡支支吾吾：「妳也知道，我租的房子只有一室一廳，現在又剛生了老二，再加上爸媽，平常四個大人兩個小孩，連個站腳的地方都沒有，如果妳再過來……。」

好，卓兒打消了去江門的念頭。那……就回老家吧，過年不是都得回趟老家看看嗎。

媽媽卻一個勁兒反對：「回去幹嘛？我和妳爸少說要在江門待三年，老家的那個破房子斷水斷電，妳怎麼住？」

算了，算了，那就留在孵化園過年吧。還能持續更新公眾號，讓那些過年期間暫停更新、擁有眾多粉絲的網路用戶看看我趙卓兒的厲害吧。

大年夜，鑼鼓喧天、萬家團圓。卓兒一個人待在辦公室，冷冷清清。

去小超市買來紅酒、一堆平常眼饞卻捨不得掏錢買的零食。過年，要對自己好一些。

臨走，老闆娘還贈送一串小綵燈：「拿去吧，原本是聖誕節搭配聖誕樹賣的，結果賣不出去，妳就拿回家掛上，大過年的，喜慶喜慶。」

卓兒將那串小綵燈掛在辦公室，關閉其他光源，五顏六色的綵燈明明滅滅，像一雙雙俏皮的眼睛。冷清的辦公室終於有了一絲節日氣氛。

「過─年─啦！」卓兒對著空蕩蕩的辦公室大叫一聲。

「趙卓兒，過年要熱鬧、要高興，那就喝點酒吧。」

打開紅酒，沒有酒杯，索性找來一個紙杯。

卓兒高高舉著紙杯，對自己說：「趙卓兒，新年快樂，乾！」

仰頭，一飲而盡。廉價紅酒酸澀黏稠，還有一股濃烈的酒精味，卓兒忍不住猛烈咳嗽。

想起了去年的春節。大年夜。候車大廳。

她要坐火車回家，栗遠星幫她提著大包小包。

因為一點小事，兩人起了口角。卓兒賭氣，提著行李獨自衝進站台。栗遠星在背後叫她，她生氣，不肯回頭。

如果早知道那是和栗遠星度過的最後一個春節，也許就不會如此任性。

最起碼，應該回頭，好好和他說一聲再見，謝謝他送自己這一程。

卓兒掉下淚來。朦朧淚光中，輕輕舉杯：「小星星，謝謝，我可能不會恨你了……。」

醉意越發濃厚，更多的眼淚掉下來。卓兒的眼前浮現起家鄉河灘邊，那一大片蒲公英花叢。

每到開花時節，她總喜歡蹲在花叢裡，摘下一朵朵蒲公英，放到嘴邊，鼓足勁一吹，細微的花瓣四散開來，隨風而去。

那些四散飄零的花朵落在土裡，會重新生根發芽，明年春天又會開出新的花朵。只不過幾年工夫，那片花叢就變成了一片寬闊的蒲公英花海。

卓兒想，自己不就是一朵蒲公英嗎？在城市裡飄飄蕩蕩，被風吹到哪裡就在哪裡生根發芽。

忽然，手機傳來提示音。大過年的，還有誰會想起我？帶著酒意點開，卻是 LYD。

LYD：「怎麼今晚還推播了公眾號文章，沒有回家過年？」

卓兒：「是的。」

LYD：「為什麼？」

卓兒：「無處可去。」

LYD：「妳在辦公室？」

卓兒：「對。」

一個小時後，辦公室響起了敲門聲。

「誰啊？」已經喝光了大半瓶紅酒的卓兒，跟跟蹌蹌開了門。

是羅雲東。

「是你？你怎麼也不回家過年？」卓兒醉眼朦朧。

「妳喝酒了？」羅雲東答非所問。

「對，喝酒了。」卓兒傻笑，指了指辦公桌上的一堆零食和酒，「今天是大年三十，過年啊，我在過年。」

說完，卓兒拿出紙杯，幫羅雲東也倒一杯：「來，董事長，我敬你一杯，新年快樂，恭喜發財。」

羅雲東看著卓兒，一臉冷峻：「妳醉了，不能再喝。」

「今天過年啊，得喝點。」卓兒努力想擠出微笑，卻不知為何，眼淚「刷」地掉下來，「不然，我一個人，怎麼過⋯⋯。」

卓兒神經質地苦笑，飛快地擦掉眼淚，仰頭，打算將杯中的紅酒倒入嘴裡。

卓兒拿紙杯的手被羅雲東抓住。手上的皮膚，傳來男人指尖的溫熱。

「還沒有喝夠呢。」卓兒叫嚷，想要掙脫。杯中紅酒潑灑出來，濺到兩人衣服上。

「不許喝。」羅雲東冷冷地命令。

在酒精作用下，卓兒骨子裡的倔強猛然噴發。使勁掙扎，要擺脫羅雲東鐵鉗般的雙手。

「你憑什麼命令我？你不就有幾個臭錢嗎？你以為投資我，成了天使，就能命令一切嗎？我要喝，我偏要喝，你管得著嗎？」

「夠了！」羅雲東低吼。

「放開我！」卓兒用更大的聲音吼叫，「我不是小綿羊，不會被你控制！」

卓兒劇烈地掙扎，拚了命要擺脫男人的雙手，眼淚一行行爬滿臉頰。

情急之下，羅雲東忽然一把將掙扎的小女人抱入懷裡。卓兒還在使勁，一抬頭，看到男人的目光。

那是荒原上的一輪彎月，冷而悲涼。

他開口，聲音沙啞：「我明白，你孤獨……和我一樣……。」

卓兒看得呆了，竟然忘記掙扎。

兩人渾濁的呼吸交織在一起，彼此都能聽到對方劇烈的心跳。

「妳為什麼不聽話呢？」羅雲東附在她耳邊，呢喃。

卓兒不吭聲，迷離地閉上眼，沉溺於這個男人的體溫和心跳。

「回答我。」羅雲東將她抱得更緊。

卓兒依然沒有回答，甚至，不敢睜開眼睛，看他一眼。

冥冥之中，她在等待。

羅雲東凝視著面前沉溺的小女人，眼裡有光。

慢慢抬起那雙滾燙的手,輕輕地、輕輕地,撫摸著如薔薇般酣然盛開的臉。

但,忽然停住。

慢慢地,羅雲東將手收了回來。

輕輕地,放開了卓兒。

一轉身,拉開門,頭也不回,揚長而去。

卓兒慢慢睜開眼,一臉困惑。目送著那個男人遠去的背影,滿室寂靜,只有那串綵燈明明滅滅。

26.

「我和爸爸去國外過年，初四晚上回來，初五你哪裡也不能去。」張嘉雅向栗遠星發出命令。

初五，栗遠星將手機拿在手上，生怕漏接張嘉雅的電話。直到傍晚，張嘉雅才要栗遠星開車來接。

張嘉雅和一票親戚去了馬爾地夫過年，蒼白的臉因為海島陽光的照射，泛起一團紅暈。

坐進法拉利車內，張嘉雅將一個禮物盒扔到栗遠星大腿上：「你的新年禮物。」

栗遠星遲疑，還是打開盒子，竟然是一只江詩丹頓金錶。

「怎麼樣？這個禮物高檔吧？」張嘉雅微微抬著下巴，斜眼看著栗遠星，「我可不想讓人覺得，我是個摳門的女人，捨不得在你這種人身上花錢。」

栗遠星臉色一沉，只得轉移話題：「我們去哪裡？」

「去你以前駐唱的酒吧坐坐吧。」張嘉雅提議。

栗遠星心裡極不願意再去那個酒吧，但是，他有權拒絕嗎？初五是民間迎財神、開門做生意的日子，也是「小酒館」農曆新年營業的第一天。

舞台上，女歌手唱著那英的《不管有多苦》。酒吧裡坐滿人，大家低聲交談，或者側耳聆聽，沒有一般酒吧的喧鬧。

服務生還認得栗遠星，上前熱情地招呼。他把栗遠星引到靠近舞台的一張桌子，聽現場演唱的最佳位置。

光線並不明亮，張嘉雅雍容華貴地坐下，也不多話，只是安靜地看向舞台。

酒保看見栗遠星，熱情地走過來：「星哥，大半年不見，在哪裡駐唱？」

「沒唱酒吧了，現在專心寫歌、發唱片。」栗遠星如實以答，語氣裡卻有幾絲隱藏不住的驕傲。

「不錯啊！」酒保一拳擊在栗遠星胸口，「我就知道你有本事，絕對不是一輩子唱酒吧的人。」

忽然想起來，酒保附在栗遠星耳邊輕聲說：「前陣子，有兩個女孩來找過你。」

兩個女孩？

栗遠星心裡一陣刺痛，努力保持鎮定：「是誰？」

酒保搖頭，只說兩個女孩，一個女孩個子較高，皮膚黑。另一個女孩皮膚白，古靈精怪。

栗遠星明白，一定是卓兒和閨密周春紅。

「那個高個子女孩一個勁向我打聽你的去向，還說你忽然消失，擔心你出事。」

栗遠星垂下眼簾，心裡不知是酸楚還是甜蜜。

卓兒，妳來找過我，在我不辭而別之後，妳還在滿世界找我。

「如果你不是你，而我不是我，那該有多快樂……。」

舞台上，女歌手如泣如訴。栗遠星忽然覺得，這句歌詞正是自己內心的寫照。

卓兒，如果妳不是妳，我不是我，我們在一起應該平靜幸福吧？但是，偏偏妳是妳，而我又是我，一樣的底層草根，一樣的貧窮卑微。

兩個困苦卑微的人在一起，就如兩個攜帶致命病毒的患者，交叉感染，衍生新的病毒和悲哀。

酒保留意到張嘉雅，吐了吐舌頭：「那個女人？你和她一起來的？」

栗遠星愣了一下，點頭。

酒保看栗遠星的眼神變得曖昧：「你和她？你們現在……。」

栗遠星白了一眼酒保，嘴裡敷衍：「你去忙吧，不用招呼我。」

酒保朝吧台裡走，回頭，意味深長地看了一眼張嘉雅。

他怎麼會不記得這個美麗而特別的貴婦呢？

——一年前，這個女人總是獨自一人來到「小酒館」，點幾杯他調製的雞尾酒，坐在角落裡誰也不理，直到打烊才離開。

她到小酒館的第一晚，他就注意到了她。容貌出眾、衣著華貴，身上佩戴的珠寶首飾價格不菲。

更特別的是，她總是戴著一副長長的真絲手套，像50年代好萊塢電影裡的女主角，神祕而高貴。

有一晚，栗遠星在台上背著吉他自彈自唱。

唱的是楊宗緯的《底細》：

「失愛的苦痛不過，真費力活，心每跳一下都嫌多。等愛如煙，等往事遠，先看淡你我，再泰然自若，俯瞰犯過的錯……。」

憂傷的歌聲在酒吧裡盤旋，女人托著下巴，聽得入迷。

一曲終了，舞台投射燈環顧全場，酒保清楚看到，女人臉上爬滿淚痕。

栗遠星演唱完畢，女人揮手，叫來酒保。從隨身的香奈兒皮包裡，拿出一疊百元大鈔，數也不數，遞過來：「給台上唱歌的小鮮肉，叫他再唱一遍剛才的歌。」

酒保接過錢，在手裡掂量一下，好傢伙，差不多有1000多塊吧。

栗遠星再度把《底細》演唱一遍。唱完，特地朝張嘉雅的方向，深深鞠躬。

一曲唱罷，張嘉雅招手要他過來坐坐。

乍見張嘉雅，栗遠星不由得一驚，真是一個美人啊，五官精緻，還有一種少婦獨有的風韻。

「你應該是受過專業訓練的，不過學藝不精，音準和節奏都還有很大問題。」

栗遠星沒有想到，張嘉雅一開口，竟然說出了如此專業的話。

栗遠星只得承認，自己大學讀的是一所三流大學的音樂系，從大二開始，他就逃課，泡在酒吧駐唱。

「你的選擇是正確的。」張嘉雅輕描淡寫。

「哦？」栗遠星意外，這個女人確實與眾不同。

「你是個有音樂天賦的人，國內目前的音樂教育幫不了你，只會扼殺你。所以，你的選擇是正確的。」

兩人把酒言歡，不知不覺已到了打烊時分。

張嘉雅醉得不輕，四處張望，忽然驚呼：「呀，這裡竟然有一台……鋼琴……。」

說完，跌跌撞撞走到鋼琴前，用戴著真絲手套的手，費力打開琴蓋。「來，小鮮肉，姐姐我……為你彈，彈首曲子吧。」

張嘉雅坐在琴凳上，朝栗遠星揮手：「想聽什麼曲子？《第三鋼琴協奏曲》？《大黃蜂的飛行》？還是《水妖》？」

栗遠星不覺倒吸一口冷氣，張嘉雅說的這幾首鋼琴曲，都是超高難度，就連他們音樂學院的鋼琴老師都無法駕馭。

見栗遠星愣在旁邊沒有回答，張嘉雅忽然仰天發出一陣「呵呵呵呵」的傻笑。

「那就彈奏『拉三』吧，這可是我從15歲……不，從13歲起，就開始挑戰的作品。」張嘉雅說得輕描淡寫，「知道嗎？『拉三』是著名作曲家、鋼琴家拉赫曼尼諾夫創作的《第三鋼琴協奏曲》，這首樂曲因其超乎尋常的演奏難度，被稱為人類歷史上第一高難度的鋼琴演奏曲，甚至有音樂家因為演奏『拉三』而精神分裂。」

張嘉雅將手輕輕放在鋼琴鍵上，右手抬起來，放下去，琴鍵上沒有發出大家期待的美妙音符，相反地，是一串沉悶的雜音。

酒保呵呵地笑出了聲：「妳可真會吹牛啊。」

張嘉雅愣在鋼琴前，似乎不知道發生了什麼事情。她輕輕地抬起自己的右手，又輕輕地抬起左手，認真地看了又看。

她將右手放到自己的嘴唇邊，牙齒輕輕地咬住手套，向下一拉，手套的一個手指脫了出來，然後，再脫出第二個手指……。

她不斷重複著這個詭異的動作。栗遠星和酒保面面相覷，甚至能聽到手套在她牙齒間發出的摩擦聲。

終於，兩隻手套十個手指都從手套中脫穎而出。

但，那不過是兩隻由矽膠做成的義肢。

燈光照射下，義肢閃爍著化學製品特有的光亮。這光亮有種無法言說的詭異，猶如墓地裡的點點磷火。

「呵呵呵呵。」張嘉雅的笑聲陰森恐怖，「是啊，我是在吹牛。小朋友，你看我多會吹牛啊，這樣一個身心障礙者怎麼能演奏『拉三』呢？」

這雙義肢帶給栗遠星巨大的震撼。他相信，眼前這個女人是一個在音樂上頗有造詣的人，他相信她所說的話，也許她的確是一個能駕馭「拉三」的天才。

張嘉雅從鋼琴椅上站起來，一瘸一拐走過來，附在栗遠星耳邊說：「小朋友，嫉妒，上帝是會嫉妒天才的，你……要小心哦，你也是……要被嫉妒的。」

回憶總是讓人神傷，重回「小酒館」，栗遠星被巨大的傷感包圍。

張嘉雅坐在靠近舞台的桌子旁，自在放鬆。她揚手，服務生立刻飛奔而來。

這個服務生專門負責舞台前兩排的桌子，他對張嘉雅印象深刻。

「點單,老樣子。」張嘉雅興致很高。

服務生心領神會。張嘉雅口中的「老樣子」,包括兩瓶產自法國波爾多的高檔紅酒、兩瓶依雲礦泉水,一大盤水果拼盤。

作為「小酒館」的常客,張嘉雅每次來,都會點同樣的單。漸漸地,服務生發現了規律,這個出手闊綽的女人每次只在栗遠星的演唱時段出現,栗遠星演唱結束,她起身離開。

「你過年陪父母了嗎?」張嘉雅心情不錯,主動和栗遠星攀談,「你爸爸的身體好些了嗎?」

「一直和父母在一起。對了,我爸爸的身體好多了,他還叫我謝謝妳呢。」栗遠星認真地說。

張嘉雅微微一笑,也不答話,只把臉轉向舞台,欣賞那位「那英」的演唱。

栗遠星看著面前的張嘉雅,有一刻的疑惑,這究竟是怎樣一個女人呢?高傲自負,卻能在音樂上給予他指引;囂張跋扈,卻會在他危難時出手相助;剽悍強勢,卻時時需要寵溺與呵護。

她是天使又是魔鬼。

——盛夏時節。噩耗傳來時,栗遠星正在收拾吉他,準備去酒吧駐唱。

電話裡,母親用帶著哭腔的聲音嚷嚷:「星兒啊,不好了,你爸爸中風了。」

栗遠星只覺腦袋「嗡」的一聲炸響:「情況如何?」

「在醫院搶救,需要錢。可是家裡那點錢,都被你爸拿去參加民間集資,血本無歸。現在急著用錢,怎麼辦?」母親在電話裡急得像一個無助的孩子。

「別急,我馬上趕過來。」栗遠星直接去了火車站,買了最近一班動車趕回老家。

謝天謝地,父親搶救成功。全家人鬆了一口氣,不料,主治醫生卻說:「你父親要入住加護病房,趕快去繳費、辦理住院手續。」

預存的住院金額栗家無法負擔，栗遠星一屁股坐在板凳上，母親卻已經哭出了聲：「怎麼辦？家裡真的沒錢了⋯⋯。」

「我來想辦法。」栗遠星拋下這句話，衝出醫院。

他能想到的唯一辦法，就是借。奔波一整天，找了無數朋友、打了無數電話，卻一點收穫也沒有。

栗遠星站在醫院的走廊上，忽然有一種走投無路的悲涼。

即使雄心萬丈、心比天高，那又怎樣？在父親危難之際，他卻連住院費都付不起。

栗遠星第一次知道，自己是如此渺小無力、不堪一擊。

巨大的悲愴襲來，他痛苦地抱著頭，蹲在地上。

卻不料，電話響起。

「小酒館」酒保在電話裡說：「星哥，錢借到沒有？你等等，那位女士要跟你說話。」

電話似乎轉到了另一個人的手裡，話筒裡傳來一個熟悉的聲音，張嘉雅。

沒有前因後果、沒有拐彎抹角，張嘉雅直截了當：「你需要多少錢？」

栗遠星一愣，下意識地想要一口回絕，像他習慣所做的那樣。

他不習慣被人窺探內心、不習慣被人知道秘密，他習慣了用沉默和冷漠包裝隔離自己。

但是此刻，他卻無法拒絕。「需要五萬。」

「好，把你的銀行帳號傳到這個電話號碼，我立刻叫人去辦。」張嘉雅沒有多餘的話。

十天之後，栗遠星的父親轉危為安。再度回到小酒館，再度面對張嘉雅，栗遠星有巨大的感激。

「那五萬元我一定還給妳，不過，可能要給我時間……，」栗遠星有些羞怯。

「不急。」張嘉雅打斷了他的話，「那點錢對我來說不算什麼。」

這之後的幾天，張嘉雅都沒有在小酒館出現。栗遠星有些納悶，撥電話給張嘉雅。

「喂……，」電話裡傳來張嘉雅沙啞的聲音。

「張小姐，我是栗遠星，妳最近都沒有來酒吧，不知道妳這邊是有什麼事情嗎？」

自從張嘉雅雪中送炭，栗遠星在她面前就卸掉偽裝和顧慮。他坦然地表達著對她的關心，只要能讓她高興，他都願意去做。

電話裡忽然傳來一陣神經質的傻笑：「什麼事情？看來，全世界只有你一個人還會惦記著我。」

「妳又喝醉了？妳在哪裡？需要我過來嗎？」栗遠星想也沒想，脫口而出。

「我在哪裡？」張嘉雅在電話裡反問自己：「我在一個鳥籠裡。」

栗遠星很著急，按照張嘉雅給的地址，趕到「雲雅」。

他被傭人張媽帶到地下一樓的酒窖，張媽指了指裡面，接著像躲避瘟疫一樣跑開。

下午四、五點鐘，酒窖裡沒有開燈，光線昏暗。

張嘉雅穿著一件輕薄的真絲睡衣仰躺在碩大的沙發上，長髮披散，蓋住大半張臉。

沙發下，歪歪斜斜地倒著好幾個空酒瓶。

栗遠星走過去，坐在沙發邊。張嘉雅緩慢地轉過頭，頭髮滑落兩邊，露出大半張臉，淚痕斑斑。

張嘉雅猛地坐起來，一把抓住栗遠星：「為什麼冷落我？為什麼怠慢我？為什麼這樣對我？」

栗遠星不知如何是好，任由她搖晃自己。

「我為你失去了雙手，失去了一切，你為什麼不能愛我？告訴我，我哪裡不好，你為什麼不愛我？」張嘉雅抓住栗遠星的手臂，眼神迷亂地咆哮。

「妳很好。」栗遠星輕聲安慰，「妳真的很好，漂亮、有才華，樂於助人，是一個好女人。」

栗遠星的一連串讚美，卻換來張嘉雅淒涼的長笑。她把手搭在栗遠星的肩膀上，含混不清地說：「如果我真的那麼好，你怎麼會不要我？」

冰涼的義肢爬上栗遠星的臉，一邊撫摸他發燙的五官一邊呢喃：「這是多麼英俊的一張臉啊，你有多久沒有抱過我、吻過我？知道嗎，每天晚上我都寂寞得想哭，你為什麼不願意碰我……你知道嗎，我有多苦，多寂寞……。」

兩行熱淚從張嘉雅的眼睛裡滾滾而下，栗遠星一反手，猛地將面前的女人擁抱入懷。

沒有任何猶豫，他俯下臉，準確地捕捉到她的雙唇。

那是一片乾涸、失去灌溉的沙漠。

他熱烈地親吻著這雙嘴唇，就像在沙漠裡澆灌一朵枯萎的花。

突如其來的親吻讓張嘉雅毫無防備，冰冷的身體在熱烈的親吻中一點一點溫暖起來。從被動的接受到主動的回應，似乎有一個世紀那麼漫長，又似乎只有幾秒鐘短暫。

兩人濁重的呼吸交會到一起，張嘉雅從親吻中掙扎出來，將臉朝後仰了仰，認真地看清楚了面前男人的臉。

「哦，你好像不是……不是……，」張嘉雅呢喃著，瞇縫起眼睛，注視著栗遠星：「你是……你是……。」

張嘉雅的臉再一次湊了上來，熱烈的唇主動吻上栗遠星，兩人的軀體糾纏在一起。

他們猶如一對角鬥士，在昏暗的酒窖中，彼此進攻，彼此摧毀。

他們是流浪的孤兒，是飢餓的野獸，他們窮凶極惡，迫不及待地要從對方的身體裡竊取能量、獲得安慰。

酒窖的門被輕輕推開，一束太陽光照射進來。

門邊，站著一個高大挺拔的身影，他看清楚了酒窖裡兩具糾纏的裸體，一轉身，頭也不回地離開。

那是羅雲東。

27.

春節之後,「卓兒新媒體公司」全新出發。

自媒體全新改版,由「卓越娛樂」更名為「卓爾女性」。內容也由單純的娛樂報導,變為涵蓋娛樂報導、時尚美妝、情感諮詢的女性生活平台。

當然,娛樂報導還是主打內容。

一番招兵買馬,孵化園的辦公室裡,滿滿地坐下十個人。

萬事俱備,只欠東風。卓兒急切需要一個轟動的報導來拉抬人氣、拉高點閱率。

恰巧,年度流行音樂頒獎典禮將在北京舉行,卓兒報了名、早早訂了機票,這是工作室獲得天使投資後的第一次外採,只許成功、不許失敗。

到了北京,拿到頒獎典禮的流程表。栗遠星的名字赫然在列,他將角逐最佳新人獎。

有生之年狹路相逢,終不能倖免。

頒獎典禮下午2點開始。坐在媒體採訪區,卓兒指著流程表上栗遠星的名字,向一位北京同行提問:「這個歌手只出了一首歌,得獎的可能性大嗎?」

「他啊……,」同行的臉上滑過一抹曖昧的笑容,「我覺得滿大的,聽說這小子後台硬,錄專輯拍MV全都是自己出錢,拿個新人獎什麼的,容易得很……只要他肯花錢。」

「那,他的後台是誰?」

「這我可真不知道,不過肯定是個有錢人。這種事娛樂圈多了,這當紅的小花、小鮮肉,誰背後沒有金主力捧呢?」

卓兒心情複雜,沒有想到,她將以這樣的方式和栗遠星重逢。

看著獎項一個個頒發出去,卓兒的心情變得緊張而焦慮。

終於，輪到最佳新人獎。頒獎人看了看手中的名字，臉上綻開了燦爛的笑容，她一字一頓地念出來：「栗、遠、星。」

也許是栗遠星的知名度有限，現場的掌聲並不熱烈，甚至還有幾個年輕觀眾喝起了倒彩。

一片尷尬的氣氛中，栗遠星從後台走了出來。

依然是白襯衫、牛仔褲的青春打扮，長髮披散在肩膀上，臉上沒有什麼表情，嘴唇緊緊抿在一起。

卓兒想，小星星一定很緊張，他只有緊張的時候，雙唇才會下意識地抿在一起。

舞台上，栗遠星接過獎盃，緊繃的臉上勉強有了一絲笑容。

站在麥克風前，深呼吸，開口：「我算了一下，從後台走到這個麥克風前，有十幾步的距離。但是沒有人知道，我走得有多辛苦多艱難……。」

栗遠星的眼睛裡閃爍著淚光，嘴唇微微顫抖，不得不又做了一個深呼吸：「此時此刻，我有很多的無言感激，也有很多的無聲愧疚……我不是幸運兒，我的人生選擇總是充滿無奈和迫不得已………我常常想，老天為什麼要給我那麼多磨難呢？讓我過得稍稍如意一點，不行嗎？不管老天給我什麼，我都得接受、承受和忍受………。」

說完，栗遠星清秀的臉上有了一個自嘲的苦笑。他的這一番表白情真意切，現場安靜下來。

「上小學的時候，在老家小縣城的街上，第一次聽到別人拿著吉他自彈自唱，我被深深震撼。我發誓，長大後一定要成為這樣的人。音樂是我此生唯一一次的主動選擇，不管遭遇多少磨難、付出多少代價，我都將用我全部的生命去捍衛我的音樂、我的夢想！」

說到最後，栗遠星的聲音哽咽顫抖，深深地向觀眾席鞠躬。掌聲雷動。

卓兒凝視舞台上的栗遠星，淚流滿面。她聽懂了他的話，每一個字都懂得。

經過了這許多的曲折磨難，她不再怨恨他，不再覺得他是一個渣男。他和自己一樣，是被命運裹挾著、在天地間獨自生根發芽的小草。

舞台上燈光黯淡下來，栗遠星開始演唱他的得獎曲《愛與罪》：

「我就這樣走了，沒有道別，不願道別，害怕道別。我的愛。

我就這樣哭了，站在風裡，站在雨裡，站在痛裡。我的罪。

我是風中的雲、雨中的草，飄零，無處可逃。

我是雲中的雨、草中的沙，跋涉，無路歸家……。」

聽著栗遠星如泣如訴的歌聲，卓兒輕輕擦掉臉上的淚水。她和栗遠星之間，直線距離不到兩公尺，但卻已經是兩個世界的人。

此時此刻，卓兒的心裡什麼都沒有。沒有恨，沒有愛，只有一聲嘆息。

演唱結束，栗遠星走到媒體採訪區，接受記者們的提問。

記者們並不踴躍，他尷尬地站在那裡，等了好幾分鐘，周圍才聚攏三、五個記者。

卓兒有些猶豫，最後還是站了起來，輕輕走到記者堆裡。

栗遠星正在回答一家電視媒體的提問，面對麥克風和攝影鏡頭，拘謹而腼腆。

卓兒垂著頭，躲在幾位記者身後。她忽然沒有勇氣抬頭，和消失半年的前男友四目相對。

有記者要栗遠星介紹《愛與罪》的創作過程。栗遠星抿著嘴，深吸一口氣，緩緩開口：

「這是我去年夏天創作的，那個時候，我做了人生中最艱難的一次取捨。很難，很難，難到我沒有勇氣面對。所以……所以就有了這首《愛與罪》，我想說的是，愛和罪好多時候是一體兩面，很多罪是因為愛而產生，很多愛也促成了罪。」

記者們準備撤退，一直低頭的卓兒忽然用響亮的聲音問：「聽說，你錄製歌曲、拍攝MV都是自己出的錢，你雄厚的財力究竟從何而來？」

記者們乍聽這個勁爆的問題，立刻有了興趣。那些已經放下的麥克風、攝影機、錄音筆又紛紛圍到了栗遠星面前。

栗遠星瞇縫起眼睛，看清楚了提問的卓兒。臉色瞬間蒼白，咬著下嘴唇，無言以對。

「栗遠星，能回答一下這個問題嗎？」有記者提醒，同時將麥克風移到栗遠星面前。

旁邊的工作人員立刻解圍，一個箭步衝上前：「栗遠星先生的採訪，到此結束，請各位記者回到座位。」

「為什麼不能回答一下這個問題呢？」記者們紛紛抗議。

栗遠星忽然抬起頭，望向趙卓兒，在四目相對的一剎那，輕輕說出三個字：「對不起。」

在工作人員的護送下，他迅速離開採訪區。

卓兒站在原地，臉上除了淚水沒有任何表情。沒有，什麼也沒有，她的臉上、她的心裡，什麼也沒有了。

頒獎典禮結束，卓兒火速趕往機場。節省一晚的住宿費，能省則省。

「用得著那麼節省嗎？現在我們不是有錢了嗎？」周春紅在電話裡不以為然。

「錢用在刀口上，能省就得省。」卓兒儼然有了創辦人的口氣。

「我看網路直播，栗遠星竟然參加了頒獎禮，妳看到他了嗎？他看到妳了嗎？你們兩個有互動嗎？」周春紅變得八卦起來。

「我眼睛又沒有瞎，能看不到嗎？」卓兒沒好氣地回答。

「那你此行的爆點不就是……最佳新人獎得主和前女友狹路相逢？」周春紅不改機靈古怪的個性。

「懶得理妳。」

過了機場安檢，卓兒感覺饑腸轆轆。這才想起，一整天奔波下來，沒有好好吃過一頓飯。

「身體是自己的，要愛惜。」卓兒的耳邊迴響起羅雲東輕柔的聲音。還有那雙眼睛，安靜地注視著她，像暴風雨之後的天空，出奇的湛藍溫柔。

「該死。」卓兒在心裡罵自己，猛地甩頭，要將羅雲東從腦海裡驅逐出去。

走進機場內的一個小超市，在一排糕點架前蹲下來。

是選10元的奶香蛋糕好呢，還是選15元的拔絲麵包？

卓兒正猶豫，貨架的另一端，傳來一個熟悉的聲音。

「幫妳拿盒口香糖吧，我怕等下妳在飛機上耳鳴。」

隨即，一個女人清脆的聲音響起：「我可從不吃國內的口香糖。」

卓兒慢慢直起了身子，隔著一長排貨架望過去。貨架盡頭，栗遠星還是下午領獎時的打扮，只不過在白襯衫外面，披了一件保暖的風衣。

像大多數藝人一樣，他戴著一副寬大的墨鏡，大部分五官隱藏在黑色的鏡片背後。

栗遠星的身邊，站著一位身材姣好、容貌艷麗的女子。

女人總是微微昂著下巴，芭蕾女皇般的高貴矜持。

好熟悉的臉。卓兒想起來，那位出現在羅雲東離婚官司裡的女主角，不就是這張雍容華貴的臉？

幾乎是本能反應，卓兒掏出手機，鏡頭對準栗遠星，隨時準備拍攝畫面。

栗遠星在一排商品面前流連，伸手從架子上取下一個淡綠色的小方盒。

卓兒一眼就認出，那是「聲寶」牌潤喉糖。

張嘉雅一臉鄙夷地看著那盒「聲寶」：「這是什麼東西，樣子好土。」

「是潤喉糖，聲寶牌。我以前吃這個⋯⋯效果很好⋯⋯。」栗遠星的聲音越來越低。

「不是幫你買了一堆國外的護嗓保健品嗎？這個幾塊錢的東西有什麼用？」張嘉雅的聲音忽然變得尖利。

栗遠星低著頭、手裡依然緊緊握著那盒「聲寶」。

「把它扔掉，不許吃！」張嘉雅一臉嚴肅地發出命令。

栗遠星嘆了口氣，抬起手，猶豫了一下，還是將「聲寶」放回了貨架上。

張嘉雅的臉上有了一個勝利的笑容，挽起栗遠星的胳臂，輕輕吐出了一個字──「乖」。

目睹這一幕，卓兒慢慢地將手從快門上抽了回來。

沒有憤怒、沒有醋意，只有一片海洋般洶湧的心痛。

這個卑躬屈膝、忍氣吞聲的小白臉是誰？

那個桀驁不馴、自信驕傲的吉他王子又去了哪裡？

從吉他王子到柔順小白臉，栗遠星，你為了你的音樂夢，付出了怎樣慘痛的代價？你為什麼不能好好對待自己？

卓兒將手機放回衣服口袋，轉身，走出小超市。

28.

　　張石軒留給唐毅的選擇題，終於有了答案。唐毅向董事會發信，聲明將手中的25%股份全部轉賣給張石軒，並辭去「愛購網」一切職務。

　　消息來得突然，羅雲東措手不及。他推開辦公室的門衝了出去，秘書Lily正站在門邊。看見神色凝重的羅雲東，Lily小心翼翼地問：「董事長，您去哪裡？需要我通知司機嗎？」

　　羅雲東揮手：「不用，去找唐毅。」

　　目送羅雲東走進唐毅的辦公室，Lily環顧四周，而後一閃身，走到樓梯間的盡頭。

　　四下再看了看，確認無人，這才拿出了手機。

　　「喂，我是Lily……。」

　　羅雲東出現在唐毅面前，唐毅正將自己的私人物品放進一個紙箱。看見羅雲東，他眼睛裡閃過一絲黯淡。努力調整自己，盡量用自然的語氣說：「我原本打算等下就去您的辦公室。」

　　他稱呼羅雲東，從「你」換成了「您」。一字之差，悄悄拉開兩人之間的距離。

　　「怎麼忽然想要辭職？你是不是遇到什麼事情了？我猜啊，是不是愛上有夫之婦要和她私奔？或者，忽然中了億萬樂透要去享受人生？」

　　羅雲東極力維持著兩人親密無間的談話風格，似乎想用調侃找回兩人往昔的親密。

　　唐毅緊繃的臉上勉強笑了一下，他迴避著羅雲東的目光：「看，讓您笑話了……。」

　　還是「您」，那個和羅雲東並肩戰鬥的鐵哥們兒已經回不來了。

　　「能告訴我是為什麼嗎？」羅雲東終於放下調侃的笑容，正色。

唐毅沉默，嘴巴變成「O」字形，重重吐出一口氣，終於開口：「雲東，我比你大4歲，今年已經42。人到了我這個年紀，總是希望能有屬於自己的東西，比如說有自己的家庭、自己的事業、自己的生活……我跟著你在『愛購網』幹了這麼多年，看著這個公司從小到大，你對我不錯，讓我成為公司的第二大股東，還是行政總裁。這樣的身分，對親戚朋友總算有個交代。我沒有二心，對你服氣。你是老大，我是老二，我接受。雖然有時候想，如果能有你的機遇，我是否也能獨當一面？不過也是想想罷了，反正我人到中年，比上不足、比下有餘。但是，忽然有一天，一個機會擺在面前，告訴我，我可以獨當一面、可以不再當老二、可以去資本市場發出自己的聲音、我可以成為你，你說，我該怎麼選？」

　　「這個機會是誰給你的？張石軒？」羅雲東不愧是羅雲東，他在唐毅洋洋灑灑的談話中抓住了關鍵。

　　唐毅看了看羅雲東，無法直視對方炯炯的眼神。只是垂下眼皮，輕輕點頭。

　　「我想，張石軒讓你獨當一面，得有條件吧？」

　　唐毅沒有勇氣抬頭，也沒有勇氣回答，甚至連點頭的勇氣也沒有。

　　「這個條件就是，你必須把『愛購網』25%的股份轉手給他，讓他和張嘉雅成為『愛購網』的實際擁有人！」羅雲東自行揭開了答案。

　　唐毅的臉色一片慘白，他的眼皮抬了抬，最後還是沒有勇氣直視羅雲東。

　　「唐毅，當初我沒有讓你出一毛錢就擁有了25%的股份，這是因為我看重咱們多年的情誼，也是我們彼此之間在道義上的一種承諾。你現在單方面背信棄義，知道會為我、為『愛購網』帶來怎樣的後果嗎？」羅雲東的聲音低沉得猶如暴雨前的悶雷。

　　「雲東，對不起。我知道，我這樣做，會讓你生氣，會讓你覺得我背信棄義。但是，商場本來就是殘酷的，逐利是商人的本色。我這樣的選擇，也是迫不得已，我必須為我自己的人生做一次更好的選擇。」

「是，商人都是逐利的，但是商人首先也是人，在利益之外，難道就沒有一點道義和情分嗎？」

「雲東，道義和情分只能是你這樣的成功者才有資格提及，像我這樣的千年老二，沒有資格兼顧道義。你當初不也是為了獲得張石軒的投資，被迫和他女兒結婚嗎？」

羅雲東看著唐毅，如同陌生人。平靜地轉身，朝門口走去。

忽然，唐毅叫住他：「雲東……請原諒我，如果換了是你，你會怎麼選？」

羅雲東站在原地，沒有回頭，也沒有回答，直接走出去。

交接完畢，唐毅抱著裝有私人物品的紙箱走出辦公室。

大型的紙箱抱在手上，遮擋住視線，唐毅每走一步都變得艱難。

走廊上，員工們來來往往、絡繹不絕，似乎沒有人看到獨自抱著箱子、已經離職的前總裁。

這在以前是不可想像的事。身為總裁的唐毅不要說是抬箱子這樣的體力活，就算只需要一個水杯，也會有不少人搶著為他服務。

但是現在，全公司的人都知道，他辭去了公司一切職務並且出賣了董事長、成了「愛購網」的敵人。誰還會搭理這個毫無價值的是非之人？

唐毅緩慢而僵硬地朝電梯走去，腦門上冒出豆大的汗水，臉色慘白。

「唐總，搬這麼重的東西啊？來，我幫您。」一個聲音在唐毅耳邊響起。

轉過頭一看，保全張先生一臉笑容地看著他。

還沒有等唐毅反應過來，張先生就伸出手，接過唐毅手中的箱子：「喲，可真夠重的，要幫您搬到車庫嗎？」

唐毅尷尬地點頭，看著熱情的張先生，半天才想起來說一聲「謝謝」。

電梯門打開，裡面走出唐毅的幾位下屬。看見他，下屬們像看見瘟疫，個個低頭、悄無聲息地從他身邊擦肩而過……。

晚上，張石軒在私人會所和唐毅見面。

「恭喜你，即將成為人生贏家。」張石軒向唐毅伸出手。

身邊的秘書躬身向前，將張石軒為唐毅所做的安排簡單匯報。

「怎麼樣，對我的安排還滿意嗎？」張石軒笑著看進唐毅的眼睛裡。

唐毅只得連連表示感謝，不知道為何，張石軒的笑容總有種讓他惴惴不安的震懾力。

「好，我就喜歡你這麼爽快！來，為我們的合作慶祝一下。」張石軒興致很高，一招手，服務生打開一瓶香檳。

酒過三巡，張石軒看似不經意地問：「你跟著羅雲東這麼多年，對他的路數應該很明白。上次『愛購網』和科盛合作，他可是殺了我個措手不及。也不知道他用了什麼方法，讓周天華最後放棄了我開出的優厚條件，轉而和『愛購網』合作？」

唐毅雖然微醺，但是對於張石軒的提問卻是高度警惕。他沉默著，一揚頭喝光了杯子裡的香檳，似乎並沒有聽清楚張石軒的打探。

張石軒湊到唐毅面前，步步進逼：「唐總身為羅雲東身邊的心腹大將，不會連這點事情都不知道吧？」

唐毅看著張石軒那張老謀深算的臉，心中不覺一凜，只得滿臉堆笑地敷衍：「這件事我還真的不太清楚，有一天半夜，臨時接到羅雲東的電話，通知我連夜準備合作方案，我才知道，他搞定了科盛的大項目。」

這樣的回答顯然沒有讓張石軒滿意，把身體向後靠在沙發上，翹起二郎腿，對著唐毅似笑非笑：「唐毅啊，你和張叔叔認識也不是一天、兩天了。你知道，我喜歡和坦誠的人打交道，我之所以欣賞你、器重你，也是因為你這份坦誠啊。」

說完，張石軒舉起了酒杯：「來，讓我們為彼此的坦誠幹一杯！」

送走唐毅，張石軒並沒有離開會所。他轉向了走廊盡頭的一個小包間，那裡，另一位客人等候多時。

服務生為他打開門，背對而坐的年輕女子轉頭、起身，臉上露出燦爛的笑容。

是 Lily。

Lily 畢恭畢敬地坐在張石軒面前，她並不習慣這樣詭異的氣氛，放在膝蓋上的手微微發抖。

張石軒看出了 Lily 的緊張，將身邊一個牛皮紙袋遞到面前：「我對於妳的執行力很滿意，這是對妳的感謝。」

Lily 接過信封，有些腼腆地打開信封，看到裡面厚厚的一疊百元大鈔，臉上有了一絲不易察覺的笑容。

張石軒也笑了，深深地吸了一口菸。鈔票可真是人生良藥啊，緩解緊張、穩定情緒。

「張先生，謝謝您。」Lily 露出殷勤的笑容，態度積極主動，「不知道您還需要瞭解什麼情況？」

張石軒對 Lily 的態度十分滿意：「上次羅雲東拿下科盛的合作項目，不知道在周天華身上用了什麼方法？」

「科盛？他們的『太子爺』是周天華對吧？」Lily 努力地在腦海中搜索，「我平時處理羅雲東的各種行程安排，為了合作，他和科盛的接觸是比較多，但是都限於科盛的高層主管，和周天華本人之前接觸得並不多。直到有一天快下班，羅雲東忽然要我訂一家五星級度假別墅的宴會廳，然後我去了才知道，是宴請科盛的『太子爺』周天華。您是知道的，我只是秘書，宴會本身我沒有資格參加。整個宴會我都是在羅雲東車上待命，宴會上發生了什麼我根本無從知道。」

張石軒眼睛瞇縫起來，努力想從 Lily 平淡的說明中挖掘出有用的線索：「妳為什麼要在車裡待命呢？」

「哦,因為當時,我和羅雲東的保鏢一起在車上守著一包現金。」

「什麼現金?」張石軒有了興趣。

「不知道這包錢是用來幹什麼的,聽他的保鏢說,是美金,我看那個重量,幾萬跑不掉。」

「妳確定?」

「當然,我之前在銀行櫃台上班,天天和鈔票打交道,幾萬鈔票放在那裡是個什麼形狀和重量,心裡有數。」

「這筆錢後來去了哪裡?」

「這個我就不知道了,因為當時羅雲東和周天華摟著肩膀走出會所,我就和保鏢下車。那天羅雲東喝了很多酒,還硬拉著周天華到他車上去,說是要送他回家。反正後來我就離開會所,也不知道後面的情況。」

聽完 Lily 的講述,張石軒將菸斗送到嘴邊,不抽,銜著,臉上是陰晴不定的表情。

過了許久,他轉頭對身邊的秘書說:「幫我安排一下,我要請科盛的周老爺子吃個便飯。」

29.

　　週一上午10點,「卓兒新媒體公司」例會。羅雲東將出席,作為天使投資人和卓兒團隊正式見面。

　　卓兒早早來到辦公室,心情竟有些忐忑。大年夜之後,她沒有和羅雲東再見面。

　　卓兒難以釋懷。他在大年夜的意外出現,他的呵護和關心,他突如其來的擁抱以及那個最終被放棄的吻⋯⋯。

　　他對她若即若離、亦真亦假。那晚的一切是否真實發生過?或者只是一場幻覺?

　　「卓兒姐,今天好漂亮。」一位年輕女編輯發出驚嘆。

　　卓兒不好意思地低下頭,等女編輯走開,拿出一個小圓鏡,偷偷審視。

　　破天荒化了妝,淡妝,卻也花去大半個鐘頭。

　　看著鏡中的自己,總覺得還缺點什麼。靈機一動,從皮包裡拿出一對珍珠小耳環。

　　是去年生日,栗遠星送的禮物。批發市場的便宜貨,但是卓兒視為珍寶,只在重要場合佩戴。

　　卓兒輕輕撫摸耳墜上的小珍珠,一番左顧右盼,滿意地闔上小鏡子。

　　「呀,快來看好消息。」錢蔓對著電腦螢幕一陣驚呼,幾位年輕的小編紛紛聚攏過來。

　　「歐耶,我們進前五了!」

　　「不錯不錯,已經連續五週殺入前十名啦!」

　　「不行,我中午要加個雞腿替自己慶祝一下!」

　　「加雞腿?妳不減肥了,還是把雞腿錢省下來幫我們一人買一杯奶茶吧!」

……

小編們七嘴八舌，興奮地嚷嚷。

見卓兒還坐在位子上發愣，錢蔓忍不住跟她報喜：「快來看，我們上週在影響力榜上升到第五名啦……。」

卓兒站起來，走到錢蔓的電腦前，頁面顯示著上一週自媒體影響力排行榜的榜單，第五名的位置赫然寫著「卓爾女性」。

一陣暗喜，卓兒拍了拍幾個小編的肩膀：「朋友們，加油啊，下週一定要努力拿下冠軍！」

門被大力推開，周春紅背著一個大大的旅行袋、氣喘吁吁地跑進來：「卓兒，管理員通知妳沒有？電視台的記者下週要來採訪孵化園的創客，第一站就要來我們這裡。」

辦公室爆發出一陣歡呼：「呀，我們要上電視了耶，我們每個人都能上電視嗎？」

「想得美。」周春紅對小編們嘟起嘴，「要出鏡也是卓兒，哪裡輪得上妳們，我都還沒當上網紅呢，妳們急什麼？」

一轉頭看到卓兒，周春紅誇張大叫：「我的Ladygaga，趙卓兒，妳今天竟然化了妝！要去相親嗎，怎麼忽然打扮起來？」

眾人的目光掃射過來，卓兒一臉窘迫：「化個妝有什麼好大驚小怪的？妳整天把臉擦得像猴屁股，也沒人覺得奇怪啊。」

「不對，」周春紅想起來，「今天週一，不是羅雲東要來開會嗎？妳……難道……啊，啊，這不是那句成語嗎？叫什麼來著，我怎麼忽然想不起來了？」

「女為悅己者容。」錢蔓忽然插話。

「對，對，就是女為悅己者容。」周春紅大聲附和，「話說，我還沒見過羅雲東本人呢，今天可要好好瞻仰一下這位天殺的大帥哥。」

孵化女王

　　卓兒白了周春紅一眼，注意到她背著的那個旅行袋：「背這麼大個袋子，是要去旅行嗎？」

　　周春紅拍了拍旅行袋，頗為驕傲：「這是幾個店家送給我免費試穿的衣服，他們說，只要我在『折扣天后』上介紹他們的產品，這些衣服就統統歸我。」

　　「哦？這樣啊，妳同意了？」卓兒眉頭一皺。

　　「當然啊，這樣的好事我怎麼會拒絕？」周春紅察覺到了卓兒的異樣，「怎麼了？妳該高興才對啊，我們的自媒體現在人氣很旺，連我的《折扣天后》每篇都有好幾萬的點閱數。」

　　「周春紅，妳有點任性了。」錢蔓轉過身子，一臉鄭重地告誡，「現在我們是一個團隊，像這樣的商業合作，起碼應該事先告訴卓兒一聲，讓她來決定，而不是妳自己點頭算數。」

　　「哦……這樣……好吧……，」周春紅有些悻悻然，背著旅行袋坐到自己的位置上。

　　10點例會，羅雲東出現，身後跟著一身西裝套裙的Lily。

　　「啊，好帥啊，怎麼有點像金城武。」

　　「不行，我要叫他老公，這就是我夢中的老公。」

　　「原來商界大人物也有顏值這樣高的，我還以為個個都長得跟某雲某東差不多呢。」

　　乍見羅雲東，小編們竊竊私語，有種追星般的興奮。

　　羅雲東高大的身影向卓兒走來，卓兒忽然緊張，叫了一聲「董事長」，語塞。

　　羅雲東習慣性地向她伸出手，卓兒一愣，隨即明白過來，僵硬地將手伸出去，握手。

　　好溫暖的一雙手。卓兒感嘆，沒來由的，臉紅。

羅雲東目不轉睛地注視著面前的小女人，今天精心打扮，海藻般濃密的長髮綁成馬尾，淡妝，戴珍珠小耳墜。沒有精雕細琢的五官，沒有曼妙玲瓏的身材，穿著打扮也隨意，和那些爭相靠近自己的美女大相逕庭。

但是她身上卻自有一種獨特的氣質，如一株開在山巔的野花，匯聚天地間所有的靈氣。

野百合也有春天。

羅雲東看著卓兒出了神，身邊的 Lily 呼喚兩次，才回過神，坐到會議桌旁。

羅雲東環顧著創業團隊，一群 20 多歲的年輕人，朝氣蓬勃，臉上洋溢著旺盛的生命力。

羅雲東開口，聲音裡充滿磁性和感染力：「我每天都會看妳們的推播，像什麼《蔓姐談情》、《折扣天后》，這些專欄的點閱率都維持在五、六萬的水準，相當不錯的成績。我很欣慰，投資後，妳們的內容有了長足的進步，點閱率節節攀升。我對這個團隊有信心，希望妳們不要辜負我的厚望。」

正當眾人歡欣鼓舞之際，羅雲東卻話鋒一轉：「不過，創業是一條充滿各種波折和不確定的道路，永遠不知道明天和失敗哪一個先到。所以，居安思危是我的習慣做法，我總是在危險還沒有發生的時候，就提前預估它的存在，並找到應對的方法。作為一個有著十多年經驗的老創客，我希望大家不要被暫時的勝利矇蔽雙眼，要多看到危機和不足。在今天這個會議上，我想拋磚引玉，請大家談談目前存在的問題，並且找到解決它的方法。」

話音剛落，錢蔓的聲音響起：「我非常同意羅董事長的觀點，作為一個在媒體行業工作了十多年的資深媒體人，我覺得我們的公眾號確實到了需要重新考慮定位的時候。」

因為情緒激動，錢蔓說話的音調變得很高。尖利的聲音刺激著卓兒的耳膜，她一個哆嗦。

這一刻的錢蔓強勢精明、臉上閃爍著說一不二的霸氣，卓兒又看到了那個在報社發號施令、高高在上的主任錢蔓。

羅雲東很欣賞錢蔓的鋒芒畢露，用手做了個請的姿勢，示意錢蔓繼續說下去。

「我們的自媒體現在叫『卓爾女性』，這個定位由大家討論決定，我很贊同。將一個純粹以娛樂為賣點的公眾號提升為女性生活平台，這是一個非常有市場眼光的定位，但是，在具體操作時，我們卻發生很大的偏差。」

錢蔓說完，從手邊的文件夾裡抽出一張報表：「這是改版後對各個專欄點閱率和點閱者的追蹤分析。」

錢蔓將報表遞了出去，在卓兒和羅雲東之間稍微猶豫，最後毅然決然地繞過卓兒直接遞到羅雲東手上。

「從這張報表上可以看到，點閱率排在第一名的是《蔓姐談情》，它的最高點閱率達到了10萬+，最低也有3萬+，平均點閱率維持在6萬+左右。

「排名第二位的是《折扣天后》，這是服務性專欄，每期的點閱率5萬+，也是相當不錯。排名最後的卻是我們的頭條，這是一個追蹤娛樂焦點新聞事件的專欄。雖然獲得天使投資後，我們像當年傳統媒體那樣增加了很多外採稿件，但是平均下來，點閱率只有3萬左右。數據不說謊，這說明，我們這個自媒體真正受歡迎的是情感和服務類文章，娛樂並不是讀者的最愛。但是現在我們依然把娛樂作為主打商品，為它花費了大量的人力物力，這就像打靶，槍槍偏離靶心。如果再不調整，後患無窮！」

錢蔓的一席話，說得卓兒臉上青一陣白一陣。娛樂內容是她負責的專欄，她也一直為點閱率擔心。卻沒有想到，平日裡沉默不語的錢蔓會當著羅雲東的面讓她下不了台。

好你個錢蔓，終於露出狐狸尾巴！周春紅憤憤不平，平常對我冷嘲熱諷，現在連卓兒都出賣，虧我們還把你當成同一戰壕的戰友。

「錢蔓姐，話不能這樣說……，」卓兒忍不住開口反駁，「女性平台的定位和娛樂內容並不矛盾，女性喜歡娛樂新聞是天性，我覺得將娛樂作為主打並不是偏差。一條爆炸性的娛樂新聞對點閱率的提升很有幫助，我們的公眾號當初就是以曝光娛樂新聞起家……。」

說到這裡，卓兒下意識地看了看羅雲東，沒有再說下去。

羅雲東的手指在桌子上輕輕敲擊，腦海裡掀起一場激烈的風暴。終於，手指停止，開口說話：「作為投資人，我不會插手團隊的具體事務，今天我只是拋磚引玉，以過來人的身分向大家提出建議，至於實際操作和執行，大家還是要多和卓兒溝通。畢竟，她才是團隊的創辦人和領導者。」

錢蔓激昂的表情黯淡下來，直到他離開，錢蔓臉上都是一副悵然若失的樣子。

看了看卓兒，又看了看周春紅，錢蔓神色尷尬地開口：「卓兒，妳不要誤會，我……我沒有別的意思……我也是為我們的公眾號著想……。」

卓兒還沒有對錢蔓的解釋做出回應，周春紅就一個箭步上前，一把拉著卓兒的手，將她從錢蔓面前拉走。

「別跟她廢話，今天終於看清楚她的廬山真面目。人家連報表都拿出來了，真是處心積慮、有備而來。別看她平常一副任勞任怨的樣子，關鍵時刻，能把大家賣得一乾二淨。」周春紅附在卓兒耳邊，憤憤不平地嘀咕。

卓兒的手機響起留言提示音，點開，是LYD：

「作為團隊領導者，妳應該虛心聽取別人的意見。不管別人是出於何種目的，都要把批評看成一種幫助。」

卓兒緊緊握住手機，內心湧上一股暖流。他在關心她。

30.

「愛購網」股權變更引起外界譁然。

唐毅將手中 25% 的股份轉賣給張石軒，張嘉雅將手中 10% 的股份也轉手給父親，這樣，張石軒以 55% 的股份成為公司的實際控股人。

整整一天，羅雲東將自己關在辦公室，叮囑 Lily 誰也不要放進來。

他站在那扇落地玻璃窗前許久，思考自己下一步如何應戰。

張家父女復仇的腳步越來越近，羅雲東甚至能清楚地感覺到一張大網正在頭上一點一點收緊。今天他們可以搶奪「愛購網」的控制權，明天又將使出什麼招數呢？

他太熟悉張石軒的行事風格，對於敵人，從來都不會手軟，不把對方清除乾淨，絕不善罷甘休。

傍晚時分，辦公室大門被推開，張石軒站在門邊，春風滿面。

Lily 正要開口向羅雲東解釋，張石軒一揮手：「妳出去吧，是我自己硬要進來的，我會向你們董事長解釋。」

「怎麼，不請我這個老頭子坐下來？」張石軒雙手一攤，臉上是高深莫測的笑容，「我可是你的前岳父，現在還是公司的實際控股人。」

羅雲東微微回頭，不發一語。

張石軒也不介意，拉過椅子，自行坐下。翹起二郎腿，對著羅雲東的背影慢條斯理地說：「現在公司股權變更，我是實際控股人，照理說，應該你主動來找我報告。不過，想想你也在我們張家待了七年，我也就不跟你計較那麼多。畢竟我是個重感情的人，就算是收養一條流浪狗，也會善待牠。」

聽到這句話，羅雲東僵直的身體微微顫抖。是的，他在張家的七年，何嘗不是一條流浪狗？

「現在『愛購網』是你的了，一切都由你說了算。」羅雲東慢慢轉過身，坐到辦公桌前。

「你放心，『愛購網』是你創立的，我會讓你繼續發揮自己的力量。」張石軒的身體向前傾了傾，像對流浪貓狗撒下一把食物，「唐毅離開之後，我打算讓你做總裁一職呢。」

羅雲東平靜，並沒有出現張石軒預期的慶幸表情。怎麼？不急著把我掃地出門，是覺得我還有利用價值？

「你不用擔心。」張石軒似乎看穿了羅雲東的心思：「我做這樣的安排沒有什麼其他目的，只是想讓『愛購網』平穩過渡。我既然花了那麼大力氣買到股權，在商言商，也不希望公司就此敗落。而你，是能讓『愛購網』繼續運轉的人，我不會把你趕走。」

「你也多慮了。」羅雲東的雙手支撐在桌面上，「這七年，我已經把『愛購網』打造成一台精明運行的賺錢機器，它離開了我或者離開了你，都會繼續運轉。」

羅雲東的話讓張石軒大為光火，在和羅雲東的關係中，他向來都是主宰一切、掌控一切的人。

「怎麼，你覺得這七年你和你的『愛購網』羽翼漸豐，長成一棵大樹，無須依附在我張石軒的樹蔭之下嗎？」

「從某種意義上來說……，」羅雲東抬起頭，目光炯炯，「是這樣。」

「嗖」的一聲，張石軒心中的怒火竄上來。沒有想到，羅雲東這只擺布了七年的提線木偶，在被打倒的時候，沒有跪地求饒，反而昂起頭向他發出挑戰。

張石軒狠狠地看著羅雲東，牙齒縫裡罵出一句：「你是隻背信棄義的狗！」

「狗？好貼切的形容詞。」羅雲東忽然爆發出一陣陰沉的笑聲，「張老爺，這個詞你形容得很好，真的很好……這七年，我在你和你女兒眼睛裡，

就是一隻狗，一隻沒有尊嚴的狗。但是現在，請你看清楚，我不再是你們家的寵物，我已經抬起頭、堂堂正正做人了！有一點我要告訴你，即使是卑躬屈膝的不堪歲月，我也沒有違背良心、拋棄做人的原則。背信棄義？如果我沒有信用，我怎麼可能迎娶你的女兒、做你們家的入贅女婿？如果我不講道義，我完全可以將你的投資挪作他用、中飽私囊，但是你看看現在的『愛購網』，全國聞名的網路企業，一家具備IPO資格的準上市公司！」

「我不會因此而感激你，羅雲東。」張石軒的臉因為憎恨而扭曲，聲音低沉森冷，「你選擇了離婚，就是向我張石軒開戰。你拋棄了我的女兒，違背了當初制定的遊戲規則，把我們張家玩弄於股掌之間。你，是我們張家的敵人！」

「婚姻可不是遊戲。」羅雲東反駁自己的岳父大人，嘴角掛著一絲不易察覺的苦笑，「你覺得你女兒的婚姻是一場遊戲嗎？」

張石軒一臉慍怒，但很快穩住自己：「你覺得你這樣玩弄我們張家，會有好下場嗎？」

羅雲東輕輕搖頭：「我沒有玩弄誰，我只是想選擇正確的人生！」

「你的正確選擇，就是留在這場婚姻裡，完成交易。單方面撕毀合約，付出的代價注定昂貴。」

「前岳父大人，我一直忘了告訴你，婚姻和交易是兩回事，你一開始就把交易和婚姻混為一談，這就是今天這場悲劇的根源。」

「羅雲東，不要忘記了，你有今天，全靠我當初的融資。沒有我的錢，你拿什麼讓公司起死回生？現在你翅膀硬了，想把我女兒甩開。哼，天底下可沒有這樣划算的買賣。羅雲東，你會為你的行為付出代價！」

「我已經付出了代價，並且，不懼怕今後任何的代價。在我看來，擺脫這場錯誤的婚姻，付出任何代價都值得！」

「羅雲東，你是生意人，生意人的人生就是一場交易。現在，你要擺脫這個遊戲規則，結局只有一個，你將失去你的事業。」

「那我倒想試試看，一個生意人如果不把自己變成商品，能否獲得成功？」

「羅雲東，走著瞧⋯⋯。」

股權變更在公司內部產生巨大衝擊，茶水間裡，員工們三三兩兩聚在一起，熱烈討論著這場地震。

「這擺明是要把羅雲東趕下台的意思啊，這齣戲可真夠狗血，前岳父大戰前女婿，真是比豪門劇還精彩。」

「我覺得羅雲東也確實對不起張家父女，聽說他當年創業的時候，欠了一屁股債，如果沒有張石軒資助，根本不可能東山再起。現在翅膀長硬了，就想脫離恩人單飛，哪有那麼容易？」

「也不是啊，聽說張家父女很變態，羅雲東待在他們家受夠了屈辱，實在忍無可忍才提出離婚。為了離婚，他所有的房產和存款都沒有了，現在連公司也保不住，可謂代價慘重啊。」

此時，Lily 端著咖啡杯走進茶水間，大家立刻將她團團圍住。

「Lily，妳是董事長身邊的秘書，他的情況妳最清楚，跟我們提前透露下，羅雲東接下來的結局會怎麼樣？會不會像唐毅一樣走人？」

Lily 白了同事們一眼：「你們啊，別八卦了，不要見風就是雨，公司股權變更是一件正常的事情，羅雲東依然是公司的股東，而且還將兼任行政總裁，你們就別瞎打聽了，都散了吧，散了吧⋯⋯。」

同事們作鳥獸散，Lily 端著沖好的咖啡朝辦公室走去。她實在不明白，身邊這群人為什麼如此熱衷於公司的鬥爭。

基層員工嘛，誰當老闆還不是都一樣，只要不少給一毛錢就行。羅雲東即使倒了，與我何干，在張石軒手下，照樣拿錢吃飯。誰出錢誰就是老闆。

正思忖著，Lily 忽然看見一個中年女人拉開了羅雲東的辦公室大門，急忙上前盤問：「請問，您是找羅董事長嗎？有預約嗎？」

中年女人回頭看著 Lily，拘謹地說：「我是來找羅先生的，但是我沒有預約。」

「那可不行，」Lily 的態度堅決，「羅董事長很忙，沒有預約，他不會見。」

女人的臉上露出失望的神情：「您能不能通報一下，就說是卓兒團隊的錢蔓來找他，他知道我的。」

Lily 無奈，只得通報。羅雲東乍聽錢蔓的名字，愣了好幾秒鐘，這才想起來，就是那個在投資人見面會上表現積極的中年女人。

錢蔓被叫進了辦公室，她的手裡捧著一個文件夾，因為緊張，整個文件夾被緊緊按在胸口，似乎要遮擋劇烈的心跳。

「找我有事？」羅雲東看著面前的錢蔓，頗為奇怪。

錢蔓上前一步，從手中的文件夾裡抽出一疊厚厚的 A4 紙，畢恭畢敬地送到羅雲東面前。

羅雲東用眼睛掃了一眼封面，《蔓姐談情》計劃書。

「妳這是？」羅雲東一頭霧水。

「我想要融資。」錢蔓終於鼓起勇氣說出目的。

「我已經對妳們的自媒體進行了天使投資。」

「不，那是你對《卓爾女性》進行的投資，我現在是想把《蔓姐談情》拿出來自己做。」

羅雲東終於明白了錢蔓的用意。沒有想到，卓兒的團隊這麼快就要面臨人才流失。

「上次我已經跟您透露消息。」錢蔓展露強大的遊說能力，「在卓兒工作室的整個專欄中，我的《蔓姐談情》成績最好，點閱率最高。而且，我成立了粉絲見面會，擁有一大批固定的成員，這是一個龐大的市場。我的專欄前景看好，完全可以自立門戶，打造一個新品牌。」

羅雲東心裡明白，錢蔓所言不虛。但是，他也知道，自己絕對不會投資錢蔓，他更希望錢蔓留在卓兒團隊，助卓兒一臂之力。

　　「我一直很欣賞妳對《蔓姐談情》的操作方式，不過從整體考量，卓兒帶的團隊已經走上正軌，妳留在這個團隊會有很大的發展前途。短期之內，我也不會考慮再進行投資。」

　　說完，羅雲東拿起那份《蔓姐談情》，輕輕地遞了回去。

　　錢蔓沒有想到，準備了這麼久、鼓起這麼大的勇氣，不到十分鐘就被拒絕。

　　一時之間無法接受這個事實，錢蔓的眼睛裡聚集起淚水，她還想再爭取一下：「羅董事長，我希望您能再給我一次機會……。」

　　羅雲東堅定地搖頭：「出於禮貌，我可以讓妳繼續說下去，但是妳不會改變我。所以，就不需要這樣客套，浪費彼此的時間了。」

　　錢蔓接過羅雲東遞過來的計劃書，不死心：「您自己不會投資，那您能不能幫我介紹幾個認識的投資人，或者幫我把計劃書轉給他們呢？你知道的，我做這一行時間短，又是在別人手下工作，自己手上沒有什麼資源……。」

　　羅雲東稍微思索了一下，還是輕輕地搖頭。

　　「為什麼？」錢蔓有些懊惱，脫口而出，「是因為趙卓兒嗎？」

　　羅雲東微微一震，垂下眼，不做任何回答。

　　錢蔓意識到了自己的失態，支支吾吾、語無倫次：「對不起……對不起……我沒有別的意思……那，今天打擾了，我，我告辭……。」

　　說完，錢蔓轉頭走到門口，忽然想到什麼，站住，轉身：「您……可不可以，不要告訴卓兒，我……我來找過您。」

　　羅雲東輕輕點頭。

　　唐毅新公司開業，名字叫做「毅然投資」。原本，唐毅為公司取名「毅力投資」，但是張石軒反對。

「我找算命先生看過,『毅力』的『力』字自帶殺氣,對公司發展不利,還是改為『毅然』吧。」

公司的辦公地點緊鄰「石軒基金」,春熙路附近的中心商業區。唐毅一開始反對,這一帶辦公大樓租金太貴,他還是傾向於性價比較高的高新區。

張石軒想也不想,當場否定。「你的公司剛起步,一切都要依靠『石軒基金』的資源,隔太遠不利於大家溝通,就留在春熙路吧。」

唐毅拿到公司的股權分配書,自己以30%的股份位列第一大股東,剩下的70%分散到各個股東手裡。但是仔細查看這些股東的資料,幾乎全是張石軒的親戚朋友。

也就是說,只要張石軒願意,他隨時可以將這70%的股份集中起來,成為公司的實際控股人,唐毅在公司成立那一刻,就被架空。

唐毅這才真切地感受到張石軒的算計,看來,江湖上稱其為「老狐狸」,不無道理。

面對這樣的尷尬處境,唐毅又能怎樣?既然已經做了決定,就只有硬著頭皮走下去。勵志文章不總是強調,選擇不分好壞,關鍵看你怎麼做嗎?「毅然投資」成立不久,張石軒做出一個出人意料的決定,讓「愛購網」持續投資「毅然」。

羅雲東大吃一驚。「愛購網」向「毅然」注資,這不是擺明要轉移「愛購網」的資產嗎?張石軒,你出手未免太毒辣。

他質問張石軒,張石軒坐在辦公椅上,不疾不徐地回答:「你的消息很靈通嘛,我現在是『愛購網』的控股人,投資哪家公司,都是從公司發展的長遠考慮,這個決定會在董事會上拿出來討論。」

「我不允許你這樣做!」羅雲東雙手按著大型辦公桌,整個身體靠向張石軒:「你這樣做,擺明是想掏空『愛購網』,讓它走向絕路!」

「董事會上你可以說出自己的意見。」張石軒輕鬆地一聳肩:「但是,我是控股人,最後決定權在我手裡。」

羅雲東一拳擊在辦公桌上，卻無言以對。

「愛購網」向「毅然」持續注資的消息立刻登上財經頭條，外界猜測，張石軒此舉意在架空羅雲東的股份利益。

無端捲入這場紛爭，「毅然」成為媒體關注的焦點，唐毅備感壓力。

第一次業務會議，唐毅提出自己的想法：「公司剛剛成立，在尋找大創業投資標的的同時，也可以兼顧一些小的創業標的。比如說自媒體，這些投資標的雖然回報率不高，但是它們經常登上熱門搜尋排行榜，能幫公司擴大知名度，這對公司的對外宣傳和對外形象都有立竿見影的效果。」

公司裡的業務們開始篩選適合投資的自媒體項目。

唐毅靈機一動，在網路上搜尋到《卓爾女性》，放到投影機上：「你們看，這個項目已經接受了天使投資，它的操作風格和使用者有很大的投資潛力。」

項目經理阿偉發表意見：「這個自媒體針對女性群眾，但是現在內容的精準度還不夠，什麼都想做，什麼都捨不得割捨，結果是什麼都做不好。我倒是覺得，這個公眾號裡有一個專欄，非常有潛力，值得我們投資。」

唐毅有興趣了：「哪一個專欄？」

「《蔓姐談情》。」阿偉繼續介紹，「這個專欄定位精準，針對女性的情感需求，它現在已經有粉絲見面會活動，有固定的成員，這是一個非常好的開始。我覺得這個專欄值得作為我們投資第一炮，試試水溫。」

阿偉的建議得到大家一致認同，唐毅點頭，對阿偉說：「你來負責這個項目，我希望能盡快看到成效，記住，我們的目的是，要在短時間內打開『毅然投資』的知名度，讓它成為大家耳熟能詳的創業投資公司。」

31.

電視台的採訪播出，工作室的小鮮肉們擠在電腦前看錄影重播。

鏡頭一直跟隨卓兒，由她介紹公司員工、自媒體內容以及未來規劃。

錢蔓、周春紅、一眾小編依序在鏡頭裡出現，大家興奮叫嚷，追星般熱鬧。

周春紅摟著卓兒的肩膀，嚷嚷：「紅了，紅了，我們現在可是創業明星啦。今天來上班，樓下公司帥哥問我，你是做新媒體的創客嗎？」

卓兒欣慰。皇天不負苦心人，三個女人於困苦中堅守，終於迎來希望的曙光。

想到這裡，卓兒四下觀望，不見錢蔓的身影：「錢蔓呢？」

「誰知道……，」一提起錢蔓，周春紅翻起了白眼，「也許上次在羅雲東面前露出了狐狸尾巴，自己也不好意思在人前出現。」

卓兒這才意識到，這段時間錢蔓早出晚歸，鮮少在辦公室看到她的身影。

正想要打電話給錢蔓時，卻不料大門推開，錢蔓意氣風發走進來。

看到卓兒，直接招手：「來，過來，跟妳說一件事。」

卓兒遲疑一會，還是走了過去。這段時間，錢蔓變化巨大。

錢蔓壓低聲音，但掩飾不住欣喜：「我要辭職，特地跟妳說一聲。反正我們也沒合約，倒是省事。」

「辭職？」卓兒詫異，「為什麼？」

「哎，是這樣……，」錢蔓極力展現平靜，但眼角的笑意如水紋蕩漾，「前陣子，一家創業投資公司聯絡我。一開始也沒理他，結果對方很有誠意，要投資我，重新打造自媒體，我被誠意打動了。」

「哦……這樣啊。」卓兒第一次遭遇員工離職，不知道如何應對，「但是錢蔓姐，妳手上的《蔓姐談情》怎麼辦？妳不做，找誰接手？」

「這個……，」錢蔓敷衍，反正事不關己：「這個專欄配有一位編輯，可以找他將就一下。實在不行，直接放棄。」

「讓我再想想。」卓兒心亂如麻，逃避般回到自己的辦公室。

關上門，求助羅雲東。在留言裡發問，該怎麼做，挽留還是放棄？

此時，周春紅推門進來，連珠炮發問：「錢蔓真的要走？丟下的爛攤子怎麼收拾？今天的《蔓姐談情》還要更新嗎？」

一語點醒夢中人。卓兒衝出辦公室，錢蔓正抱著紙箱子準備離開。

「等等。」卓兒擋住錢蔓去路：「能不能，把今天的專欄更新了再走？還有，粉絲見面會活動訂在明天，妳能不能再待一週，給我們緩衝準備？」

「抱歉。」錢蔓斬釘截鐵，「明天就要開始籌備我自己的項目，既無時間也無興趣再為別人操心。」

「不做就不做，拉倒！」周春紅動怒，「做人得有良心，當初你從報社離職，是卓兒收留妳。現在日子剛有起色，妳就叛變，簡直忘恩負義！」

錢蔓嘴角一歪，不屑：「什麼時候輪到妳說話？這個自媒體全靠我和卓兒辛苦打拚。我們在出租套房裡苦熬的時候，妳還在網路上賣面膜。人往高處去，水往低處流。我看妳是嫉妒了吧，如果有我這樣的能力和機會，妳大概跑得比我還快。」

周春紅氣不過，扯開喉嚨正要回擊，卻被卓兒一把拉住：「都別吵，要走的請盡快走，要留的好好做，做事去。」

錢蔓抱著紙箱，欲言又止，乾脆轉身，揚長而去。

傍晚，黑雲壓城，暗雷翻滾，山雨欲來風滿樓。

羅雲東被張石軒召喚到「石軒基金」總部，他的辦公室。張石軒已是「愛購網」控股人，在羅雲東面前，找回掌控一切的快意。

走廊上，羅雲東看到唐毅。他身後，跟著一位打扮精緻的中年女人。羅雲東只覺面熟，卻一時想不起哪裡見過。

挚友成陌路，偏偏狭路相逢。

罗云东打破僵局，主动向唐毅寒暄：「听说你的办公室也在石轩总部？」

江湖传言，唐毅一举一动都被张石轩监控。

唐毅点头，脸上闪过一抹黯然。

罗云东立刻明白唐毅的处境。他已沦为张石轩的棋子，对于棋子，张石轩从不肯放手。

唐毅岔开话题：「云东，近来可好？」

不过是寻常问候，从他口里说出，却自有三分温暖。

「老样子。」罗云东阴沉的脸上挤出一丝笑容。多年情谊，谁不心存留恋？寒暄之后，陷入沉默，谁也不知如何继续话题。

为了打破尴尬，唐毅指指身边的中年女人：「这是我们第一个投资项目的创办人，她的情感自媒体，在女性群体中很有影响力。」

中年女人莞尔一笑，主动向罗云东伸出手：「罗先生，您贵人多忘事，我们见过……在卓儿团队。」

罗云东猛然想起，这就是那个抱着计划书来找他，要投资要出头要成功的女战士钱蔓。

她终究找到了自己的天使。充满机会和变数的时代，只要你够坚持，每个人都能迎来命运的转机……。

胡思乱想间，罗云东推开张石轩办公室的门。

老江湖坐在大型办公桌后，二郎腿，拿菸斗，不可一世。

罗云东一步一步走进，如角斗士进入生死场。

张石轩眼里带笑，菸斗递到嘴边，猛吸一口：「明天要召开董事会……。」

故意吞下后半句，对着罗云东吐出一口菸：「……你辞职吧。」

「为什么？」罗云东质问，猛兽出笼，一场厮杀即将开始。

張石軒一抬手，一疊厚厚的文件被扔到羅雲東面前。

「自己看。」

羅雲東低頭，封面上赫然印著「關於羅雲東行賄科盛行政總裁周天華的調查報告」。

一記悶雷在玻璃窗外炸響。猛獸生撲，羅雲東應聲倒地。

「為了這份報告，三位私家偵探聯手調查三個月。看看，是不是有細節與事實不符？」

張石軒轉動辦公椅，勝券在握：「為了從我手中搶走科盛，你不惜以5萬美金行賄周天華。周天華這個敗家子啊，竟然會放棄『石軒』的優厚條件，轉而投向『愛購網』的懷抱。現在好了，東窗事發。羅雲東，你的一舉一動逃不過我張石軒的眼睛。

這份報告已經送到科盛董事局主席周老爺子手上，老爺子大怒，立即解除周天華的總裁職務。不出意外，科盛的家業鐵定交給女兒周天靈繼承。」

張石軒從辦公椅上站起來，踏著輕快的腳步，向獵物逼近：「科盛已經清理門戶，我們『愛購網』也不能姑息。希望你能立刻辭職退股，好自為之。」

「休想！」羅雲東怒目圓睜，負隅頑抗，「退股？『愛購網』的優質資產已被你轉移，形如空殼。但它是我的心血，我不能讓它被你玩死！」

「你可以選擇不辭職。」張石軒拿起那份報告，猶如貓玩弄爪下的老鼠，「那我就只能對外公布你的賄賂行為，相信媒體一定興趣濃厚。中國人嘛，喜歡造神，更喜歡毀神。」

「逼人太甚！」羅雲東一拳砸向桌面，虎落平陽被犬欺。

「不要激動，羅雲東，你需要冷靜。不如，我們做個交易。我隱藏這份報告，你主動辭職，從此，井水不犯河水……如何？」

角鬥尾聲，勝負已定，贏家通吃，羅雲東潰不成軍。

「嘩」，傾盆大雨從天而降，豆大的雨點擊打玻璃窗，滿是絕望的吶喊。

羅雲東跌跌撞撞衝進雨中，一路疾走，漫無目的。

他如戰敗的孤狼，為尊嚴，流放四海八荒。傷口血流如注，強烈的痛楚將他撕裂成片，無法言語，只剩喘息。

暴雨中，一輛計程車主動停在身邊。司機搖下車窗，大聲喊：「要上來嗎？這麼大的雨。」

羅雲東已無清醒意識，機械地拉開車門，鑽了進去。

「去哪裡？」師傅按下「空車」燈，掃視泡在水裡的羅雲東。

是啊，去哪裡？這座城市如此之大，哪裡才是失敗者羅雲東的容身之處？

潮濕昏暗的車廂，羅雲東尚存的意識裡，忽然浮現一張女子的臉。皮膚黝黑、眼神明亮、神采飛揚。

「孵化園。」他脫口而出。

一小時車程，孵化園的雨卻比市區小得多。羅雲東站在空無一人的街道上，直接朝面前的辦公大樓走去。

進大廳，左轉，電梯間。升至9樓，出電梯，右轉，第三個辦公室，大門上燙金的金屬招牌——「卓兒新媒體公司」。

敲開門，昏暗的走廊裡射來溫暖的光。卓兒站在門邊，驚訝地看著面前的落湯雞。

把羅雲東扶進辦公室，遞過乾毛巾、一杯熱茶。

羅雲東沉默，擦身上的水，喝杯中的茶。

「不行，這樣會感冒。」卓兒皺眉，從儲物櫃裡取出伏特加。上週公司聚會，五瓶剩下兩瓶。

將酒遞過去。「喝吧，暖暖身子。」

羅雲東順從接住，大口大口地喝。

「你怎麼知道我還在加班？」卓兒奇怪，現在可是凌晨1點。

「我不知道。」羅雲東據實以答。

「那你為什麼還來?」

「想來。」

「發生什麼事情了?」

羅雲東苦笑,輕吐一句:「日光之下,並無新事。」

不再說話,只認真擦身上的水。幾個噴嚏後,拿起酒瓶,大口地喝。

兩人就這樣沉默,似乎是相識多年的朋友,無須語言,自成默契。

32.

　　時間流逝。衣服漸乾，情緒鎮定。他好奇，坐到這個女子面前，天崩地裂的情緒自動消退，世界忽然停止，歲月靜好。

　　羅雲東抬頭，認真看卓兒。素面朝天、不施粉黛，綁住頭髮的髮圈散開，頭髮垂下來，掛在臉頰邊，略顯凌亂。

　　羅雲東忽然就笑了，那笑容單純直接，猶如不諳世事的孩童。

　　卓兒狐疑，羅雲東指指她的頭髮：「頭髮散了，妳怎麼不打扮一下呢？」

　　卓兒不好意思地笑，用手重新綁住馬尾。

　　「一個人加班，打扮給誰看？從小長得就不討喜，長大後成為『三無』女人，不打扮更自由。」

　　「三無」女人？羅雲東來了興趣。

　　「對，無顏值、無學歷、無背景的女人，簡稱『三無』女人。」

　　羅雲東回味，眼神飄忽：「那我呢？『三無』男人，無事業、無家庭、無朋友。」

　　長長嘆氣，把酒瓶遞給卓兒：「喝一口，為了我們的『三無』。」

　　卓兒接過酒瓶，看著被羅雲東喝過的瓶口，陡生羞澀。順手拿來兩個紙杯，倒酒入杯，這才一飲而盡。

　　羅雲東喝彩：「好酒量。」

　　酒精催化下，卓兒打開話匣子：「在老家，鄉下。每年爸爸釀了新酒，我們就會去山上，找塊大石頭坐下，光著腳，對藍天白雲大口喝酒。喝醉了就趴在石頭上睡，等風把你吹醒，又爬起來繼續喝。坐天席地，對酒當歌，真過癮。」

　　羅雲東忽然俯身，解開鞋帶，「哐哐」兩聲，鞋子被踢得老遠。

　　「這樣過癮？」他斜眼看卓兒。

未等卓兒反應，又俯身，脫下襪子，一手一隻，將襪子扔向半空。一段拋物線後，襪子空降角落。

卓兒笑。

羅雲東脫下外套、拽下領帶，「嗖嗖」兩聲，悉數拋向空中。

這樣也好，已經失去一切，何不放肆，做一回自己？

羅雲東光腳，盤腿坐到地上，指了指身邊的地板，來，坐天席地，對酒當歌。

卓兒遲疑，這是羅雲東嗎？和平日判若兩人。

羅雲東忽然伸手，拉住卓兒，輕輕一拉，讓她跌坐身邊。

紙杯子遞過來，伏特加斟滿，兩人盤腿而坐，喝得酒瓶見底，醉意來襲。

卓兒伸懶腰，嘴裡含混不清：「喝酒，得有助興節目……乾脆玩點遊戲。」

羅雲東瞇起眼，看面前半醉的女子，一朵薔薇花酣然盛開。「妳想玩什麼遊戲？」

卓兒咬著手指，歪頭：「真心話大冒險。」說完，把臉湊到羅雲東跟前：「有錢人，知道什麼叫真心話大冒險？」

「當然，Truth or Dare。在史丹佛時，和愛爾蘭室友 Andrew 常玩。」

兩人猜拳，第一局，卓兒勝。

「第一個問題是……，」卓兒旋轉眼珠，古靈精怪，「你覺得自己是否性感？」

羅雲東聳肩：「當然。」

「有多性感？」卓兒步步進逼。

「起碼我知道，此刻，女人最想做的事，是脫掉我身上這件濕衣。」

呵呵呵呵。卓兒臉羞紅，埋進臂彎。趁酒意，追問：「那你願意脫嗎？」

「這得看，第二局妳的輸贏。」

第二局，羅雲東勝。

「準備，我要問啦。」羅雲東虛張聲勢。

卓兒中計，緊張地閉眼，像等待考試成績的學生。

「有……男朋友嗎？」羅雲東的問題，輕而準。

卓兒抬起眼皮，醉眼迷濛。

「怎麼？不敢說？」羅雲東臉上有一抹挑釁。

「切！」卓兒逞強，嘟嘴，「怎麼會？」

羅雲東把手一攤：「請說。」

「當然……當然……，」終於吐出下半截，「有過。」

「有過？」羅雲東忍俊不住：「是誰？」

「他把我甩了。」卓兒答非所問。

「為什麼？」羅雲東追問。

「因為……，」卓兒看著羅雲東，忽然打住。眼前，浮現出張嘉雅與栗遠星在機場的曖昧。

原來，她和羅雲東同病相憐，都是孽緣中被欺騙被傷害的那一個。

悲從中來，淚盈於睫。晶瑩的淚光掛在卓兒臉上，猶如薔薇花瓣上滾動著的露珠。

羅雲東一驚，這女子的美竟如海市蜃樓，稍縱即逝。

三分野性四分嫵媚，如一隻小花豹奔跑在旱季的荒原中。

雄性動物自帶征服慾。羅雲東伸出手，要為他的小花豹擦掉淚珠。

卻，被卓兒一把推開。她瞇著一雙醉眼，呢喃：「除非，第三局，你贏。」

可惜，第三局，羅雲東輸。

小花豹臉上掛著淚水，問題已然出口：「你……有過……多少女人？」

羅雲東搖頭：「一個也沒有。」

「說謊。」卓兒手指羅雲東，像揭露作弊的班主任，「羅雲東同學，你說謊，必須受到懲罰！」

羅雲東被她的情緒感染：「趙卓兒老師，要怎麼懲罰我？」

「負荊請罪！」說完，卓兒把頭埋在掌心，羞澀。

這個調皮的小女人！

羅雲東瞇縫起那雙棗紅馬般的眼睛，命令：「睜開眼，看我怎麼樣負荊請罪。」

伸手，一顆一顆，解開襯衫紐扣，手臂從衣服裡抽出，柔軟的織物被狠狠拋向半空。

裸露的肉身，骨架完美、肌肉緊實，帶著男人滾燙的體溫、隱密的氣息。

卓兒杏眼圓睜、嘴巴變成「O」形。

「及格了嗎？」羅雲東笑問，「是否還需要一根荊棘，綁在背上？」

紅暈爬上臉頰，潛意識裡，卓兒想要站立，抵擋這個男人的誘惑。

卻不料，雙手撐地，支起身子，手臂已被羅雲東一把拉住。

「坐好。」他命令。

卓兒倔強，不肯屈服。羅雲東手下用力，她生生跌落，緊靠他的肉身。

空氣中飄浮著曖昧的因子。

卓兒將頭靠在男人肩膀上，這個動作自然而然，順理成章，似乎是她早就認定、遲早發生的事情。

承認吧，趙卓兒，愁腸百結、輾轉反側，不都是為了這個男人？

走了這麼長的路，不就是希望能有肩膀，讓妳就此停留、不再漂泊？

羅雲東的臉朝卓兒壓過來，呼吸越來越近。卓兒閉上眼，吻我吧，我會用全身心回應你。

「Sorry……，」耳邊傳來羅雲東低沉的聲音，像夢魘。

卓兒睜開眼，羅雲東試圖推開她。

「為什麼？」卓兒忽然憤怒，第二次，她被拒絕。

羅雲東垂下眼簾，滿臉困頓。

「為什麼？」她逼問。

「明天，也許明天，妳就明白。」羅雲東深深地看她，站起，撿拾地上的衣物，轉身，開門，直接走出去。

大雨已經停止，雨後的空氣特別清新。天邊泛起魚肚白，第一縷晨曦穿透雲層，照射這個城市。

站在孵化園寂靜的街道，羅雲東徹底清醒。新的一天到來，他將迎接人生最慘烈的失敗。

好在，那個崩潰頹敗的羅雲東已經留在昨夜，此時的他，百折不撓、百鍊成鋼，他已重生。

第二天中午，新聞即時傳來一則轟動消息：「愛購網」人事大地震，創辦人羅雲東辭去所有職務並退股。

新聞頁面鏈接了一段羅雲東走出「愛購網」的影片。

影片裡，羅雲東表情沉靜，被一大票記者追逐，麥克風、錄音筆、鎂光燈將他團團包圍。

羅雲東停下腳步，面對鏡頭：「離開『愛購網』是個人意願，也是職業規劃的理性選擇。史丹佛畢業後，我在矽谷創業、在華爾街投資、在中國創辦『愛購網』。每一次離開和變動，都是平常心。」

有記者問：「傳聞你因離婚遭報復，被前岳父張石軒趕出『愛購網』？」

「無稽之談。」羅雲東立刻否認，為了顯示心無芥蒂，他特意「呵呵」幾聲，「離開『愛購網』是個人選擇，與他人無關。」

另一位記者問，下一站將去哪裡？羅雲東微微皺眉：「這個……，」隨即舒展，「現在還不方便透露。」

張嘉雅斜靠在床頭，對著這段影片，痴痴地笑。「羅雲東，知道了吧？張家人不好欺負，你得付出代價！呵呵呵，個人選擇？理性思考？死要面子活受罪，誰都看得出，你是被我們掃地出門！我倒想看看，你的下一站，會去哪裡？」

伸了個懶腰，整個人向後，倒在床上。成功復仇，應該好好慶祝。

轉頭，命令栗遠星：「去，倒杯紅酒。」

栗遠星下床，窸窸窣窣之後，一杯紅酒遞到面前。

張嘉雅一飲而盡，卻沒有想像中的快樂。「刷」地一下，兩行熱淚奪眶而出。

為什麼？為什麼？為什麼在這個時刻沒有笑，反而哭？

張嘉雅，妳贏了，妳必須快樂，必須讓羅雲東知道，妳是多麼快樂而他多麼狼狽！

想到這裡，張嘉雅從床上坐起，女王般發出指令：「走，開車載我去找羅雲東！」

同一時間，同一條快訊，趙卓兒拿著手機愣在原地。

終於明白，羅雲東口中，「明天，也許明天，妳就知道」是什麼意思。

卓兒心頭一熱。昨夜，萬劫不復的前夜，羅雲東不動聲色地靠近她。她是他的避風港，是他的光。

卓兒發留言給羅雲東：「知道了。你在哪裡？」

羅雲東回覆一個地址，是靠近「雲雅」的一間住宅。原本是他母親居住，張嘉雅大鬧之後，母親回老家，羅雲東獨居於此。

卓兒站在門邊，扶著門框，上氣不接下氣。走得急，且心潮澎湃。

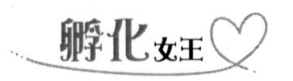

「來了？」羅雲東眼神清亮，默默注視面前的女子：「我現在，一無所有。」

「如果，你昨晚告訴我真相，不用等，我會馬上給你答案。」

說完，卓兒一步跨進房間。

33.

　　安靜的房間，長久的沉默。卓兒坐在羅雲東身邊，不說不動，只是陪他，在同一個空間。

　　陪伴是最深情的表白。

　　「相信原罪嗎？」羅雲東發問，「人最大的罪，就是生而有欲。一整天我都在想，從史丹佛畢業，我可以做研究、當教授、過平穩安定的生活，但是我放棄，一心只想創業。並非單純為了金錢，我想要豐盛地活，這才是人生終極的幸福。可是，走著走著，我把最初的夢想弄丟了。我要成功、要財富、要征服世界，我要的太多。那麼多慾望藏在心裡，像蛇，誘惑我鋌而走險，走向罪孽……。」

　　忽然，門鈴大作。羅雲東奇怪，這個時候，誰還會惦記他這位職場敗將？

　　打開門，張嘉雅一張幽怨的臉。身邊，是眉清目秀的男子。羅雲東記得他，和張嘉雅在酒窖，翻雲覆雨。

　　羅雲東一臉厭惡，要把門重新關上，卻被張嘉雅一伸手，阻止。

　　「怎麼？不歡迎我……們？」張嘉雅特地加了個「們」，眼角餘光掃向栗遠星，報復的快感。

　　「我們已離婚，沒有任何關係。」羅雲東語調冰冷，見張嘉雅抓著門沒有絲毫讓步，索性放棄，轉身朝房間走。

　　張嘉雅也不示弱，踩著高跟鞋，「啪噠啪噠」，緊隨其後。「我畢竟是你前妻，你落難，我關心也有罪？」

　　說完，轉向栗遠星，露骨的曖昧：「小星星，進來，乖，這裡不需要電線桿。」

　　張嘉雅仰頭，呵呵呵呵，乾笑。在這個男人面前，她必須得意洋洋。

　　聽到張嘉雅嘴裡的「小星星」，卓兒從背對的沙發裡站起來。

轉身之際，和栗遠星四目相對。兩人的目光裡都有碩大的問號，怎會在這裡遇見你？

張嘉雅這才注意到沙發裡的女人，將趙卓兒從頭到腳打量：「怎麼？羅雲東，這麼快就金屋藏嬌？」

「胡說。」羅雲東低聲怒吼。

敏感如張嘉雅，受不了這樣的刺激：「喲，這樣就急了，看來關係的確不一般。」

「嘖嘖嘖」，三步併作兩步，走到卓兒面前。

「我還以為是什麼國色天香，結果是這樣一個地攤貨。要長相沒有長相，要身材沒有身材。我說羅雲東，你是吃慣了山珍海味，想換換粗茶淡飯嗎？」

呵呵呵呵，張嘉雅用義肢掩嘴，誇張地偷笑。把臉湊到卓兒面前，壓低聲音：「小姐，做什麼工作的？不會是按摩院上門，一條龍服務？」

「請你自重！」卓兒杏眼圓睜，怒斥，「再出口傷人，就請滾出去！」

「妳是哪門子東西？妳有什麼資格叫我滾？」張嘉雅爆怒，歇斯底里。

「她有！」羅雲東一個箭步，橫擋在兩個女人中間，「張嘉雅，現在鄭重告訴妳，卓兒是我的女人，如果妳再傷害她，就給我滾！」

張嘉雅當場遭遇雷擊，汗毛倒立。忽然想起來，這不就是「愛購節」之夜，被羅雲東極力讚賞的幕後功臣？

一雙義肢慢慢舉到羅雲東面前，還沒開口，張嘉雅潸然淚下：

「羅雲東，為了你，我失去雙手，失去一個鋼琴天才所有的未來。現在，為了這樣一個地攤貨，你竟然叫我滾？」

淚水決堤，張嘉雅號啕大哭，無所顧忌。

栗遠星聽不見張嘉雅的哭聲，耳邊只縈繞羅雲東的表白。

原來，卓兒早已放下，新的男友、新的戀情，重新開始，無須留戀過去。

栗遠星下意識捂住胸口，那裡，疼痛加劇。原來，失去才知道可惜。

一室喧鬧，無人知道卓兒此刻內心的掙扎。

羅雲東的表白，栗遠星的眼神，雙重疊加，在她眼前糾纏不清。

面對兩個欲罷不能的男人，一場不可收拾的鬧劇，卓兒只想逃。

拔腿，衝向門外。

「卓兒……。」

身後，同時傳來兩個男人的呼喚。

羅雲東回頭，用研究的目光注視栗遠星。栗遠星顧不了這麼多，跟著卓兒朝門外追去。

「栗遠星，你站住！」張嘉雅怒吼。

栗遠星站住，但是身體，並沒有轉回來。

「你要幹什麼？」張嘉雅臉上掛著淚，質問。

「她……，」栗遠星猶豫，終於，鼓起勇氣，帶點示威：「她就是我的前女友。」

說完，栗遠星要走。

「站住！你敢追，就不要再回來！」張嘉雅發狠。

栗遠星靜止。猶豫，躊躇，終於，拿不出勇氣。

「張嘉雅，夠了……，」羅雲東低吼，「我們已經離婚，妳要報復，也已經成功了。妳看看我現在，沒有家庭、沒有事業、沒有朋友，我受到了應得的懲罰，妳該滿意了吧？請妳，請妳放手，讓我們成為陌路，各自安靜地過完餘生，好不好？」

放手？陌路？張嘉雅看著羅雲東那張破碎的臉，「哇」地一聲哭出來。不行！絕對不行！

錢蔓招兵買馬，快馬加鞭推出自媒體項目，女性情感婚戀平台——《蔓姐談情》。沒改名。

「蔓姐談情」四個字，值錢。這四個字下面，聚集了大批忠實粉絲，那是她的資源。

有「毅然投資」作後盾，《蔓姐談情》展開強大的宣傳攻勢。各種預告宣傳鋪天蓋地，一夜之間，蔓姐成為都市女性的情感代言人。

《卓爾女性》被動而尷尬。錢蔓離開後，卓兒保留《蔓姐談情》，甚至不惜從報紙副刊挖來一位中年女編輯。

「這不是和我們作對嗎？」周春紅第一個跳出來叫囂，「《蔓姐談情》是我們的招牌專欄，錢蔓拿去用，簡直就是個強盜！」

卓兒雙眉緊鎖，腦袋飛速運轉。周春紅所言不虛，《蔓姐談情》確實是公司裡最能帶來流量的專欄，想要保住目前的點閱率，必須要錢蔓改名。她會同意嗎？

卓兒約錢蔓見面。依然是位於中心商業區的那家咖啡店，依然為她點了那杯昂貴的麝香貓咖啡。

錢蔓姍姍來遲。她又恢復了昔日的風采，妝容精緻，穿熨燙整齊的衣裙，手上還拎著 Prada 新款包。

一坐下，錢蔓喋喋不休。要租辦公場地、招聘員工、確定選題、外出宣傳，「恨不得一天能有 48 小時」。

嘰裡呱啦一大通，才想起問：「找我有事？」

卓兒也不遮掩，開口就是一句，妳把《蔓姐談情》的名字改了吧。

錢蔓冷冷拋出兩個字——「笑話」。

「《蔓姐談情》雖然是妳在做，但它是《卓爾女性》的一個專欄，版權屬於公司，妳已經離開，不能再用。」卓兒據理力爭。

錢蔓眉毛一挑：「如果我堅持呢？」

「對不起，錢蔓姐，我不希望走到那一步。我們共事多年，不希望為了四個字，撕破臉皮。」

「哪一步？打官司嗎？卓兒，我這個項目財大氣粗，背後也有法律顧問保駕護航。我當然不希望對簿公堂，但是要我放手，門都沒有。」錢蔓信心十足，說話不留餘地。

她端起杯子，喝一大口，卻「噗」地一聲，吐了出來。

「這是麝香貓咖啡？呵呵。卓兒，上次來這裡，我喝第一口就知道是假貨，只是沒說。」

錢蔓看錶，表情誇張：「還有廣告客戶等我呢，再見。」

從錢包裡拿出五張百元大鈔，壓在咖啡杯下，優雅客套地微笑。「我請，下次見。」

卓兒內心五味雜陳。錢蔓的拒絕在預料之中，但是兩人關係的改變，卻在情理之外。

也許，她和錢蔓從來就沒有過真正的友誼。兩人的合作，不過是利益捆綁，審時度勢的被迫選擇。當利益土崩瓦解之時，友誼也將不復存在。

叢林法則，條條冷血。溫情主義者趙卓兒，注定受傷。

離開「愛購網」，羅雲東計劃東山再起。他有預感，張家父女的復仇並未就此終止。他不管做什麼，都會刺激張嘉雅敏感的神經。

羅雲東把視線投回美國，華爾街、曼哈頓、矽谷，離開中國的是非之地，重新開始。

偶然獲悉，史丹佛同學Andrew正在矽谷籌備新公司，急需聯合創辦人。

電話裡，Andrew興奮地向羅雲東介紹自己的公司：「這是一個將創業公司與早期投資人聯繫起來的在線平台，我的定位是做世界上最大的種子階段投資平台以及世界上最大的創業人才招募平台，我還希望它成為世界上最大的創業投資基金。」

「來吧，羅。」Andrew向羅雲東拋出橄欖枝，「我欣賞你的眼光和判斷，我們是最好的搭檔，過去是，現在是，未來永遠都是。」

這是一個好消息。羅雲東在陰霾中看到了曙光。不知不覺，走到卓兒公司樓下。

抬頭往上看，辦公室還亮著燈。「也好，上去看看吧，這是我目前唯一的投資項目。」

辦公室裡只剩下卓兒一個人。開著一盞小檯燈，絞盡腦汁思考著《蔓姐談情》的解決辦法。

卓兒拿著一支筆，將《蔓姐談情》改名、不改名的利弊一一寫下。滿滿一頁紙的分析，左右為難。

羅雲東出現，卓兒又驚又喜。救星到，緊急求助。

根據卓兒的描述，羅雲東給出冷酷的回答：「這是無法解決的衝突，唯一的辦法就是訴訟。但是據我判斷，雙方的贏面都不大。」

打官司？卓兒為難，誰願意和多年同事對簿公堂？

「作為創業者，妳得有挫折忍耐度。團隊成員出走、共同創業者的背叛甚至是多年好友的出賣，都必須笑納。創業是九死一生的，只要妳不死，能活過來，就會和世界產生一種新的聯繫。」

「這是你的成功經驗？」卓兒歪著頭，笑問。

羅雲東苦笑：「這是我血的教訓。」

「砰」，窗外的夜空忽然炸響一朵煙火。羅雲東被吸引，走向玻璃窗。

「今天什麼日子，又是煙火滿天飛？」羅雲東奇怪。

卓兒低頭看手機，5月20日，傳說中的「我愛你」。

一朵朵煙火騰空而起，次第綻放，然後，消失于無邊無際的黑暗之中。

從卓兒的角度望過去，羅雲東站在昏暗的燈光裡，高大的身形被投影到牆壁上，一個孤單寥落的剪影。

無來由地，卓兒的心緊縮了一下。愛，不過是心底那一抹微微的疼。

走過去，站在他身邊，和他一起看煙火的漸明漸滅。

良久，卓兒開口：「喜歡煙火？」

羅雲東點頭：「喜歡它的虛幻。」

「砰」，一朵巨大的煙火騰空，點燃半個夜空，照亮羅雲東的臉。

猶如渾身血汗的角鬥士，走下戰場，一身落寞，兩袖白霜。

煙火明滅中，羅雲東淚光閃爍。

霸氣如他，在漫天煙火和一個小女人面前，潰不成軍。

卓兒伸手，緊緊握住羅雲東，指尖溫柔。這是她能夠給予他的，所有安慰。

羅雲東反手握住卓兒，不再遲疑。這是他能給予她的，所有回應。

34.

大學同學聚會，周春紅堅決要拖著卓兒去。

卓兒抗拒，她有擔憂。

「怎麼？怕看見栗遠星舊情復燃？」周春紅一針見血。

卓兒臉紅，頭搖得像撥浪鼓。

「切，沒出息。」周春紅不由分說，將卓兒拉進計程車。

玉林路，老牌火鍋。兩人趕到時，大包廂裡已坐滿多年未見的同窗。

卓兒的目光飛速掃視一圈，栗遠星不在，長舒一口氣。卻，無端有一絲惆悵。原來，他不在。

熱情開朗的周春紅成了全場焦點。繪聲繪影地介紹自己賣面膜的趣事，言辭誇張。當然，免不了炫耀她已成了創客，正和卓兒經營自媒體平台。

有同學注意到角落裡的卓兒，上前攀談：「趙卓兒，幾年不見，妳簡直和以前判若兩人。」

卓兒意外，用手指指自己：「說我？咳，我能有什麼變化，老樣子，『三無』女人。」

「什麼變化說不上來，」同學端詳著卓兒的臉，「就是和以前比不一樣，有精神、有氣質了，整個人閃閃發光。」

卓兒半信半疑，伸手摸自己的臉。

周春紅跳過來，一把摟住卓兒的肩膀：「可不是嘛，戀愛中的女人，最美。」

同學們正要起鬨，包廂的門忽然打開，栗遠星現身。

「偶像！」女同學紛紛尖叫，更有女同學拿起桌上的塑膠花，撲過去：「小星星，多年不見，想死老娘了！」

包廂裡響起一片哄笑，栗遠星跟著笑，心不在焉。他的視線急切地搜尋著，當看到角落裡的卓兒，黑眸燃起點點光亮。

火鍋點燃，菜品上桌，大家熱熱鬧鬧地坐下來。卓兒剛要坐到位子上，身邊的男同學起身，對栗遠星招手：「小星星，坐這裡。」

栗遠星忸怩，男同學一把將他拉到卓兒身邊：「坐這裡，我記得大學時，整天看你和卓兒一起吃飯。」

「對，對，那個時候還傳聞你們在談戀愛，老實說，當年是不是在搞地下情？」

同學們對著兩人打趣，卓兒低頭，忽然沒有勇氣直視。

「卓兒，我要告訴妳一個祕密。」一位女同學燙著毛肚，故作神秘，「三年前，小星星到我們單位食堂當了十天打雜，賺到200塊錢。要我陪他去商場，買了一雙白色女式涼皮鞋。知道為什麼非要拉我去嗎？」

女同學把毛肚塞進嘴裡，認真咀嚼，不再說下去「快說，為什麼？」同學們被吊起胃口，使勁催促。

「因為……，」女同學說得急，被嗆了好幾口氣：「因為，我和卓兒都穿36號，他要給卓兒生日驚喜！」

「呀，痴心情長劍。」

「哦耶！公開秀恩愛……。」

包廂裡一片感嘆。

卓兒這才知道，那雙她最喜歡的白涼鞋，竟然是栗遠星打雜買來。此情可待成追憶，只是當時已惘然。

女同學嚼完毛肚，倒一杯酒放到卓兒面前：「卓兒，你得敬栗遠星一杯。這小子對妳，真心。」

卓兒看著酒杯，雙手絞成麻花，不動。

「算了算了，別為難她。」栗遠星主動解圍，拿起酒杯，對著那位女同學，「來，就用這杯酒敬妳，謝謝妳介紹我打雜，還陪我買鞋。」

「不行，不行，得交杯！」同學們起鬨。

女同學頗為豪邁，站起身，走到栗遠星面前，舉起酒杯穿過他的臂彎。「交杯就交杯，誰怕誰？」

酒過三巡，氣氛達到高潮。喝醉的女同學趴在桌子上哭泣，男同學站在板凳上高聲朗誦詩作，周春紅則拉著兩三位女同學，舉著相機瘋狂自拍。

卓兒滿心惆悵，離開包廂、穿過走廊，來到店門前的小巷。

初夏，空氣裡飄浮著濕潤腥甜的香。抬頭望天，一彎月牙高懸，墨藍色的天。

「對不起。」卓兒身後，傳來男子的聲音。回頭，栗遠星站在月光之下。

「我不辭而別，一定傷透了妳的心，但是，原諒我，我希望能得到妳的原諒。」這是栗遠星藏在內心深處的話。

卓兒低頭，努力抑制淚水，像迷路的小女孩：「你可以和我分手，但為什麼悶聲不響，一走了之？」

「對不起，對不起，都是我的錯……，」栗遠星無限愧疚，「我不知道如何開口，沒有勇氣。只能一走了之，逃避。」

「真的那麼重要嗎？栗遠星，名利真的那麼重要？為了它，可以不要尊嚴，出賣自己？」

「卓兒，如果我出身優越，大可以清高。可惜我天生卑微，一無所有，只剩自己可以交換。尊嚴，我也想要啊，誰生來就卑躬屈膝、忘恩負義？可是，一無所有的人想談尊嚴，只能淪為笑話。卓兒，我無意傷害妳，請妳，請妳，原諒我。」

卓兒看著面前困苦糾結的男子，那個與她同甘共苦的小星星，回不來了。

「原諒已不重要。那天你也看到，我……已有新的男友。」

「羅雲東?」栗遠星表情複雜,如果不是半路殺出羅雲東,也許他還沒有勇氣懺悔。失去,才會珍惜。

「結束了,栗遠星,我們結束了。」卓兒眼裡有淚,「以後別再打擾我,各自安好。」

熱淚奪眶而出,卓兒轉身,欲離開,卻被栗遠星一把抓住手臂。

栗遠星張開嘴,想要說什麼,卻無語哽咽。

卓兒一咬牙,掙脫栗遠星的糾纏,消失。

卓兒伸手,攔住計程車,回家。

坐後排,把臉埋在手心,無聲哭泣。

也許,栗遠星是對的。他們之間,不辭而別、老死不相往來,才是正確的方式。一句道歉、一滴眼淚、一絲回憶,會驚起無數漣漪,讓人欲罷不能、難捨難分。

半小時後,卓兒到達目的地。她的租屋地,一棟五樓公寓,陳舊破敗,在摩天大樓的夾擊下,寒磣而寥落。

卓兒下車,擦掉淚水,朝鐵門走去。鐵門邊,一輛黑色轎車。

車門打開,鑽出一個高大身影,羅雲東。

「妳的手機整晚關機,去了妳的辦公室,沒人。」羅雲東抬手看手錶,「快12點了,妳去了哪裡?」

「哦……同學聚會……,」乍見羅雲東,卓兒心中有鬼,加快腳步,有意迴避。

羅雲東追上來,藉著燈光,看清楚她臉上的淚痕。怎麼,不開心?「沒,沒有……,」卓兒支吾。

「走,送妳上樓。」羅雲東扶住卓兒的肩。

卓兒本能閃躲:「不用……時間不早了,你回家吧……。」

說完，逃跑般衝進漆黑的走廊。

走廊裡原本有燈，年久失修，漆黑一片。

忽然，黑暗中傳來巨響，稀里嘩啦，一片金屬倒地。

「卓兒，怎麼回事？」羅雲東大吼，衝進走廊，拿出手機，開啟照明。

狹小的走廊裡，卓兒撲倒在地，身邊橫放著一輛破舊的單車。

「誰那麼缺德，又把自行車停在走廊裡？」卓兒抱怨。

羅雲東扶起卓兒，查看傷勢。膝蓋跌破，鮮血淋漓。

「走，回家去。」羅雲東當機立斷，將卓兒背上5樓，她的出租套房。

將卓兒放在椅子上，自己蹲下，仔細查看傷口。「還好，皮外傷。有酒精和棉花棒嗎？」

卓兒側頭一想：「在書櫃裡，栗遠星總是愛把雜物放在那裡。」

提到栗遠星，羅雲東臉色一沉。悶聲不響打開書櫃，最底層，一小瓶酒精和一包棉花棒。

重新蹲在卓兒面前，棉花棒蘸著酒精，擦拭傷口，小心翼翼。

膝蓋處傳來刺痛，卓兒忍不住叫出了聲，雙腿本能地一陣抽搐。

「痛嗎？」羅雲東抬頭，眼裡滿是急切。

四目相接，卓兒輕輕搖頭，刻意迴避他的目光。生命中不能承受之重。

羅雲東低頭，繼續擦拭傷口，心無旁騖。

他已習慣被各種女人包圍，驕傲如君王，從不臣服。

即使七年婚姻生活，他努力扮演好丈夫，但這樣的扮演，不用心，不會動了真情。

但是面對卓兒，這個糅合著奇怪氣質和詭異氣場的女子，他卻總是萬般柔情，不由自主。

羅雲東忽覺手背一涼，一滴淚，落下來。停住擦拭的動作，「啪」，又是一滴淚。

　　抬頭，只見卓兒無聲哭泣，熱淚滾滾。

　　「嗡」的一聲，他的腦袋炸裂，思想和意識被摧毀，只剩一幅空白銀幕。上面滾動播放的，是卓兒，只有趙卓兒。

　　他伸手，輕輕地，輕輕地，擦掉她的淚。

　　卓兒感受著他手指的溫度，栗遠星帶給她的傷感委屈，在這個男人的手指下，土崩瓦解。

　　羅雲東另一隻手，爬上卓兒的臉，溫柔地移動。他不能讓她哭，他害怕她的淚。

　　他把她的頭，輕輕埋進自己懷裡，像對待一隻無家可歸的小貓。

　　他說：「不許哭、不許哭。」

　　她在他的懷裡劇烈顫抖，這個胸膛寬闊溫熱，安全穩當。

　　他把頭俯下來，準確地捕捉到她的唇。乾涸的、滾燙的、沾染著淚水的唇。

　　毫不猶豫地吻下去，吻進她的世界，那個對他而言，陌生神祕的國度。

　　有一刻，她覺得自己失憶，渾身所有的感覺集中在雙唇之間。她的唇在他的吻裡變得潮而濕，內心深處的野性抬頭，雪在燒。

　　她熱烈地回應他，整個身體、整個生命乃至整個靈魂。

　　投降吧，卓兒，妳注定逃不掉。

35.

　　早上6點半,晨曦透過窗簾,照進小小的出租套房。窗外一棵梧桐樹,鳥兒站在樹梢上,「啾啾」歡叫。

　　新的一天開始。

　　卓兒在鳥叫聲中醒來,按照習慣,她將在十分鐘之後起床。從小,她就習慣在陽光和鳥鳴中醒來,有了它們的清晨,這一天才算美好。

　　此刻,卓兒耳邊傳來一陣細切的鼾聲。屏住呼吸,再度聆聽,是的,是鼾聲,安穩平靜的鼾聲。

　　眼睛徹底睜開,側頭一看,一個男人的頭顱正靠在她的枕邊──羅雲東。

　　卓兒支起頭,安靜地凝視著睡夢中的男子。那雙大眼睛緊閉,一排長長的眼睫毛垂下來,像一首華麗的小夜曲。鼻翼微微翕動,細切的鼾聲,均勻沉穩。

　　他睡得安寧平靜,猶如初生的嬰兒,乾淨沉溺,不惹塵埃。

　　睡夢中,男子似乎被外界打擾,皺了皺眉,頭微微轉動,繼續墜入夢鄉。

　　卓兒瞬間清醒,努力將昨夜的記憶重放一遍,不覺驚呼:我們上床了!

　　卓兒猛地從床上坐起來,觸目所及,滿地狼藉。

　　地板上,衣物交錯重疊,裙子、內衣、男士襯衫、領帶、一條CK內褲。

　　這些衣物凌亂而皺摺,可以想像,當初它們被脫下時,何等的迅速急切、毫無顧忌。

　　「噔噔噔」,卓兒跳下床,背對羅雲東,以最快的速度穿好衣服。

　　一轉身,卻發現床上的羅雲東早已醒來,正側頭,悄無聲息看她的慌亂。

　　卓兒窘迫,面對一夜溫存的男人,竟不知從何說起。

　　最後,怯怯地拋下一句:「我去刷牙洗臉,然後做點吃的。」

狹小的廁所，一扇朝東的窗戶，整個窗台盛滿陽光。

卓兒在鏡子前看自己，鼻子還是那個鼻子，眼睛還是那個眼睛，但是這張臉卻和以往有巨大的不同。

原本平淡平庸的一張臉，一夜溫存後，猶如盛開的玫瑰，每個毛孔都散發著清新的芳香，閃爍難以言喻的光亮。

她用冷水浸濕毛巾敷在臉上，滾燙的臉頰終於降溫。習慣性地，毛巾向下遊走，輕輕地擦拭脖頸，卻忽然疼痛。

趕緊移開毛巾，湊到鏡子前仔細查看。「呀」，不由得倒吸一口冷氣。

她的脖子上，清楚地留下了一排牙齒的痕跡。

臉頰又紅起來，依稀記得，昨晚最激情時，羅雲東的牙齒死死咬住她脖子上的皮膚。那種混合著疼痛的快感，讓她忍不住低聲呢喃：「再咬，再用點力、再咬⋯⋯。」

卓兒看了一眼鏡中的自己，我還是我嗎？面對陌生的自己，羞澀，卻有抑制不住的甜蜜。

一轉頭，鑽進旁邊的廚房。打開冰箱，翻出一把麵，幾顆雞蛋、一顆番茄。夠了。食材雖然簡陋，但是足夠做出美味的早餐。

燒水、炒雞蛋、切番茄、煮麵。番茄煎蛋麵可是卓兒的拿手好戲，每次都讓栗遠星吃得讚不絕口。

栗、遠、星。卓兒忙碌的手忽然停住，眼前浮現起栗遠星的雙眼以及那一聲聲「對不起」。

這間出租套房，每一個角落都留著栗遠星的身影，而今天早上，房間裡的男人卻換成了羅雲東。

羅、雲、東。卓兒無聲唸著這個名字，忽然覺得，這三個字是那麼虛幻不真實，猶如一片海市蜃樓，近在眼前，遠在天邊。

起鍋，盛麵，兩碗香噴噴的番茄煎蛋麵大功告成。

端著麵回到臥室，羅雲東已經穿戴整齊，站在窗戶前接聽電話。接的是越洋電話，全程英文對談。

房間裡迴盪著他低沉而充滿磁性的聲音，流利的美式英語猶如一首晨曲，節奏明快，讓人心情愉悅。

掛斷電話，羅雲東的嘴角有了一抹隱約的笑意。初升的陽光照射在臉上，雕塑般的五官，大理石般的光潔。

如此明快輕鬆的羅雲東，卓兒很少見到。在她的記憶裡，羅雲東總是一副陰鷙的凜冽表情。他是一場行走的暴風雨，走到哪裡，哪裡就颳風下雨。

而現在，他的臉澄靜蔚藍，一如雪後初晴的天空，脈脈溫情。

「吃早餐。」卓兒把兩碗麵放在小餐桌上，「我自己做的。」

羅雲東興趣來了，坐下來，拿起筷子，對著麵碗，吃了一大口。

「好吃。」羅雲東吐出兩個字，臉上有孩童般純真的笑容。

這兩個字，卓兒何等熟悉。栗遠星每次吃她做的番茄煎蛋麵，都會抬起頭對她說一句「好吃」。

「好吃就多吃點吧。」卓兒脫口而出，一如她每次都對栗遠星說的話。

卓兒心下一凜，這樣的時刻，為什麼卻走不出栗遠星的魔咒？為了掩飾自己的慌亂，換了個話題：「剛剛是打越洋電話吧，我聽到你說英文。」

羅雲東點頭：「是我在史丹佛的同學Andrew，他正在矽谷籌備一個股權群眾募資平台，剛剛已經確定，我將作為聯合創辦人，和他一起去矽谷開拓創業。」

「哦？」卓兒十分意外，「也就是說，你即將回去矽谷？」

「Yes！」羅雲東一邊低頭吃麵一邊回答，「其實我一直想做一個股權群眾募資平台，但是在中國時機並不成熟。現在能夠去矽谷發展，求之不得。哎，回國這麼多年，老實說，我還真懷念當年在矽谷創業的那種狀態。妳知道我在矽谷最大的收穫是什麼？」

見羅雲東直視自己，卓兒勉強地微笑，然後搖頭。

「是勇氣，不怕失敗的勇氣。」羅雲東興致勃勃，「矽谷的創客並不害怕失敗，在那裡，失敗和成功一樣稀鬆平常，我喜歡這樣的創業文化，我渴望早日回到那片充滿勇氣的土地。」

「哦……，」卓兒低頭，「你什麼時候……去矽谷？」

「快了，」羅雲東想也沒想，脫口而出，「應該就是這個月。」

卓兒沉默，看著面前的番茄煎蛋麵，忽然覺得有些滑稽。這樣簡陋的出租套屋，她卻在聽一個男人高談闊論矽谷創業。確定不是一場幻象或者海市蜃樓？「明白，我知道該怎麼做，放心。」卓兒心裡翻江倒海，失望、懊惱、自尊心受損。

羅雲東沒有抬頭，但，吃麵的動作戛然而止。

「我們都有自己的生活，都不應該打擾對方。」卓兒繼續說。在被別人拒絕之前，最好由自己先行拒絕。

「我知道的，這不算什麼，也不意味著什麼，我們就是……就是……，」卓兒結巴，終於吐出那三個讓人疼痛的字，「一夜情。」

羅雲東猛地抬頭，定定地看著卓兒。他的眼神充滿各種複雜的情緒，像一個調色板，七色油彩混合，讓人不辨黑白。

在卓兒即將抬頭的一瞬間，羅雲東重新垂下眼睛。

沉默，讓人窒息的沉默。

終於，羅雲東點了點頭。這個動作曖昧而含混，是聽到了，還是完全同意？吃麵條的聲音重新響起。兩人不再有任何的語言交流，只剩下滿屋子吃麵條的聲音。

幾分鐘後，羅雲東推開碗，拿起自己的車鑰匙，走向門口。沒有任何告別，甚至沒有正眼看一眼卓兒。

卓兒看著他的背影，那個高傲的、帶著傷口的背影。

就這樣不辭而別？羅雲東似乎感受到了卓兒留在身上的目光，拉著門把的手停住。卻沒有轉頭，只在門邊僵持幾秒，果斷拉開門，揚長而去。

羅雲東腳步匆忙，在狹窄的走廊裡由快步變成了小跑。一口氣從五樓衝下來，大力拉開車門，在發動汽車的一瞬間，清楚地感受到自己的疼痛。那種從內心深處瀰漫開來的疼痛，猶如利刃，一寸寸割裂他的肉身，凌遲。

這樣也好。羅雲東試圖說服自己，每個人都有自己的路要走，他不會為了卓兒停留，那，這樣也好……。

「雲雅」書房，張嘉雅迎來一位特殊的客人。

來人四十多歲，中等身材，穿一件卡其風衣，戴超大墨鏡。

他是一名私家偵探，在富婆圈成名多年。

誰家老公偷腥，誰家丈夫包養情婦，只要找到他，不到兩週，就能把一切資料連同照片送到面前。

他，是富婆圈裡的搶手貨，連同名牌包、珍貴珠寶，成為闊太們不可缺少的豪門必需品。

此刻，他恭敬地站在張嘉雅面前，風衣領子豎起來，墨鏡禮貌地摘下拿在手裡，到底是見過世面的人。

偵探將一個牛皮紙袋遞到張嘉雅面前。張嘉雅看看自己的義肢，嘴角苦笑。

偵探會意，立刻躬身向前，殷勤地幫她打開信封，將裡面一疊偷拍照片攤開，整齊地擺放在桌面。

這是一疊連續偷拍的照片。晚上，羅雲東駕車等候在卓兒樓下；羅雲東下車，扶卓兒走進走廊。早晨，羅雲東走出小磚樓，消失在上班人流中。

張嘉雅一張張瀏覽照片，臉色蒼白：「羅雲東的確和這個女人勾搭在一起？」

「根據我跟蹤和調查的情況看，應該是這樣。」偵探謹慎對答。

「這個女人什麼來頭?」張嘉雅盯著照片上的卓兒,雙眼噴火。

偵探拿出筆記本,認真介紹:「她叫趙卓兒,28歲,大專學歷,來自小縣城。以前是報社記者,後來辭職創業,做自媒體,羅雲東是她的天使投資人。她還有個同居男友,叫栗遠星,現在當歌手,兩人似乎已經分手。」

張嘉雅聽完,連串冷笑:「一個小縣城的土妞,她有什麼能耐,讓栗遠星、羅雲東雙雙為她魂不守舍?」

這個問題,超過偵探的業務範圍,他沉默,內心訕笑。

張嘉雅從上到下打量面前的中年男子:「你做這一行,多少年?」

「十五年。」

「怪不得,好多闊太向我推薦你,說你業務強、動作快,更重要的是,忠誠可靠、守口如瓶。」

「這不過是我的職業道德。」

張嘉雅起身,從酒櫃裡取出紅酒杯,倒滿,遞給偵探。

這樣和人正常交談的機會不多,她眷戀。

偵探雙手接過酒杯:「我們有規定,工作期間絕對不能飲酒。」

「我是你的僱主,規則我來定。」張嘉雅示意對方坐下。

偵探倒也坦然,大方坐下。

「你怎麼看待自己的職業?」張嘉雅談興濃。

「我的職業就是為別人解開祕密。」

「你怎麼看待別人的祕密?」

「祕密本身沒有好壞,製造祕密的人才有好壞之分。」

「我以為,做你們這行的,眼裡只有鈔票,沒有好壞。」

「怎麼會?正因為我們看過太多人世間的祕密,對好與壞才有更深切的體會。」

「說來聽聽。」

「這世上，沒有絕對的好，也沒有絕對的壞。不過是一群不好不壞的人，有時候幹著好事，有時候幹著壞事。僅此而已。」

說完，偵探起身告辭，走出書房。

張嘉雅目送，一低頭，看到書桌上的酒杯。他終究，一滴未飲。

36.

那日離別後，羅雲東和卓兒沒有再見面，兩人似乎都在刻意迴避。

「你們這樣算什麼？」周春紅為卓兒抱不平：「妳對羅雲東，是真愛。而羅雲東對妳的感情，也不假。他要去美國，妳得牢牢抓住他。等他在矽谷成功，妳就是矽谷大人物的女人，那多氣派啊。Facebook 的祖克柏不就娶了位華裔當老婆嗎？趙卓兒，不要怪我沒有提醒妳，現在這種創業精英可是搶手貨，無數女人睜大眼睛就等著糾纏呢，妳倒好，到手的肥肉竟然拱手讓人。」

卓兒煩惱不堪，抱怨：「我又能怎樣？他的人生，創業才是正道。我是誰？一個意外而已，根本不在人家的人生規劃之中。是，我不否認對他有感情，我也不否認他對我同樣有感情。但那又怎樣？對他來說，事業比愛情重要。對我來說，自尊比天大。」

周春紅無奈：「你們啊，愛得都太現實。」

卓兒撩撩亂髮，罷了罷了，別再為羅雲東傷神，還是工作吧。

她將一封律師函遞給周春紅：「這是錢蔓發來的律師函，她先下手為強，要求我們立即停止使用《蔓姐談情》的專欄名。」

「不要臉！」周春紅罵：「嚇唬誰呢，我會怕她？一個做作的老女人。」

「我們也得聘請律師，嚴陣以待。」卓兒臉上浮現焦慮：「先談談吧，最好能和解。對簿公堂，始終是下策。」

周春紅揚揚手中的律師函：「這事交給我，絕對不能讓這個老女人得逞。」說完，周春紅一溜煙兒跑開。

手機提示音響起，卓兒立即點開，帶點神經質。和羅雲東冷戰後，手機從不離身，她內心默默期待，能夠收到來自「LYD」的隻字片語。

的確，是「LYD」傳來：「馬上登機去美國，保重。」

卓兒拿著手機，愣住，猶如被人點了穴。不知過了多久，才打起精神，回傳四個字：「一路順風。」

望向窗外，藍天白雲，略微有風。這段感情，就這樣結束了嗎？

那些患難與共、惺惺相惜；那些溫柔的撫摸、滾燙的眼淚、深情的呢喃……。

一切，就這樣結束了嗎？留得住的不用費力，留不住的何必費力。

算了算了算了。

羅雲東，我們相愛，但卻更愛自己。

周春紅拿著律師函直接去了「毅然投資」，她要找「叛徒」錢蔓興師問罪。

在「毅然投資」的走廊，周春紅左顧右盼，不知道錢蔓藏身在哪道門後。遲疑間，和一個身材敦實的中年男人撞個滿懷。

「妳找誰？」男人溫和地問她。

「錢蔓。」周春紅劍拔弩張。

「她剛出去了，不在公司。」男人上下打量這個嬌俏可愛的姑娘，「妳找她有事？」

周春紅一揚手中的律師函：「沒錯，我想問問她，做這樣忘恩負義的事情，『妳的良心不痛嗎』？」

周春紅特地模仿網路表情符號，雙手捂住胸口，一臉呆萌。

男人被周春紅逗得忍俊不禁。

「你還笑？」周春紅柳眉上挑，伶牙俐齒，「你是誰啊？是這間公司的嗎？你們怎麼都是這副德行？」

「哦，哦……，」男人忍住笑，自我介紹，「我叫唐毅，是這間公司的CEO。方便去我辦公室，我們好好溝通一下嗎？」

去就去，誰怕誰？周春紅昂頭，雄糾糾、氣昂昂殺進唐毅辦公室。

唐毅讓座，親自動手幫周春紅沖泡咖啡。「小姐，叫什麼名字？是卓兒公司的？」

　　見唐毅禮數周到，周春紅不好發作。「我叫周春紅，是《卓爾女性》的編輯，也是《折扣天后》的主編。」

　　「哦，《折扣天后》啊。」唐毅恍然大悟，「那個專欄我知道，還特地關注。我看妳年紀不大，卻對折扣訊息非常熟悉。有時候我想買點便宜貨，都得上妳的專欄看一下。」

　　被唐毅一陣誇獎，周春紅萬分得意，忍不住炫耀起自己的「專業素養」：「哼，我從小就有本事買到物美價廉的東西。我讀小學，爸媽每天只給我口袋裡放一塊錢零用錢。我們班的同學每天都對這一塊錢發愁，如果拿去買明星貼紙，就沒有錢買串燒解饞。如果吃了串燒又沒有錢買明星貼紙。但是我卻能夠既吃串燒又能買到明星貼紙，你知道是怎麼辦到的嗎？」

　　周春紅說完，故弄玄虛，朝唐毅抬抬下巴。唐毅禁不住笑，連忙搖頭：「不知道，願聞其詳。」

　　「告訴你吧，」周春紅得意地翹起了二郎腿，「我吃串燒從不在校門口買，貴。我會多走兩站，去一條小巷子，那裡的串燒比學校門口便宜一半。剩下的五毛錢，我就可以再買一張明星貼紙啦。」

　　「聰明！」唐毅豎起大拇指，「周小姐，我發現妳有天賦，怪不得折扣訊息做得這麼成功。」

　　巨大的滿足感飛上周春紅的眉梢眼角，她故意將臉垮下來：「這位先生，不要以為你叫唐毅，就想拉攏我。我今天來，是和貴公司就律師函溝通一下，同時還要譴責錢蔓的行為！」

　　周春紅的話再一次讓唐毅呵呵笑起來：「周小姐，息怒息怒，我雖然叫唐毅，但是絕對不會拉攏妳，我對妳的讚賞都發自肺腑。至於律師函，我馬上叫法務過來，我們雙方好好溝通，希望能圓滿解決。」

張嘉雅將栗遠星招至「雲雅」，劈頭就是一串質問：「你這幾天去了哪裡？經紀人說，你已經連續一個禮拜沒有去錄音室排練。」

栗遠星無奈，只能據實以告：「我報名參加『天生歌手』的比賽，昨天剛透過初賽。」

「什麼，你去參加那種比賽？」張嘉雅滿臉不屑：「那是電視台弄出來吸引收視率、賺取廣告費的玩意兒，你以為他們會真正按照音樂品質來選擇歌手嗎？你想得太天真了。告訴你吧，我的一位富豪朋友，就包養了他們上一屆的一位選手，對，就是那個英文歌唱得東倒西歪的整容妹。」

栗遠星不以為然：「不能以偏概全，這幾屆『天生歌手』還是出了好多優秀的選手，有幾位已經成了樂壇大咖，還參加了中央電視台的春節晚會。」

「別給我狡辯。」張嘉雅不耐煩地一揮手，「反正，我說不許去就不許去。」

栗遠星沉默地低下頭，這一次，他並不打算聽從張嘉雅的命令。

如今的他，在樂壇小有名氣，但是離真正的成功還有很長距離。他需要提高曝光率、累積人氣，離成功近一點、再近一點。

栗遠星決定破釜沉舟、背水一戰。瞞著張嘉雅，繼續參加「天生歌手」。

複賽開始後，選手之間的競爭趨於白熱化。為了吸引注意，許多選手開始自掏腰包進行宣傳，不斷曝光、製造焦點。

栗遠星不甘示弱，第一個想到的，是卓兒。

他約趙卓兒吃飯，向對方請教宣傳策略，地點則是兩人以前經常光顧的一家冷鍋串串店。

卓兒猶豫好久，勉強答應。反正是談正經事，不去，反而顯得小家子氣。

栗遠星早早地來到串串店，他挑了進門靠窗的第三張桌子，那是他們以前經常選擇的座位。

栗遠星去冰櫃裡拿菜，青椒牛肉、魚肉丸、日本凍豆腐、茼蒿、冬瓜⋯⋯每一串都是卓兒所愛。

　　卓兒出現，看著桌上的串串，黯然神傷。

　　「來了？」栗遠星有些腼腆，將串串放進砂鍋，「餓了吧，先吃點。」

　　栗遠星揮手叫飲料，兩罐王老吉，一罐冰的一罐常溫。

　　這是兩人的習慣，栗遠星喜歡冰的，卓兒喜歡常溫。

　　服務生送上兩罐飲料，不忘寒暄：「好久沒見到兩位光顧了⋯。」

　　卓兒尷尬地笑，默默拉開瓶蓋。為了掩飾內心的傷感，沒話找話：「你在電話裡說，想透過宣傳為自己造勢？」

　　栗遠星點頭：「我現在已經進了『天生歌手』的複賽，馬上要進行電視直播，是出名的好機會。一起參賽的選手都有自己的宣傳團隊，幫助他們寫新聞、找焦點、天天上頭條。妳也知道，這種比賽不單純只看演唱實力，外界的關注度也會影響到歌手的比賽成績。所以，我第一個就想到了妳。不知妳能不能，幫我完成這個工作？」

　　卓兒拿著一串魚丸轉著圈，內心猶豫不決，答應還是不答應？「我會支付費用的。」見卓兒猶豫，栗遠星小心翼翼，「但是我的經濟能力有限，沒辦法給妳太多報酬，但是妳放心，我會盡最大努力。」

　　「把錢留著吧，別亂花。」卓兒內心柔軟，「我做自媒體，幫你宣傳不過舉手之勞。」

　　栗遠星臉上有了笑容，妳心裡，終究還是有我。

37.

　　小編出錯，編輯文章時落掉好幾個錯字。卓兒怒不可遏，衝到大辦公區狠狠訓斥。

　　小編們面面相覷，心裡都在嘀咕，卓兒最近怎麼了，脾氣大到人人自危，每個人都小心翼翼。

　　「我看呢，八成是大姨媽來了，情緒煩躁。」

　　「不對，我猜應該是失戀，沒有發現那個羅雲東已經好久沒有到這裡來了嗎，大概是兩人情變了吧。」

　　「最近這段時間要小心點，千萬不要再自己找死。」

　　小編們在 QQ 群組裡七嘴八舌，相互吐槽。

　　卓兒進入自己的獨立辦公室，關上門，煩躁不安。

　　知道自己的情緒出現問題，公司的日常瑣事、自媒體的競爭排名、和錢蔓的署名糾紛以及羅雲東⋯⋯。

　　羅雲東。這是卓兒內心深處最大的煩惱和焦慮。

　　羅雲東去了美國之後，兩人之間的關係日益冷淡。除了每個月定期向投資人進行的電郵匯報，卓兒和羅雲東幾乎沒有其他交流。

　　只是偶爾，會收到羅雲東傳來的微信留言：「我們在矽谷的公司已經註冊成立。」

　　「我們的股權群眾募資平台即將上線。」

　　「我們正在洽談一筆數目龐大的創業投資。」

　　每次收到羅雲東的留言，卓兒都要出神好久。然後，克制地回覆兩個字──「祝賀」。

　　外界終於有了羅雲東的消息，一家電視媒體率先報導羅雲東在矽谷的動態。

新聞報導說，羅雲東作為聯合創辦人，正在矽谷籌備一家股權群眾募資平台，這也是矽谷首家由華人參與的股權群眾募資平台。

　　出現在鏡頭裡的羅雲東穿著質地精良的素色毛衣、下身搭配著牛仔褲，典型矽谷創業精英的裝扮。

　　他和 Andrew 並肩坐在鏡頭前接受採訪。Andrew 摟著羅雲東的肩膀，介紹了兩人從大學室友到創業搭檔的多年友誼，他不斷重複著那句話，「我和羅過去是、現在是、未來永遠是朋友」。

　　羅雲東則介紹公司的籌備情況，他驕傲地宣布，目前正在洽談種子輪投資，如果成功，將改寫矽谷的融資歷史。

　　卓兒安靜地看新聞，鏡頭中的羅雲東依舊英俊睿智，遠離國內的是非紛擾，神情輕鬆自如。整個人猶如一株白楊，挺拔向上，煥發蓬勃生機。

　　每個人都有自己的路要走，沿途不管遇見誰，最終都將成為過客。

　　卓兒努力讓生活一如往常，努力將羅雲東從生命中一點點抹去。只是獨處時，會感覺空寂，如一葉浮萍，在人世間無處停留。

　　一天凌晨，手機響起提示音。卓兒猛地驚醒，在黑暗中摸索到放在床頭的手機。慌亂間，手機滑到地板上，伸手去撿，卻整個人從床上跌落下來。

　　卓兒索性坐在地板上點開留言，是「LYD」，卻只有四個字：「浮生若夢。」

　　卓兒坐在黑暗中，眼前一幕一幕，閃現她和羅雲東的過往片段。

　　浮生若夢。何時夢醒？

　　張嘉雅迷戀上抽菸。義肢無法夾住香菸，特地訂做一支精緻的玉石菸桿，只需要將香菸插進煙桿，就能隨時吞雲吐霧。

　　張石軒反對女兒抽菸：「嘉嘉，這樣對妳的身體不好。」

　　張嘉雅置之不理。

張石軒轉念一想，女兒的生活已經被羅雲東搞得一塌糊塗，難得有件喜歡做的事，就隨她去吧。

　　羅雲東避走美國，張石軒積極幫助女兒重新開始正常生活。秘書 Lily 將一疊照片攤開擺在他面前，他戴上眼鏡，認真端詳著照片上一張張男性的臉。

　　Lily 殷勤地指著照片介紹：「這位是銀行關層主管，海外留學，34 歲，離異有小孩……。」

　　張石軒搖頭：「有小孩不行，嘉嘉自小嬌慣，自己都沒有長大，怎麼能當別人的後媽？」

　　Lily 轉而指向另一張照片：「這人今年 35 歲，外商高層主管，清華畢業，一直未婚。」

　　張石軒翻看照片背後的個人簡介：「這個人條件倒是不錯，但是身高只有 167 公分，不行，太矮，配不上嘉嘉。」

　　Lily 又將另一張照片遞給張石軒：「您看看這位，他不是商界人士，是一位小提琴演奏家，長年居住在奧地利，目前回中國在音樂學院執教，32 歲，未婚。」

　　「這個好。」張石軒笑，將照片翻過來查看：盛賓，32 歲，身高 175 公分，音樂學院教授、小提琴演奏家。

　　就像天下所有操心兒女婚事的老人，張石軒急著吩咐 Lily：「盡快安排，讓盛賓跟我們一起吃頓飯。」

　　沒想到辦公室的門被推開，張嘉雅一臉幽怨走了進來。

　　張石軒好奇女兒忽然到訪：「嘉嘉，有事？」

　　張嘉雅也不說話，一屁股坐在父親對面的椅子上。

　　「嘉嘉，來得正好。」張石軒將盛賓的照片遞到女兒面前，「妳看看這個小夥子怎麼樣？32 歲，音樂學院教授，小提琴演奏家，和你一定有共通話題。」

張嘉雅用眼角的餘光瞄了一眼照片，臉立刻垮了下來：「這是什麼意思？」

張石軒臉上堆著討好的笑容：「嘉嘉，妳不能總是一個人過下去，妳年輕有才華又漂亮，社會上優秀的男人那麼多，遇到適合的，可以考慮一下。」

張嘉雅嘴角一歪，冷笑，用義肢點著盛賓的照片：「就這個人？一個音樂學院的教授頭銜就把你們唬住？看看他那雙小眼睛、濃眉毛，市儈俗氣，你們真的覺得這樣的貨色配得上我張嘉雅？」

張石軒一顆心沉到了海底。張嘉雅還不罷休，轉而將矛頭對準了 Lily：「Lily，別怪我沒警告妳，妳以前是羅雲東的秘書，現在倒戈到了我爸爸的公司，妳最好給我放老實點，不要整天用這些男人的照片討好我爸。告訴妳，我可不好糊弄。」

張嘉雅一番訓斥讓 Lily 滿臉通紅，見場面無法挽回，張石軒一揮手，要 Lily 先出去。

父女倆在辦公室裡沉默。還是張石軒開了口：「妳今天來找我，有什麼事情？」

張嘉雅拿出手機，點開一段影片，遞到父親面前。那是羅雲東在矽谷籌備公司的報導。

張石軒皺著眉頭看完影片，鼻孔裡冷哼一聲。「這小子，倒是會無事生非。」

「不能讓他待在美國。」張嘉雅斬釘截鐵。

張石軒看著女兒，眉頭皺得更深：「嘉嘉，我們已經將他掃地出門，大仇已報。他在美國幹什麼，懶得理。」

「不行。」張嘉雅怒目圓睜，「不能讓他在美國逍遙快活。」

張石軒無奈：「妳想怎麼做？」

「我要讓他在美國身敗名裂、乖乖滾回中國來！」張嘉雅眼裡有火花。

張石軒張嘴想要勸阻女兒，卻被打斷。「爸，羅雲東不是正在和創業投資談融資嗎？我們就從創業投資下手。你也認識美國很多投資人，不難查出他跟誰談融資。我們手上握有羅雲東行賄的醜聞，我不相信，將這個醜聞抖出來，羅雲東還能在矽谷混得下去？」

　　張石軒重重嘆了口氣：「嘉嘉，妳確定要這樣做？」

　　「確定。」張嘉雅態度堅決。

　　張石軒沉思，看了看女兒決絕的表情，無奈地按下內部電話：「Lily，幫我轉接美國的懷特先生……。」

　　栗遠星繼續參加「天生歌手」，在比賽中過五關斬六將，十進八、八進六，再以總分第二的成績進入決賽。

　　一夜之間，栗遠星成為奪冠熱門，知名度大增。

　　紙包不住火。張嘉雅震怒，在電話裡命令栗遠星，必須立刻趕到「雲雅」。

　　「馬上要決賽了，我們都在電視台安排的賓館裡閉門訓練，沒有辦法出來。」栗遠星向張嘉雅解釋。

　　「你必須馬上趕回來，必須馬上宣布退賽。」張嘉雅堅持。

　　「為什麼？」栗遠星委屈。

　　「我早就跟你說過，不要參加這種低俗的比賽，哪知道你陽奉陰違，竟然還在比賽。你欺騙我！」張嘉雅咬牙切齒。

　　「我……我不想退出……我現在是奪冠熱門，機會來了，我不想放棄……。」

　　「我給你最後的期限，晚上10點之前，我要看到你退出比賽的消息！」張嘉雅說完，狠狠掛斷電話。

　　栗遠星拿著手機，左思右想，幾乎要將手機絞成泥。「天生歌手」是命運的轉機，機會來了，他怎麼捨得放棄？

　　傍晚時分，他和卓兒在咖啡廳碰面，兩人需要溝通最後的宣傳策略。

栗遠星如今的高人氣，卓兒功不可沒。她不但親自為栗遠星撰寫宣傳稿，還邀請記者為他進行專題報導。

　　卓兒攤開筆記本，一項一項，向栗遠星說明宣傳企劃。

　　兩人正討論得氣氛熱烈，栗遠星的手機忽然響起。看了看那個號碼，臉色一變，隨即掛斷。

　　馬上，手機鈴聲又響，栗遠星再次掛斷。如此重複，栗遠星終於關機。

　　「是張嘉雅？」卓兒心裡起疑。

　　栗遠星點頭，卻不願意多說一個字。

　　兩人正要繼續討論，忽然，一個身影躥到桌邊。黑影過處，桌上的兩杯咖啡已被掃到地上，瓷器與堅硬的地板碰撞，發出「稀里嘩啦」的聲響，整個咖啡廳都被鎮住。

　　卓兒被這突如其來的變故驚呆，抬頭看，張嘉雅正滿臉暴怒，站在面前。

　　她對著栗遠星低吼：「你這個忘恩負義、不要臉的東西！你是翅膀硬了嗎，居然對我不理不睬！我是怎麼跟你說的，今天之內必須要退出比賽，你給我辦到了嗎？」

　　栗遠星的臉一片慘白，沉默地看著張嘉雅，他已習慣，她的歇斯底里。

　　見栗遠星不出聲，張嘉雅轉而向卓兒發難：「妳就是趙卓兒？妳也太自不量力了吧，以前勾搭羅雲東，羅雲東把你甩了，又回頭黏住栗遠星。妳沒有男人就活不下去嗎？做交際花也得把臉整好看、能說善道；就算是妓女，也得有點姿色。妳去找個鏡子好好照照，就妳這樣的貨色，算是哪根蔥？」

　　這是趙卓兒生平遭遇到的最大羞辱，鐵青著臉站起來，牙齒咬得咯咯響：「張嘉雅，妳給我放尊重點！再這樣胡說，不要怪我不客氣！」

　　「妳算什麼東西，敢這樣在我面前說話？」張嘉雅抬起下巴，逼視她看不起的下等人，「趙卓兒，在我面前最好老實點，否則我讓妳吃不了、兜著走！」

栗遠星見場面難以控制,「霍」地站起來,一把拉住張嘉雅的手臂:「好,我馬上跟妳回去,馬上打電話退出比賽。」

　　「栗遠星……,」卓兒一聲低吼,想要阻止。

　　栗遠星垂下眼睛,本能避開卓兒的目光,臉上是一片一種由絕望衍生出來的死寂。

　　他拉著張嘉雅,快步向咖啡廳外走去:「走,我們回去,找經紀人和電視台退賽,走,我們回去……。」

38.

　　第二天，栗遠星退賽的消息成為轟動娛樂圈的頭條新聞。經紀人對外公布栗遠星為粉絲們手寫的一封公開信。

　　他在信中說，自己退賽出於個人原因，因為正在籌備的個人專輯時間緊迫，與「天生歌手」在時間上發生嚴重衝突。為了給歌迷帶來一張質量上等的音樂專輯，他被迫放棄比賽。

　　卓兒工作室的小編一早看到這條新聞，七嘴八舌。

　　有人讚賞，栗遠星此舉是愛惜羽毛的明智之舉；有人猜測，栗遠星是擔心拿不到冠軍、臨陣退縮；還有人認為，栗遠星此舉純屬炒作，無非是想博取外界更多的關注。

　　周春紅聽到栗遠星退賽的消息，一頭衝進卓兒辦公室：「小星星退賽，妳知道嗎？」

　　卓兒神情黯然，將昨天張嘉雅大鬧咖啡廳的經過複述一遍。

　　「呀，難不成小星星已經淪為瘋婆子的性奴？」周春紅嘟囔著紅唇，氣到了極點，「栗遠星還是男人嗎？這樣任由那個瘋婆子蹂躪？」

　　周春紅故意看看卓兒：「小星星變成這樣，妳都沒有生氣？」

　　「生氣？」卓兒苦笑，「妳以為小星星願意變成這樣？他要當歌手做音樂，但是一沒人脈二沒錢，光靠酒吧唱歌怎麼行？他這樣的選擇，逼不得已。」

　　「趙卓兒，我發現妳變了。」周春紅頗為感慨，仔細一想，又生出新的疑惑，「不對，讓我想想，趙卓兒，我怎麼覺得妳的感情生活有點不對勁呢？妳和羅雲東的感情處於『剪不斷、理還亂』的狀態，現在小星星又加進來，這可是『才下眉頭、卻上心頭』。我說，妳累不累啊？」

　　卓兒長長嘆氣。累？感情原本就讓人苦累啊。

孵化女王

　　卓兒的眼光停留在周春紅身上，濃妝豔抹，渾身穿戴一堆名牌。當然，全是山寨貨。

　　卓兒好奇：「妳今天怎麼了？盛裝打扮，是要參加重要活動嗎？」

　　周春紅頗為得意，晃了晃手中的山寨名牌包：「『毅然』那邊有新消息，剛剛他們老大唐毅打電話給我，說還是希望找到一個雙方都能接受的和解辦法。呵呵，他約我共進午餐，邊吃邊談。」

　　唐毅在一家名叫「艾菲爾」的法國西餐廳等候周春紅。這家餐廳因為米其林大廚掌廚，享譽名流圈。

　　周春紅走進餐廳，有些怯怯地探頭探腦。身穿職業套裝的女服務生走過來，打量她一身的山寨貨，眼裡閃過輕蔑。

　　「請問小姐，到這裡來，是吃飯？」服務生側著臉，連正眼也不屑看她一眼。

　　周春紅的自尊心受到傷害，沒好氣地回答：「到這裡不是吃飯，還能幹嘛？」

　　服務生不悅地看了周春紅一眼：「我們這家餐廳是會員制，只接待會員。請問妳是我們的會員嗎？」

　　周春紅洩氣，嘟著嘴接不上話。

　　「如果不是會員，那就抱歉了，恕不招待。」服務生說完，做了一個請走的姿勢。

　　周春紅漲紅了臉，吞吞吐吐：「我……我是一個朋友約來這裡的。」

　　「哦？」服務生眼皮也沒有抬一下，臉上帶著一絲嘲諷的笑容，「妳朋友叫什麼名字？說來聽聽。如果不是會員，而是會員邀請的朋友，也必須事先留下姓名。」

　　見周春紅沒有反應，服務員步步進逼：「妳說說看，妳的朋友叫什麼名字？」

「唐毅。『毅然投資』的老總。」周春紅特意在「老總」兩個字上加重語氣。

「唐毅？」服務生的臉上閃過一絲驚訝，迅速拿起iPad，點了幾下，有些不相信地問，「請問，妳是周春紅女士？」

周春紅急忙點頭。

服務生忽然變換出明媚的微笑，對周春紅微微躬身：「唐毅先生已到，請跟我來。」

周春紅驕傲地走在服務生身後。窮人想要尊嚴，好難。

包廂門打開，唐毅坐在餐桌邊品茶。看見周春紅，眼前一亮，不由自主放下茶杯。

這頓午餐，周春紅吃得十分愉快。一見面，唐毅就給她吃了顆定心丸。

唐毅說，他和律師團隊重新商量，決定撤回律師函轉而向卓兒方面尋求和解。

「怎麼個和解法？」周春紅抑制住內心的激動，假裝老道。

唐毅看著周春紅又緊張又期待的表情，不覺莞爾：「我們決定向你們公司買下《蔓姐談情》的署名權。」

周春紅臉上浮現滿意的笑容，隨即又有擔心：「你們願意出多少錢？」

唐毅伸出五個手指頭。

「五萬？」周春紅竊喜。

「五十萬。」唐毅胸有成竹。

呵呵。周春紅無法掩飾內心的成就感，直接笑出了聲。

怕自己太沒有城府，故意換成一副嚴肅表情：「這事我可做不了主，我得回去和我們老大趙卓兒匯報，一切得看她的意思。」

唐毅看著周春紅一路喜怒哀樂的表情變化，微笑著點頭，他想，這個女孩子還真是率真可愛。

「周小姐，妳對自己未來的職業規劃是什麼？」唐毅切著一塊鵝肝，看似不經意地問。

「職業規劃？」周春紅嘴裡含著麵包，一頭霧水，「我能有什麼職業規劃？大學畢業找不到工作，就索性在朋友圈賣面膜。後來卓兒要做自媒體，我就成了『折扣天后』。反正，走一步看一步吧。」

「有沒有想過讓自己的事業更上一層樓？」唐毅抬頭，觀察著周春紅的表情。

「更上一層樓？」周春紅從來沒有想過這個問題，「我這樣的人還能做什麼？」

「比如說，將《折扣天后》拿出來，專門做一個自媒體項目，妳就是這個項目的創辦人。」唐毅掀開了自己的底牌。

周春紅腦子裡第一個想到錢蔓：「你是說像錢蔓那樣？切，我才不想當叛徒呢。再說了，誰會投資我？」

「我。」唐毅迅速回答，「我可以投資妳，讓妳將《折扣天后》做大。」

「你？」周春紅以為對方開玩笑，嬉皮笑臉地回敬，「好啊，你打算投資我 100 元還是 1000 元啊？本小姐可是要收現金。」

「我是認真的，我現在是以『毅然投資』老總的身分告訴妳，我可以為妳的《折扣天后》進行風險投資，投資金額絕對不會比錢蔓的低。」

唐毅的認真讓周春紅的笑容在臉上凝固，她放下手中的刀叉，坐直了身體：「原來你是認真的啊……這個，這個當然是好事情啦。但是……但是，我一點心理準備也沒有。錢蔓才走沒有多久，我們和『毅然』的官司還沒有和解，如果我現在也走了，那別人會怎麼想？我不就變成了第二個錢蔓嗎？」

「周小姐，妳現在身處的是職場而不是閨房，我們談的是事業而不是閨密情誼。妳應該學會把兩者分開。」唐毅含笑開導。

見周春紅有些心動，唐毅繼續遊說：「我一直非常看好妳的《折扣天后》，這是一個有著巨大市場潛力的項目，操作得好，完全可以是一個具有強大實用功能的平台。錢蔓之後，我們一直在尋找新的項目。我們觀察《折扣天后》已經很久，並不是一時心血來潮。妳要相信，我們這樣專業的創業投資公司，對項目的選擇非常理性和謹慎。妳要相信我們的眼光，也要對自己有信心，以『毅然』現在的實力，一旦對妳進行創業投資，無論是妳個人的職業前景還是項目的發展，都會達到一個前所未有的高度。」

唐毅的一番遊說讓周春紅無法拒絕，她不停撲閃著一雙大眼睛，下意識地騷了騷頭：「我現在相信了，原來真的會天外飛來好運。不過，這個好運太大，都把我搞暈了。偉大的唐總，能給我一點時間，讓我休息休息，考慮一下嗎？」

「好！」唐毅爽快地答應：「給妳三天時間。」

周春紅回到辦公室，覺得自己像個懷著巨大祕密的女叛徒，在辦公室裡潛伏著、躲藏著，隨時有被抓出來遊行批鬥的危險。

偏偏卓兒走過來，滿臉興奮：「有事跟妳說。」

「剛好，我也有事跟妳說。」周春紅心虛。

「那，妳先說。」卓兒抬手，摘掉她頭髮上黏著的一張紙屑。

「嗯……，」周春紅想說唐毅投資的事，但是嘴巴張開卻沒有勇氣，只得臨時轉換話題，「唐毅那邊想收回律師函，爭取和解。他們願意支付50萬，購買《蔓姐談情》的署名權。」

「呀，好消息。」卓兒激動地伸手摟抱周春紅，「親愛的，妳真不愧是天后級的大咖，輕輕鬆鬆就能搞定『毅然』這樣的龐然大物。」

說完，卓兒壓低聲音故作神祕：「我也有個好消息要告訴妳，有家賣場指名要在妳的《折扣天后》登廣告。」

卓兒將手裡的廣告合約遞給周春紅：「看看吧，太為我爭光了。妳這個閨密我可真沒有白交，不但能一起逛街吃飯傾訴心事，現在還能擺平糾紛賺廣告。我覺得老天其實待我不薄，起碼讓我認識妳這樣一位中國好閨密！」

　　這番誇獎要是換作以前，周春紅早就高興得飛上了天。但是現在，她皮笑肉不笑，張了幾次嘴，都不知道如何回應卓兒的情緒。

　　周春紅的異樣終於引起卓兒的注意，把手搭在閨密的肩膀上，俯下身子關切地問：「親愛的，今天怎麼啦？感覺妳怪怪的，和以前不一樣？」

　　周春紅刷地紅了臉：「這……妳都能看出來？」

　　卓兒點頭，心想這瘋丫頭，大概是又和誰吵架鬧彆扭或者乾脆就是失戀被人一腳甩掉。

　　卓兒想和閨密開個玩笑，故意把臉壓向周春紅，表情嚴肅：「妳還是招了吧，其實我早就知道真相，正等著妳坦白從寬呢。」

　　周春紅當了真，整個人洩氣般地攤在椅子上：「這事不怪我，我壓根就沒有這樣的想法，哪知道唐毅這樣提出來，我也很矛盾啊。卓兒，如果我決定了，妳不會不理我吧？」

　　卓兒沒有想到一句玩笑話竟然讓周春紅如此著急，她隱隱感覺到有事發生，順手拉過一把椅子坐下。「怎麼回事？」

　　周春紅一臉委屈，反正紙包不住火，那……就坦白從寬吧。

　　周春紅將唐毅如何約她午餐，如何拋出橄欖枝的經過詳細講述了一遍。卓兒安靜地聽完，猛地抓住周春紅的手臂：「妳是怎樣想的？到底是走還是不走？」

　　「我……我……，」周春紅吞吞吐吐，陷入極度的矛盾中，「我也不知道該怎麼決定，唐毅給的條件確實太誘人了，我獨立出去做《折扣天后》，自己當創辦人、自己當老闆，這可是我這輩子想也不敢想的事情啊。而且他還承諾，投資在我身上的錢絕對會多過錢蔓。妳看，錢蔓現在多風光啊，大網紅一個。卓兒，我其實就是個胸無大志、愛吃愛玩的人。我沒有什麼野心，

也從來沒有想過要在事業上怎麼樣。但是,唐毅給的條件太讓人心動了,如果我能像錢蔓那樣威風,我爸媽看到會多高興啊……。」

「所以,妳還是決定走?」卓兒的心沉到谷底。

「卓兒,我真的不知道該怎麼選……如果我也走了,妳怎麼辦呢?錢蔓離開,我們已經元氣大傷。我如果再走,那不是雪上加霜?」

卓兒的耳邊響起了羅雲東的話——「作為創業者,必須坦然面對團隊成員的出走、共同創業者的背叛甚至是多年好友的出賣,這是每一個創業者的必經之路。」

卓兒慢慢地站起來,朝自己的辦公室走去。她的頭腦無法思考,不知如何面對這樣複雜的局面。

周春紅在背後叫她,卓兒輕聲說:「讓我獨處一下,我現在需要冷靜。妳也再考慮一下,大家都不要衝動行事……。」

39.

　　這一天，卓兒無心工作，早早下班離開辦公室。她漫無目的地在城市遊蕩，走過一條又一條街道，卻不知道去向何方。

　　正是下班尖峰時刻時間，上班族們急著回家。卓兒忽然很羨慕他們，雖然腳步匆忙，但是總有一盞燈點亮，等候歸來。

　　而卓兒，什麼也沒有。

　　她把精力投入到工作，當記者，報社倒閉；做自媒體，搭檔乃至閨密一個個離開；她全身心去愛，相戀多年的男友不辭而別；而羅雲東呢，還沒有開始就已經結束……。

　　卓兒想，自己真是一個不被老天喜歡的女人。她努力工作努力愛，所有的辛苦付出換來的，卻是一次又一次的失敗。

　　神情恍惚間，卓兒走到了一家賓館的門前。覺得眼熟，猛然想起，這不就是花園酒店嗎？

　　想也沒想，一腳踏進去。穿過大廳、走過長廊，來到那個幽靜的小花園。一切都和當初一樣，幽深彎曲的小徑、茂盛青翠的竹林以及點綴其間的紅色宮燈。

　　慢慢行走在花園裡，卓兒的回憶不請自來，馮妮妮哭泣的面容、在羅雲東懷裡顫抖的肩膀以及黑髮間那朵紅色的玫瑰花。

　　這一刻，卓兒忽然很羨慕馮妮妮，至少她在痛苦絕望之時，還有一個肩膀可以倚靠。而自己呢，什麼都沒有，所有的委屈絕望都要自行消化，打落牙齒和血吞。

　　卓兒低頭想著心事，轉過一處竹林，一抬頭，忽然發現前面的假山石上坐著一個男人。穿著白襯衫、牛仔褲，身形高大挺拔，五官猶如希臘雕塑般立體俊朗，特別是那一雙眼睛，如棗紅馬，溫柔而暴戾。

卓兒有些不敢相信，怎麼可能是他？他應該在矽谷大展拳腳、意氣風發才對。

卓兒加快腳步走到男人面前，仔細看他，沒有錯，這人就是羅雲東！

羅雲東抬頭，有些詫異地看著忽然出現在眼前的卓兒。他的眼裡閃爍一絲火花，卻又馬上熄滅。

「你怎麼在這裡？」兩人異口同聲。

卓兒迫不及待地追問：「你不是在矽谷創業？怎麼又悄悄回來？」

羅雲東低頭，嘴角一絲苦笑：「沒有了，結束了，一切都 over 了。」

「出了什麼事？」卓兒湧起不祥的預感。

羅雲東笑，笑聲低沉，猶如野獸的嗚咽。

「卓兒，不管發生什麼事情，都是我咎由自取。我以前問過妳，是否相信原罪。我落到今天這個地步，都是在為犯過的錯贖罪……。」

「你是說……張嘉雅？」卓兒憑直覺判斷，這一次又和張嘉雅有關。

羅雲東不再否認：「我以為，去了矽谷就能擺脫他們父女兩人。但是錯了，他們還是不願放過我。當初，張石軒要從我手上搶奪科盛，逼不得已，我向『科盛』太子爺周天華行賄了 5 萬美金。這個衝動之舉，成為張石軒扼制我的一把利劍。他以此要挾我退出『愛購網』，我遠走美國之後，他們又把醜聞送到美國，寄給我的投資合夥人以及我接觸過的每一個創業投資投資人。他們讓我在矽谷失去了信譽，更重要的是，創業投資投資人一個個離我而去，我們的股權群眾募資平台寸步難行。在這樣的情況之下，我只能主動退出，不為合作者帶來麻煩……。」

羅雲東說完，兩人都陷入長久的沉默。

「卓兒，妳現在知道我是怎樣一個人了吧？我沒有妳想像的優秀卓越，甚至我身上還背負著罪孽和邪惡。我經常在夜裡做噩夢，夢到自己東窗事發、被警察帶走，身敗名裂。我覺得這種危險離我越來越近，我甚至能聞到危險

的氣息。回國半個月，我都待在這間酒店，足不出戶。我不敢上街、不敢聯繫認識的人，甚至連我的母親，都不知道我已回國……。」

羅雲東說不下去，痛苦地將頭埋在掌心裡。卓兒蹲下來，認真地看他。

這一次，他褪去身上所有的光環，走下鮮花掌聲鋪成的神壇。原來他和自己一樣，會絕望、會膽怯、會在人生裡犯錯、會在打擊面前一蹶不振。

卓兒忽然覺得踏實。伸出手，輕輕地撫摸羅雲東的後腦勺，一下一下。這個匪夷所思的動作，她做得那樣自然隨意，似乎兩人之間早有默契。

這是此刻，她唯一能給予他的安慰。

私家偵探來找張嘉雅，重要消息，羅雲東結束矽谷的一切，祕密回國。

老規矩，私家偵探為張嘉雅送上一系列偷拍照片。這組照片，完整地記錄羅雲東進出酒店的全過程。

照片上的羅雲東面無表情，戴著一副巨大的墨鏡，低頭，腳步匆忙。

張嘉雅仔細端詳照片。羅雲東，別來無恙啊。臉依然英俊，肩膀依然寬闊，胸膛依然溫熱。七年婚姻生活，張嘉雅最喜歡靠在羅雲東胸膛，聽他的心跳，那是她的天籟。

她征服他，藉此，征服整個世界。

繞了一圈，這個男人終於重新回到視線之內。呵呵呵呵，羅雲東，你終究逃不出我的手掌心。

張嘉雅心情大好，斜靠在沙發上，想像著今後和羅雲東的可能。

私家偵探不是說了嗎，羅雲東在酒店深居簡出，連自己購買的套房都不曾踏足，他，主動和外界斷絕聯繫。

羅雲東，你一定心情沮喪、意志消沉吧？作為和你共同生活七年的女人，我當然知道，你的反常舉動代表，你遭遇了前所未有的打擊，一蹶不振。

知道我的厲害了吧？後悔了嗎，後悔拋棄我、背叛我、傷害我了嗎？如果你夠聰明，應該來找我，求我原諒。只要你開口，我保證，馬上銷毀你所有的醜聞，讓你從此高枕無憂。

只要你來找我⋯⋯。

正心神蕩漾，沙發邊的電話響起。張嘉雅一動不動，沒有絲毫接聽的意願。

傭人張媽從廚房裡衝出來，手腳慌亂地拿起電話：「喂，你好，張公館，請問找誰？哦，你找小姐啊，請稍等。」

張媽用眼角餘光瞄了一眼張嘉雅，直接將電話擱在桌子上。「小姐，找妳的。」說完，躲避瘟神般逃進廚房。

張嘉雅當然明白張媽的不滿，對著張媽的背影翻了個白眼，不慌不忙拿起電話。

是「石軒基金」專門幫她處理個人財務的小王。小王報告，剛剛房屋仲介說，她在本市某高檔住宅區租住的大套房，裡面的住戶已經退租並付清違約金。

張嘉雅莫名其妙，好一會兒才想起，她確實以自己的名義為栗遠星租住了一間大套房。後來，栗遠星把父母接過來同住，唸著栗遠星的父親大病初癒，張嘉雅倒也不太介意。

這個栗遠星搞什麼鬼，怎麼不吭一聲，就悄悄把房子退租？

張嘉雅這才想起，自從上次逼著栗遠星退出「天生歌手」比賽，已經很久沒有栗遠星的消息了。

這小子發哪門子神經，得好好教訓他一下，否則，不知道天高地厚。

想到這裡，張嘉雅撥打栗遠星的手機，冷冰冰的人工語音：「對不起，您撥打的號碼是空號。」

張嘉雅以為自己撥錯號碼，仔細核對後再撥，電話裡依然傳來沒有感情的人工語音。

停機？這個栗遠星搞什麼鬼，想造反？

三天之後，周春紅做了決定，離開。

沒有勇氣向卓兒當面道別，周春紅寫了一封長長的辭職信。下班之後，傳到卓兒QQ。

漫長的等待。一個小時後，卓兒回覆：「如果決定要走，祝福妳，希望我們還能做朋友。」

周春紅飛快傳過去五個字：「永遠是朋友。」

周春紅待在自己的出租套房，回憶和卓兒的點點滴滴，滿心傷感。都是自己不好，見錢眼開，受不了誘惑。如今背叛卓兒，還有什麼臉教訓錢蔓？

手機鈴響，電視台記者鄭昊。

「在忙什麼？」鄭昊的聲音充滿陽光。

「閒著。」周春紅愁雲慘霧。

鄭昊起疑，追問。周春紅說出自己辭職，接受「毅然」投資的決定。

「妳應該高興才對啊，這是多少人夢寐以求的事情。」鄭昊開解。

「但是我成為叛徒，背叛卓兒、背叛這麼多年的友誼。」

「美麗的周小姐，穿越劇看多了嗎，怎麼滿腦子封建思想？這都什麼年代了，還是忠君護主那一套？朋友是朋友，工作是工作。工作上，妳有了好機會，卓兒該為妳高興才對。如果真把妳當朋友，就應該鼓勵妳出去闖蕩，擁有自己的事業。再說，妳在卓兒公司幫她那麼久，最困難的時候分文不取。妳這樣的朋友，誰都應該珍惜。」

鄭昊一席話，說得周春紅茅塞頓開。打鐵趁熱，鄭昊柔聲相約：「晚上一起吃飯，為妳慶祝。」

周春紅在電話裡停頓，聰明如她，當然知道自己被追求。

答應還是不答應？腦袋飛速運轉。

鄭昊是她喜歡的類型，高大、陽光、帥氣。再加上電視台記者的身分，更增加他在周春紅心目中的分量。

但是長久以來，周春紅對於鄭昊的追求欲拒還迎。似乎，她的內心還有別的期待。

「那就這樣決定了。」鄭昊在電話裡搶先開口，「晚上7點半，貓頭鷹餐廳，不見不散。」

周春紅看錶，啊，時間不早啦。急忙刷牙洗臉、化妝、挑選衣服。內心愉悅，甚至一度哼起了歌曲。

盛裝打扮之後，周春紅拿起手提包正要出門，不料，手機鈴響。

電話裡，敦厚的男聲響起：「春紅，我是唐毅，辭職手續辦好了嗎？」

周春紅給予肯定答覆。

唐毅高興，話鋒一轉，忽然發出邀請：「晚上有空？一起吃飯。這幾天太忙，今天難得空閒。」

周春紅沉默，沒有想到，唐毅會在這個時候提出相同的邀請。

「怎麼？有事？」唐毅覺察到異樣，電話裡，呼吸急促。

沉穩如他，在喜歡的女子面前，也會緊張。

「不是，不是。」周春紅慌亂地否認。

「半小時後，樓下接你。」

同樣的時間，兩個男人的邀請，選擇哪一個？拒絕哪一個？

周春紅喜歡鄭昊的年輕帥氣，如果沒有唐毅，也許早已接受追求，雙宿雙飛。

但是偏偏，遇見唐毅。這個成熟敦實的男人，雖不像羅雲東星光熠熠，但也是財務自由的成功人士。更何況，他單身，鑽石王老五。

他是她的伯樂、投資人，是為她帶來糖果和寵愛的聖誕老人。

聰明如周春紅，怎會感覺不到唐毅的愛慕？她舉棋不定、若即若離，全因內心深處，對鄭昊是愛，對唐毅是心動。

出身草根的平凡女子，要想改變窘迫的生活，靠什麼？靠自己？能力不足。靠鄭昊？兩人一樣的底層。靠唐毅？嗯嗯，是捷徑，通向自己想要的生活。

周春紅心意已決。傳微信給鄭昊，短短幾個字：「臨時有事，抱歉。」

哪知，鄭昊迅速回覆：「改成明天吧。」

周春紅眼前閃過鄭昊年輕帥氣的臉，忽然不捨。

猶豫間，唐毅來電：「下樓吧，我在樓下等妳。」

周春紅忐忑不安，「蹬蹬蹬」衝到樓下，一台閃閃發亮的奧迪 A8，炫酷。

唐毅坐在駕駛座，手握方向盤，專注地看她。周春紅勉強地笑，向他走去。

這個薪水階級的住宅區，進出車輛大都是經濟實惠型，乍見奧迪 A8，猶如從天而降的一雙水晶鞋，璀璨奪目。

周春紅快要接近奧迪時，車門忽然打開，唐毅手捧一大束鮮紅的玫瑰，遞到面前。

「恭喜妳邁出創業第一步。」他說。

這車、這花、這句話。長相平平的唐毅忽然發出光芒，猶如童話中的王子。

平生第一次，周春紅收到別人送來的玫瑰花。偷偷一數，差不多有上百朵，一大筆錢呢。

住宅區裡的路人紛紛側目，幾個散步的大叔大嬸乾脆停下腳步，好奇地圍觀。

　　周春紅心裡忽然湧起一陣驕傲，拒絕鄭昊的惆悵立刻煙消雲散。她微昂著頭，在眾人羨慕的眼光中，坐進汽車。

　　灰姑娘終於穿上玻璃鞋。

40.

卓兒要在出租套房裡煮火鍋。

去菜市場買菜，生菜、小白菜、茼蒿、馬鈴薯、牛肉片、羊肉卷……琳瑯滿目的食材塞滿購物袋。去小超市挑了袋火鍋料，全清油熬製，吃完身上不會有異味。

她傳給「LYD」一則留言：「晚上7點，出租套房，吃火鍋。」

卓兒一直尋找機會，讓羅雲東走出酒店，走出自我封閉的狀態。出租套房裡的一頓小火鍋，自然、不著痕跡。

羅雲東遲遲沒有回覆，卓兒內心篤定，提著一堆食材往回走。

手機忽響，是房東。

「卓兒，在哪裡？剛剛物業管理公司打電話，說房間裡水管爆了，自來水滲到樓下，淹到鄰居家。人家現在正鬧事呢，妳趕快回來處理！」

屋漏偏逢連夜雨。

卓兒小跑著進入樓下大門，聽見走廊裡人聲嘈雜。

「大家看，這是我新買的床墊，被樓上漏下來的水淹成這樣了？」一個粗壯的男聲。

「呀，老公，快來看，電視也被淹了！50吋的液晶電視，剛買了沒半年，全進水！」一個尖利的女聲。

卓兒急忙撥開人群，鑽進樓下鄰居家。

見到卓兒出現，女主人突然上前，一把抓住她：「我的姑奶奶，妳可回來了，快來看看，我們家都被淹成什麼樣了？」

卓兒仔細察看，黑色的滲水從天花板裂縫裡滴落，一股股細小的瀑布將整個房間變成水簾洞。

水流之下，一片澤國。房間裡的家具、電器全都浸泡在黑色的汙水裡，地板上的積水漲到腳踝，報紙、垃圾隨水漂浮。

「先別說那麼多，趕快讓她先回房間關水。」一個圍觀群眾高聲提醒。

卓兒急忙點頭，飛奔著跑上樓，打開房門，不覺傻眼，出租房裡水漫金山，已成澤國。

沿著水流的方向，終於找到罪魁禍首。廚房水槽下的自來水管爆裂，白色水柱噴射而出，洶湧泛濫。

卓兒趕緊蹲下，將頭探進骯髒的水槽，迎著水流，關掉水閘。

身上的衣服淋了個濕，臉上也沾滿汙漬。還沒有喘口氣，樓下的夫婦已經追殺過來。

「小姐，妳惹的麻煩可不小呢，我們樓下損失慘重。妳算算看，怎麼賠償我們的損失！」男人嗓門粗大。

「要賠多少錢？」卓兒怯怯地問。

「我們家的床墊剛從商場買來，5000多塊，不信可以給妳看發票，還有電視也是買來不到半年……」男人還沒有說完，他的老婆就搶白：「別忘了家具，都是大賣場的品牌貨，不便宜！」

卓兒氣不過，辯白：「你的家具都是二手市場的便宜貨，買來那天，還要我幫你抬上樓。」

女人被卓兒搶白，不甘心，回敬：「這個家我們沒辦法住了，大概估算一下，妳至少得賠我……，」女人眼珠滴溜溜地轉，終於說出一個數字：「2萬！」

「什麼？」卓兒幾乎要跳起來，「2萬？我哪有那麼多錢，妳把我賣了吧！」

「我告訴妳，別給我耍賴，2萬還算是便宜妳了！」男人挺直了脖子，一臉橫肉。

女人一個箭步衝上來，拉住卓兒的手臂：「不要耍賴，2萬塊，今天一定要給我。否則，休想走出這個門口！」

卓兒從未遇到這麼蠻橫的人，委屈得直掉眼淚。

圍觀人群中，有人勸說：「小姐，別哭了，乾脆打110，讓警察解決。」

一語點醒夢中人。卓兒擦擦眼淚，蹲下身子，尋找剛才掉落地上的手機。沒想到，淳厚的男低音響起：「究竟發生了什麼事？」

卓兒抬頭往上看，精緻的皮鞋、筆挺的大長腿、魁梧的身材、雕塑般的五官，以及一雙關切的眼睛。羅雲東。

「你是她什麼人？」那對夫妻見羅雲東衣著不俗，立刻將他圍在中間，喋喋不休。

「她的水管爆了，淹了我們家。今天不賠我2萬，門都沒有！」男子唾沫橫飛，衝著羅雲東叫囂。

卓兒氣不過，衝上前要和男子理論，卻被羅雲東一把擋在了身後。

「如果我賠你2萬，你能答應我，絕不再騷擾這位小姐？」羅雲東平靜地問。

「只要你賠給我，我保證！」男子臉上閃過一絲欣喜。

羅雲東叮囑卓兒：「在這裡等我。」說完，帶著那對夫妻去附近的銀行。

半小時後，羅雲東回來，手上拿著一紙證明，收款確認書。上面有樓下夫婦鮮紅的手印。

卓兒看看那一大袋泡在汙水裡的食材，尷尬不已：「本來想請你吃火鍋，結果全都泡湯……對了，那2萬元我一定還你。」

羅雲東挽起袖子：「錢的事以後再說。當務之急，是把水龍頭修好。」

說完，直接走到廚房，蹲下身，把頭探進水槽下，檢查一番，問：「有扳手和膠帶嗎？」

「我找找，栗遠星買過。」

三分鐘後，卓兒將扳手和膠帶遞給羅雲東。

羅雲東也不多話，半個身子探在水槽下認真地修理。

他穿一件淺藍色襯衫，下擺原本扎進褲腰，由於雙手伸向水槽，襯衫下擺掙脫出來，露出腰部結實的肌肉，甚至還有兩個性感的腰窩。

多麼美好的肉身，他不應該被踐踏摧殘，不應該消沉頹廢，他應該虎虎生風、踏地有聲征服全世界。

「你得好起來。」卓兒脫口而出。

羅雲東沒有聽清楚卓兒說的話，從水槽下探出頭來。

「羅雲東，你得好起來。拿出你的霸氣，你必須說一不二，目空一切！你不能再這樣消沉下去，我不答應。」卓兒逼視羅雲東，在他耳邊吶喊。

羅雲東從水槽下鑽出來，慢慢地站直了身體。

「羅雲東，你怕什麼？你說，你究竟怕什麼？」卓兒不依不饒，幾乎用盡所有力氣向羅雲東怒吼。

「你越害怕就越會被張家父女威脅下去，你這一輩子都休想逃出他們的手掌心。他們手上不就是掌握著你行賄的證據嗎？男子漢大丈夫，敢做敢當，你要把這件事情向全社會公開，該道歉就道歉、該受懲罰就受懲罰。你這樣做了，那些醜聞還有什麼作用？即使坐牢判刑，十年之後你依然是條好漢！羅雲東，你給我聽好了，如果你因為這件事情下獄，我，趙卓兒會等你，一輩子都等著你！」

羅雲東的臉依然冷峻如刀鋒，但是那雙眼睛，卻閃爍著點點淚光。「哐」一聲，手中的修理工具跌落在地。

卓兒只覺得腰部一緊，羅雲東已經不由分說地將她摟進了懷裡。乾渴的唇吻住了她，那樣用力，似乎要將所有的生命和激情吻進她的嘴唇裡。

羅雲東決定召開記者會，地點，花園酒店三樓會議室。卓兒忙前忙後，打理一切。

下午3點，會議室人頭攢動。

攝影記者架著攝影機站在最前排，文字記者拿著錄音筆緊隨其後。負責直播的主播穿梭其間，舉著自拍棒，對著手機鏡頭喋喋不休。

一位穿著紅色套裝、氣質優雅的主播介紹：「我們現在已經來到羅雲東新聞記者會的現場，大家可以看到，現場已經來了很多記者，我計算了一下，大概有十幾家媒體，電視台、報社、網站，以及像我們這樣的直播平台都有。」

「在現場的記者都十分好奇，大家都不知道今天記者會的內容。沒有新聞稿、沒有事先透露消息，媒體記者得到的統一回覆是，具體內容要到記者會現場，由羅雲東本人向大家發布。」

紅衣主播將鏡頭轉向了主席台：「大家看到了嗎？主席台上放著兩個名牌，一個名牌上寫著羅雲東的名字，另一個名牌上則寫著『律師』兩個字，也就是說，今天和羅雲東一起參加記者會的，還有一位律師。是什麼樣的內容需要律師一起出席呢？目前答案還不得而知，這也讓大家對今天的記者會有了更深的期待。」

此時，卓兒打開靠近主席台的側門，她向後點了點頭，律師從門後走了進來，然後直接坐到了主席台上。隨後，側門處閃過一個高大的身影，羅雲東出場。

他穿著一套薄料黑色西裝，沒有繫領帶，平靜而鎮定。當他看到一屋子的記者，眼睛裡閃過一絲猶豫，但只一剎那，就恢復常態，腳步穩健。

現場一陣騷動，記者們蜂擁而上，鏡頭對準了羅雲東。卓兒出面協調，大聲宣布：「請大家回到座位上，注意採訪秩序。」

記者們並不理會卓兒的勸告，繼續圍堵在羅雲東面前。卓兒不得不向前一步，用手阻擋著各種伸向羅雲東的鏡頭，終於為他殺開一條血路。

那位紅衣女主播舉著自拍棒將這一切直播出去，她對著手機解說：「羅雲東終於出現了，他今天打扮隨意，但是本人還是那樣英俊挺拔，不愧是創業大人物裡最帥的一位啊。不過在現場有一位年輕女性總是在羅雲東左右，為他忙前忙後，做著各種服務工作，目前還不知道這位女性的真實身分⋯⋯。」

在卓兒的幫助下，羅雲東終於走上主席台，坐到了麥克風的前面。環顧會場，做一個深呼吸。新聞記者會，他參加過無數次。旁徵博引、妙語連珠是媒體對他的一貫評價，但是今天，他卻覺得緊張。

「各位下午好，非常高興大家能夠來參加今天的記者會。」羅雲東開口，依然是低沉帶有磁性的聲音，但是只有卓兒聽得出來，聲音裡的凝重和苦澀。

「今天這場記者會，其實是一場我個人情況的說明會，我要向媒體以及大眾說明的是⋯⋯，」羅雲東深呼吸，雙手因為緊張重新變化了一下交握的姿勢：「我要向大眾說明的是，我在『愛購網』與科盛集團洽談業務期間，所進行的商業賄賂行為。」

此語一出，現場譁然。記者們情緒激動，大家都沒有想到，這場記者會竟然暗藏如此爆炸性的新聞。

羅雲東和律師交換了一下目光，律師將一份發言稿遞過來。羅雲東看著發言稿，努力用沉穩的聲音讀出來：

「在『愛購網』和科盛集團商談戰略合作的過程中，為了達到獲得該項目之目的，我藉著私人宴請機會，向科盛相關負責人進行了賄賂，共送出5萬美金。並最終，在競爭中獲得勝利，拿到了和科盛的合作項目。」

「長期以來，本人對自己的行為深感驚恐和懺悔，這一行為違反了正當競爭的職業道德，也涉嫌違反國家的法律法規。今天召開這次新聞記者會，是要向大眾誠懇道歉，這麼多年來，大家給予我很多關心和鼓勵，但是我這一行為傷害了大眾對於我的感情，在此，我向大家深深表示道歉。」

「記者會結束後，我將立刻前往檢察機關投案自首，接受法律的裁決。」

說完，羅雲東站起來，面對著記者們的鏡頭，深深地鞠躬。眾人還沒有回過神，他一轉身，在卓兒的掩護下，消失在側門邊。

　　那位紅衣女主播舉著自拍棒拍下這一切，興奮得有些語無倫次：「這真是具有爆炸性的一次新聞記者會，全程不到十分鐘，但是羅雲東的每一句話都猶如一枚炸彈，為我們帶來巨大的震撼和震驚。這起事件後續會如何發展，我們的直播平台將持續為您關注。」

41.

　　黑色轎車發動，箭一般，開向檢察院。車裡坐著羅雲東、卓兒以及那位律師。

　　氣氛凝重。羅雲東坐在後排，不發一語。卓兒將手放進他的掌心，迅即被他緊握，久久不願鬆開。

　　「羅先生，你要有信心。」律師從副駕駛座回頭，「你的行賄動機單純、過程簡單，自首行為沒有異議。我會極力為你爭取減刑甚至緩期執行。」

　　酒店至檢察院，耗時 35 分鐘，卓兒此生最為短暫的 35 分鐘。

　　車停那一瞬間，卓兒的心猛然收緊，手心有汗。

　　羅雲東輕拍卓兒，安慰：「別擔心，記者會之後，那塊壓在我胸口的巨石已經挪開，現在的我很輕鬆。這段時間，我不在妳身邊，妳要照顧好自己。該吃就吃、該睡就睡。自媒體不能停，好好工作，只有工作才是我們安身立命的根本。」

　　律師催促下車。

　　羅雲東注視卓兒，拍拍她的頭，吐出一個字──「乖」。然後，轉身，下車。

　　卓兒並不知道，羅雲東的記者會已如深水魚雷，掀起千尺巨浪。

　　張石軒第一時間獲悉，急忙命令 Lily 打開電腦頁面，從頭到尾，將新聞看個仔細。

　　讀完，不發一語。拿起菸斗，接連劃了兩根火柴均以失敗告終。

　　Lily 見狀，急忙趨身向前，殷勤地為 Boss 點火。

　　張石軒猛吸一口，沒有想到，羅雲東竟有如此膽量，不惜以坐牢為代價，投案自首。甚至，自首前還要召開新聞記者會，昭告天下。

　　刮骨療毒，非常人能及。

看來，為擺脫張家控制，羅雲東已將全副身家押注出去。

張石軒抬起頭，叮囑 Lily：「這個消息，不能讓嘉嘉知道。」

話音未落，辦公室大門被推開，張嘉雅氣急敗壞衝進來。

「爸，知道嗎，羅雲東要去投案自首！」張嘉雅嚷嚷，聲音尖銳犀利。

「別激動，嘉嘉。」張石軒欲穩住女兒的情緒，「他做什麼都是咎由自取，和我們張家無關。這是叛徒應得的下場，我們旁觀。」

「不行！」張嘉雅喊了起來，「他可是史丹佛高材生，坐牢？我絕不答應！爸，你神通廣大、黑白通吃，去，去找關係，把羅雲東救出來，不能讓他在監獄裡受苦！」

張石軒內心一片悲涼。傻女兒，自己吃那麼多苦、受那麼多罪，關鍵時刻，還是放不下這個男人。

羅雲東，你何德何能，竟讓我張石軒的女兒對你死心塌地、欲罷不能？

必須讓她斷了這個念頭！張石軒狠狠發誓。

「嘉嘉，冷靜，不要感情用事。」張石軒和顏悅色，「妳難道就沒想過，羅雲東這麼做的目的是什麼？他為什麼寧願坐牢，也要召開記者會，昭告天下？」

張嘉雅愣住，還真沒想過。

「他是為了擺脫妳！」張石軒伸出手，指著女兒，「他知道，我們握著他的把柄，不會罷休。為了擺脫妳，他不惜任何代價。嘉嘉，乖女兒，放手吧。妳得有自己的生活，世界上的好男人多得是，快醒醒，忘記羅雲東吧。」

張嘉雅眼神發直，是嗎？

卓兒回到孵化園辦公室，小編們聚在一起，圍觀羅雲東記者會影片。

「他不是去矽谷創業嗎？怎麼忽然回國？」

「記者會見得多了，但是宣布自己犯罪的記者會，這是頭一次。」

「你們看，卓兒在他身邊，兩人的關係，真的很特別。」

「糟了，羅雲東是我們的天使投資人，他進去了，我們公司會不會有事？」

「不會有事。」卓兒斬釘截鐵地回答。

眾人回頭，看見卓兒，神情尷尬。

「上班時間，不要八卦閒聊，回座位去。羅雲東的記者會大家都看到了，他雖是我們的投資人，但是他的行賄和本公司沒有任何關係。請大家一定要認真工作，只有工作，才是我們安身立命的根本。」

4點半，選題報告會如期召開。

卓兒拿著筆，將小編們報上來的頭條選題逐一劃掉。

「不行，選題都不理想。說過多少次，頭條文章就是我們的臉，臉不好看，讀者會點進來看嗎？」

眾小編感到為難：「老闆，我們真的絞盡腦汁，沒有其他靈感。」

卓兒引導大家開拓思路：「靜態選題不行，動態新聞呢？上網查過嗎，今天最吸引目光的新聞是什麼？」

「當然是……，」一位小編欲言又止。

「是什麼？」卓兒追問。

小編看了看卓兒，終於鼓起勇氣：「當然是羅雲東的新聞記者會，網路一大爆點……但是，我們不可能用這個做頭條。」

卓兒咬筆，深思。終於，下定決心：「怎麼不可能？爆點，一定得跟進。」

「但，羅雲東是財經人物，還是男性。我們的自媒體針對女性，八竿子打不著。」一位小編提出異議。

「說得好。」卓兒的思路逐漸清晰，「羅雲東的確是男性，但是他是創業精英，且有大量女粉絲。今天他石破天驚，女粉絲難道會不關注？」

另一位小編提出自己的疑惑：「但是，我們既不是財經媒體也不是法制媒體，還是文不對題。」

「文不對題？那就讓它對上好了。」卓兒變得胸有成竹，「女性自媒體，角度肯定會和別家不同。別人關注的是事，我們關注的是人。」

小編一拍腦門：「對啊，我看直播時，就很佩服羅雲東，覺得他敢作敢當，很男人。」

「能不能再把思考擴大一些，從羅雲東一個人，衍生成在女人眼中，什麼樣的男人算真正的男人？」

「明白。」小編站起來，匆匆忙忙奔向自己的電腦，「馬上開工，一小時後給妳看成品。」

一小時後，頭條文章完成——《羅雲東這樣的男人，女人怎麼看？》

6點半，《卓爾女性》準時推播。頭條文章《羅雲東這樣的男人，女人怎麼看？》被迅速轉載，成為網路熱門新聞。

卓兒坐在辦公室，全神貫注在點閱率的節節攀升。耳邊又響起羅雲東臨別的話──「只有工作才是我們安身立命的根本」。

夜已深，卓兒獨自一人走出辦公大樓。孵化園一片寂靜，氣氛熱烈的創業者們早已回家。

這一天發生了這麼多事，她卻如一台精密儀器，高效運轉，不帶情緒。

安排羅雲東的記者會、陪伴他去自首，然後回到公司，確定選題、修改文章、完成推播。

卓兒的腦袋裡築起一道高高的堤壩，傷感、擔憂、焦慮統統被阻擋在堤壩之外。

坐上末班車，昏暗的車廂空空蕩蕩，乘客寥寥無幾。

將身體扔進靠窗的座位，頭靠在玻璃上，卓兒感覺到前所未有的疲憊。偌大的城市，漫長的黑夜，她，一個人。

手機鈴響，周春紅，久違。

自從周春紅辭職離開後，兩人日漸疏遠，很難再找到昔日心無芥蒂的親密。

「卓兒，妳現在怎樣？我剛剛看了新聞。」電話裡，周春紅的聲音很是關切。

卓兒不覺心頭一熱，簡短地把羅雲東的情況複述一遍，還不忘安慰對方：「我很好，不要擔心。」

「妳要好好的，卓兒，答應我，不管發生什麼事情，妳一定要好好的。」周春紅在電話那頭哽咽。

卓兒在黑暗中無聲地點頭。她終於領悟，再真誠的友誼都會歷經爭執、冷戰和誤解，你得等，等時間把這一切化解，那個真正能和你做朋友的人，自然會回來。

卓兒下車，走進老舊頹敗的住宅區。一陣風吹來，哆嗦，下意識裏緊外套。

她的眼前，忽然浮現羅雲東的臉。身陷囹圄、失去自由，驕傲如他，怎麼承受？

雲東，我會等你，不管怎樣的結局，我都會一直等你。

走到大樓下，藉著昏黃的路燈，忽然發現鐵門邊蹲著一個黑影。

黑影也看見了卓兒，慢慢地從地上站起來。挺拔的身材，清秀的五官，長髮披散到肩膀處。

栗遠星。

「你怎麼在這兒？」卓兒詫異。

「我在等妳。」栗遠星聲音疲憊。

「等我？」卓兒發現，栗遠星的肩膀上背著一個大大的包。

「是的，我看了新聞，覺得妳今天一定很難受，所以，就在這裡等妳。」

卓兒眼眶一熱。一整天，她用堤壩攔截的情緒，卻因為栗遠星的一句話，潰不成軍。

「卓兒，妳一定要振作。還記得嗎，以前妳遇見傷心難過的事情，總是會跑回來向我哭訴。哭完之後，第二天又變成一條女漢子。」

卓兒臉上爬滿淚水，她別過臉，躲避栗遠星。

一包面紙遞到面前。「拿著，擦擦。」栗遠星輕聲叮囑。

卓兒不接，一動不動。栗遠星索性拉起她的手，將面紙強行塞到手心。

「我還要告訴妳，我已經將法拉利送回原廠經銷商，那間大房子也已經退租了，明天晚上我會重新回到『小酒館』駐唱。」

「為什麼？」

「我不能再這樣荒唐地活著，出賣自己、淪為玩具。我想回到從前，做回真正的自己。」

卓兒心情複雜，分不清是高興是生氣還是傷感。

栗遠星，你想回到從前？難道不知道，我們已經回不去了？

栗遠星似乎看出了卓兒的心思，本能向後退了一步：「別誤會，卓兒。我今天來找妳，沒有任何非分之想。我只是想讓妳知道，我知道自己做錯了。」

說完，栗遠星轉身，大步流星地消失在黑夜中。

卓兒站在夜色中，忽然湧出巨大的失落感。小星星，我們真的回不去了嗎？

暗處。一記輕微聲響，私家偵探結束拍攝，偷偷離開。

十分鐘後，這段影片傳到張嘉雅手機。

張嘉雅仔細審視影片裡的一對男女。男的，一眼就能認出，是栗遠星。

女的面容模糊,她是⋯⋯。

私家偵探盡職地解釋:「這位小姐就是趙卓兒。今天下午,羅雲東召開新聞記者會,由她出面張羅打點。記者會後,她陪伴羅雲東去檢察院自首。」

張嘉雅牙縫裡擠出兩個字──「賤貨」。

42.

羅雲東交保候傳。

卓兒急著趕過去，羅雲東簡短回覆八個字：「工作為重，下班後來。」

接近下班時間，羅雲東繫上圍裙，在廚房裡忙碌。他要親自下廚，為卓兒做一頓晚餐。

自首之後，調查庭審即將展開。未來的命運將會怎樣，誰能說得清楚？既然未來不可知，那就過好當下吧。

羅雲東心無旁騖地洗菜切菜，這樣居家的生活以前未曾體會。食材如何搭配、調料如何調製、牛肉切絲還是切片，每一項他都深思熟慮，猶如在公司裡進行重大決策。

居家的簡單勞作，讓他萬馬奔騰的內心迅速平靜，一種腳踏實地的篤定油然而生。

平平淡淡才是真。

沉寂多時的手機，鈴聲乍響。人人躲之不及的時刻，還有誰記得他？

是唐毅。

「雲東，還好吧？」唐毅的聲音裡有被精確控制的關切。

太濃，傷害羅雲東的自尊。太淡，又違背本意。他拿捏分寸，厚道而得體。

「謝謝。」羅雲東有些答非所問。

落魄之時，關心他的人，卻是當初背叛而去的人。人性的幽微複雜，讓人感慨萬千。不經過是非恩怨，又怎知良善的彌足珍貴？羅雲東豁然頓悟：「唐毅，等這件事過去，也許是一年半載也許是十年八年，到時候我約你，我們兄弟聚一聚。」

電話那端，是唐毅帶著哽咽的一個「嗯」。

一諾千金。

放下電話，羅雲東出神。門鈴響，看看錶，應該是卓兒下班。連忙擦乾手上的水滴，開了門。

卻，是張嘉雅。

她穿著一件香奈兒黑底白邊的套裙，化了精緻的妝容，頭上戴著寬簷帽，雍容華貴。

「怎麼是妳？」羅雲東不打算讓前妻進屋。

「不歡迎我？」張嘉雅依然是盛氣凌人的口吻。

不等前夫有所回應，張嘉雅推開他扶住門框的手，直接走進了房間。

環顧四周，看著廚房裡冒著熱氣的砂鍋，再看看羅雲東腰間繫著的圍裙，張嘉雅好生詫異。七年婚姻生活，羅雲東從未曾下廚做飯。今天這樣，唱的是哪一齣？

張嘉雅想問出心底的疑惑，一張嘴，卻又習慣了諷刺：「剛剛交保候傳，這麼快就開始享受生活？」

羅雲東面色一沉：「消息真夠快。妳來，就是要巡視自己的勝利成果嗎？」

「勝利成果？」張嘉雅受傷，這一天一夜，她滿腦子只牽掛著羅雲東的安危。

「如果真像你所說的，你現在還會站在我面前嗎？早八輩子就蹲在監獄裡了。」

「那我應該感謝妳？」羅雲東冷冷地回敬。

此時，敞開的大門處傳來腳步聲，卓兒赫然出現：「看我買什麼回來啦？」

卓兒揚起了手，手上一袋青菜和一條鯉魚，她要做自己的拿手菜。

仇人相見，張嘉雅的眼睛裡快要噴出火來。她將趙卓兒從頭到腳打量，哼，就是這個狐狸精，慫恿羅雲東自首、挑唆栗遠星出走，這個賤人為什麼處處和我作對？

「呀，原來你們早就有約，這是急著要體驗小兩口過日子嗎？這麼急，是怕以後沒機會？」張嘉雅踩著高跟鞋，趾高氣揚地走到卓兒面前。目光向下，看著卓兒手上拎著的菜。

「讓我看看，趙卓兒小姐都買了什麼好吃的⋯⋯好大一條鯉魚，想做什麼菜？紅燒、清蒸還是熬湯？但是，羅雲東可不吃鯉魚，他對鯉魚過敏，吃完之後會全身起紅疹。」

卓兒看看手裡的鯉魚又看看羅雲東，尷尬得說不出一句話。

「張嘉雅，說完了嗎？請回吧，這裡不歡迎妳。」羅雲東下了逐客令。

「趕我走？怎麼，心疼起你的小情人來了？」強烈的嫉妒讓張嘉雅的聲音變得鋒利尖銳，「我看這隻狐狸精已經讓你喪失了理智。知道我今天為什麼來嗎？我是好心來提醒你，小心提防這隻狐狸精。你以為她真的像你想像的那樣，單純無辜、無公害？趙卓兒，妳說說，昨天晚上妳都做了什麼？」

張嘉雅的厲聲質問，趙卓兒有些摸不著頭腦。我昨天晚上做了什麼？

「怎麼，不好意思說？」張嘉雅有種得理不饒人的痛快，「我來揭祕吧，昨天下午，妳一手將羅雲東送到檢察院自首；而晚上，卻在出租套房和前男友幽會。」

趙卓兒氣得牙齒格格響：「妳⋯⋯血口噴人。」

張嘉雅嘴角一歪，用義肢笨拙地從皮包裡拿出一張照片，遞到羅雲東面前。

照片拍攝於夜間，畫質很差，但可以清楚認出，是在卓兒大樓鐵門前。照片中，栗遠星拉著卓兒的手，卓兒的臉上有晶瑩的淚滴閃爍。

羅雲東看著照片，臉色生變。

「不是這樣的，」卓兒著急解釋，「昨天晚上⋯⋯栗遠星是來安慰我⋯⋯他是把一包面紙遞到我手上。」

張嘉雅終於笑了，是那種由衷的愉悅：「解釋，妳是該好好向羅雲東解釋一下了。」

　　說完，她把照片輕輕放到羅雲東手上，踩著高跟鞋，凱旋而出。

　　卓兒僵持在原地，不敢直視羅雲東的眼睛。「雲東，你不要誤會……。」

　　「不用解釋。」羅雲東打斷卓兒，「我相信妳，記住，我們之間無須解釋。」

　　說完，羅雲東將照片扔進垃圾桶，接過卓兒手裡的食材。

　　「卓兒，來，到廚房來當我助手，再不煮飯，肚子就要餓得咕咕叫……。」

　　羅雲東和卓兒在廚房裡忙碌。砂鍋裡燉著牛肉，熱氣「噗哧噗哧」往外冒。水槽邊響起「嘩嘩」的流水聲，那是卓兒在清洗蔬菜。羅雲東在流理台邊切馬鈴薯絲，「篤篤篤篤」的聲響極有規律。

　　除此之外，再無其他聲響。兩人沉默，誰也不知該說些什麼才好。

　　卓兒的內心像打翻的調料瓶，五味雜陳。她有愧疚，每當面對栗遠星，她總是左右為難、欲罷不能；她有擔憂，羅雲東此時正處於危難時刻，那些曖昧照片無疑是雪上加霜；她還有感動，羅雲東的一句「我們之間無須解釋」，給予了她與這段情感莫大的信任。

　　終於，卓兒打破沉默。「雲東，你的案子……現在怎麼樣？」

　　羅雲東切菜的手停住。猶豫片刻，終於回答：「律師分析，我自首，且行賄的數目不大，他會盡量幫我爭取減刑或者緩刑。」

　　卓兒輕輕「哦」了一聲，一時語塞，不知如何繼續這個話題。

　　「卓兒，」羅雲東用低沉的嗓音呼喚，「妳還年輕，事業也蒸蒸日上。如果碰到合適的男人，可以考慮。我現在的情況，你也知道，事業上一敗塗地，經濟上捉襟見肘，一旦宣判，還不知道要在監獄裡待多少年。我不想拖累妳，妳應該有自己的未來，找一個好男人過自己的日子……。」

羅雲東還沒有說完，卓兒忽然從背後將他抱住，雙手像藤蔓，死死纏繞他的腰部。

羅雲東想要解開卓兒的纏繞，哪知卓兒手一緊，章魚般將他吸得更牢。

「不許這樣說。」卓兒把臉埋在羅雲東後背，「即使你坐牢，我也會等你，你坐一輩子牢我就等你一輩子。」

「傻丫頭。」羅雲東哽咽。

晚上9點，小酒館。栗遠星壓軸出場。

今非昔比，他不再是那個沒沒無聞的文藝青年，現在的他，出過單曲、拿過新人獎，小有名氣。

背著吉他，走上那個熟悉的小舞台，全場沒有一絲聲響，安靜得異常。

栗遠星用眼角的餘光掃視，所有的桌子都空著，只剩幾位服務生雙手交握，立在場邊。

這是什麼狀況？「別愣著啊，趕快唱歌。」一個女人的聲音傳來，熟悉。

循聲望去，舞台左邊第二張桌子，一位女性端坐其間。身材高挑、雲鬢高聳，手上還戴著一雙精緻的真絲長手套。

張嘉雅。

「我的小星星，還愣著幹什麼，趕快唱歌啊。這個時段是我的包場，你得為我一個人演唱。」張嘉雅的語氣裡有一種居高臨下的輕蔑。

栗遠星無奈，只得架起吉他開始表演。

手指靈活地撥動著琴弦，帶出一串優美的旋律。將嘴湊近麥克風，氣運丹田，開唱……。

「停，馬上停。」台下一記爆吼。

栗遠星被嚇住，手足無措。

張嘉雅翹著二郎腿，手裡夾著特製長菸桿：「這位歌手，你怎麼一點舞台常識都沒有呢，開唱之前難道不應該向聽眾報一下歌名嗎？」

栗遠星看著張嘉雅，屈從。對著麥克風說：「下面演唱的歌曲是《那些花兒》。」

說完，低頭，重新撥弄吉他。

「停，馬上停。」又是一記怒吼。

張嘉雅將長菸桿湊到嘴邊，不慌不忙，深吸一口：「換一首，這首我不喜歡。」

「那我演唱一首《外面的世界》。」栗遠星小心翼翼。

張嘉雅吐出一團濃濃的菸霧：「什麼歌？沒聽清楚。」

「《外面的世界》。」栗遠星重複。

沒有任何徵兆，張嘉雅忽然爆發出一串乾笑：「《外面的世界》？哈哈哈哈，栗遠星，你一個年輕小夥子，怎麼想到唱這首老掉牙的歌曲？是在打發老太婆嗎？不行，給我換！」

旁邊的服務生小聲嘀咕：「這個富婆不是一直力捧栗遠星嗎？怎麼現在忽然翻臉？」

「唉，這男女之間的事，誰說得清楚？你沒看到栗遠星又回我們酒吧唱歌嗎，大概是情變了。」

張嘉雅聽到了議論，猛地把臉轉過來，一雙大眼睛惡狠狠地瞪視。服務生趕緊閉嘴，生怕引火上身。

栗遠星尷尬地站在台上，強自壓抑心中的怒火：「那……您想聽什麼歌？」

張嘉雅發狠：「你把會唱的歌一個個報出來，老娘想聽哪首自然會告訴你！」

栗遠星被激怒，將吉他狠狠摔在地上，罷唱。

他衝下舞台，卻被張嘉雅一個箭步，擋住去路。

「栗遠星，你看清楚自己，你不過就是個酒吧賣唱的！」張嘉雅怒吼，口水幾乎要噴到栗遠星臉上。

「是，我就是個酒吧賣唱的，請妳這樣高貴的女性放過我，行不行？」栗遠星逼視張嘉雅，沒有絲毫的退讓。

「放過你？」張嘉雅揚起臉，挑釁，「你的豪宅豪車，哪一樣不是我張嘉雅出的錢？現在，你一不高興就玩消失，把我當什麼人？召之即來，揮之即去？」

「房子已經退租，豪車也開回原廠經銷商，妳隨時可以拿回去。至於妳在我身上花的錢，這輩子一定會還給妳，請放心。」

「還給我？你知道那是多少錢？你拿什麼還我？難道又投向哪個富婆的懷抱？」張嘉雅訕笑。

栗遠星滿臉通紅，奪門而出。惹不起躲得起，越遠越好。

庭審。辯護。法院宣判的日子一天天逼近。

「妳要做好最壞的打算。」羅雲東告誡卓兒。

「最壞有多壞？」

「我坐牢，三年、五年甚至十年、八年。」

「這不算太壞，你出獄還是一條好漢。」卓兒故作輕鬆，「而且，就算你入獄，我們依然可以裡應外合，繼續創業。」

羅雲東似乎也想打破壓抑的氣氛，他嘟起嘴，誇張地點頭：「好主意，到時候我們怎麼合作？」

「你在裡面想企劃、做方案，我在外面找投資、執行。完美的一條龍服務。」

說完，卓兒攤開手，和羅雲東擊掌。

刻意營造的輕鬆在擊掌之後，難以為繼。兩人陷入沉默。

「我會一直等你。」卓兒柔聲說。

宣判的日子終於到來。

早上，羅雲東特地穿亞曼尼西裝，配紫紅色領帶。

他站在鏡子前端詳自己：「這是我出席重要活動的裝扮。卓兒，當我被收監，希望留在妳記憶中的是這個形象。」

卓兒、羅雲東和律師同車前往法院。

在車裡，卓兒取下手腕處戴著的一根紅繩：「這是我戴了三年的幸運繩，能為人帶來勇氣和好運。你戴上。」

羅雲東沒有說話，接過來，將紅繩輕輕纏繞在自己的手腕上。

他表情鎮定，但是手指卻在微微發抖。繩子從手中滑落，掉在了車裡。

卓兒默默地看著這一切，心裡猛然疼痛。他強自鎮定，內心的壓力卻已超過負荷。

卓兒俯身將繩子撿拾起來，拉過羅雲東的手腕。靈巧的手指上下翻飛，紅繩已然牢牢地繫上。

忽然，羅雲東反手，將卓兒緊緊握住。他握得那樣緊，似乎握住的是自己的前世今生。

卓兒凝視羅雲東，她有股衝動，想要將這個男人摟在懷裡，拍他的背，告訴他，不要怕。

但是，在司機和律師面前，她什麼也不能做，只能任由羅雲東將自己握住，紋絲不動。

滄海桑田不過一葉扁舟。

到達法院大門處，早已聚集在此的大批記者蜂擁而上，將汽車圍得水洩不通。

「記者太多，妳留在車裡。」羅雲東小聲叮囑。

他刻意迴避卓兒的目光，一隻手搭在車門上。拉開車門，也許兩人就天各一方。

這一瞬間，卓兒開口：「我會等你。」

羅雲東整個人靜止。沒有回頭，不敢回頭。稍一遲疑，大力拉開車門，走了出去。

車裡，卓兒淚流滿面。

羅雲東在律師的護送下，突破記者的圍追堵截，艱難地向法院走去。

麥克風遞過來，有記者問：「羅先生，你對自己的判決結果有什麼看法？」

「我相信法律是公正的。」

「如果判決結果不理想，你會上訴嗎？」記者繼續追問。

「我相信法律是公正的。」

「你對自己獄中的生活有什麼想法？」記者又拋出毒辣的問題。

「不管處於何種境地，我會繼續學習、繼續創業。」

……

卓兒坐在車裡，目送羅雲東消失在法院大門後。

時間一分一秒過去，度日如年。卓兒下車，困獸般踱步。

手機被死死地拿在手裡。她和律師約定，判決結果一出爐，律師將第一時間簡訊告知。

每隔幾分鐘，卓兒就會神經質地瞄一眼手機。此刻，她的整個世界，都懸掛在這支小小的手機上。

沒人知道，法院對面的街道邊，一輛黑色奧斯頓‧馬丁裡，坐著張嘉雅。

她戴著一副大大的墨鏡，遮擋住大半張臉，墨鏡後的眼睛片刻不離法院。

父親要她在家裡等候消息，一旦宣判，新聞很快就會播出。但她哪裡按捺得住，堅持要來法院第一時間知道結果。

　　張嘉雅眼尖，一眼就認出大門外徘徊的趙卓兒。她所有的心思都聚焦在羅雲東身上，卓兒這個眼中釘反而不足掛齒。

　　按照慣例，庭審通常會在中午12點之前結束。隨著時間推進，卓兒的心跳動得越加激烈，她不知道將會迎來怎樣的結局。

　　時間已經走到11點50分。卓兒急躁焦慮，呼吸困難。

　　張嘉雅也坐不住。推開車門，不顧紅燈，硬生生衝過馬路，引來滿街罵聲。

　　跑到卓兒面前，張嘉雅氣喘吁吁。激烈的奔跑加上緊張，額頭上冒出細密的汗珠。

　　不管三七二十一，張嘉雅劈頭就問：「都快12點了，怎麼還沒有結果？請的律師可靠嗎？能幫羅雲東減刑嗎？」

　　看著焦急的張嘉雅，卓兒詫異。乖張如她，原來也有真性情。

　　「有消息了嗎，雲東現在怎樣？」見卓兒發愣，張嘉雅催促。

　　卓兒心下一動。這個女人，竟然還愛著羅雲東？

　　念及對方的惡毒，卓兒本想置之不理。但瞄一眼張嘉雅焦慮的臉，卻又於心不忍。「還沒有消息。」她據實以告。

　　忽然，手機傳來清脆的提示音，急忙低頭查看，律師傳來簡訊：「判刑2年、緩刑3年，可以回家。」

　　卓兒反反覆覆閱讀這則簡訊，那顆懸著的心終於落地。

　　張嘉雅看不到簡訊，急得亂嚷嚷：「有消息了嗎？是不是有消息了？快說，妳快說啊。」

　　「判刑2年、緩刑3年，可以回家。」卓兒重複簡訊內容。

張嘉雅扭曲的臉慢慢舒展，一記明媚的笑容爬上眼角眉梢。她伸出義肢，無意識地拉著卓兒，像天真的小女孩：「太好了、太好了！」

記者群出現騷動，一窩蜂向大門跑去。羅雲東和律師走出法院。

「判刑2年、緩刑3年，可以回家。」律師聲如洪鐘，向記者公布判決結果。

麥克風遞過來，記者發問：「羅先生，你對判決結果滿意嗎？」

「我相信法律是公正的。」

「你對今後生活有什麼看法？」記者拋出毒辣的問題。

「不管處於何種境地，我會繼續學習、繼續創業。」

……

羅雲東的眼睛在人群中搜尋，卓兒，妳在哪兒？

卓兒不顧一切地衝過去，四目相對，各自有淚。羅雲東伸手，將對面的小女人緊緊擁入懷中。

此生，不會再分開。

記者們圍上來，鏡頭對準了這對歷經劫難的愛人。

沒有人會注意，人群之外，站著羅雲東的過氣前妻張嘉雅。

那種小女孩般的天真笑容消失殆盡，嘴角下沉，兩隻義肢懸於裙邊。整個人一動也不動，猶如被抽空了生命的木乃伊。

43.

回家。卓兒買來柚子葉，大火熬水，倒在浴缸裡讓羅雲東沐浴淨身。

「去霉氣，然後重新開始。」她解釋此舉的用意。

重新開始。

羅雲東不急著去見大小投資人，卻張羅了一個飯局。

「我要請唐毅，眾叛親離時，只有他來問候。當初就約定，事情結束，一醉方休。」

「那好，我能加一個人嗎？」卓兒提出要求。

「誰？」

「周春紅。」卓兒念出這個名字：「最無助時，她在關心我。」

飯局約在「隱廬」，鬧區裡一家清幽的餐廳，藏在綠蔭深處。

羅雲東和卓兒早早來到包廂。因為是VIP，餐廳經理親自前來服務。

羅雲東吐出三個字：「老規矩。」

餐廳經理心領神會：「按照你和唐毅先生的口味配菜，酒一定夠、一定好。」

幾分鐘後，唐毅和周春紅同時出現。

兩人都有變化。唐毅比以前胖了一圈，而周春紅卻明艷動人。全身上下穿戴名牌，手上拎著Dior的春季新款，一看便知，不是假貨。

「真巧，你們同時到來。」羅雲東無心之語，卻換來唐周二人的相視一笑。

上酒。年份茅臺外加法國波爾多紅酒，果然一定夠、一定好。

羅雲東為周春紅倒上紅酒。哪知唐毅擋住酒杯，輕輕一句：「她不能喝。」

眾人狐疑的目光投向周春紅，天不怕地不怕的女孩忽然紅了臉。

唐毅順勢一把摟住周春紅的肩膀，眼睛向下，看著她的腹部：「有了，已經兩個月了，下個月我們就舉辦婚禮。」

　　周春紅從 Dior 包裡拿出兩張請帖，雙手遞到羅雲東和卓兒面前：「你們一定要來。」

　　局面變化得太突然，卓兒有些始料未及：「好妳個春紅，保密工作一級棒。不過，真心為妳高興。」

　　周春紅臉上閃爍著幸福的光亮，望向卓兒：「你們也別拖，還嫌磨難不夠多嗎？」

　　卓兒整個人抖了一下，眼睛不由自主望向羅雲東。偏偏，他也望向自己。

　　「就這樣定了吧。」唐毅打鐵趁熱。

　　是的，還嫌磨難不夠多嗎？

　　菜上桌、酒滿杯。

　　男人的下酒話題自然離不開事業，但兩人小心翼翼，避免觸及不快的往事。

　　「現在『毅然基金』如何？」羅雲東字斟句酌。

　　唐毅神情黯然，搖搖頭：「張石軒這個人，你比我更瞭解。他的控制慾太強，處處設限，『毅然基金』在他的垂簾聽政之下，舉步維艱。」

　　羅雲東當然明瞭，張石軒是一片蜘蛛網，只要他網住誰，不死也要蛻掉兩層皮。

　　「之後有什麼打算？」羅雲東試探，他為唐毅的處境擔憂。

　　「或者……，」唐毅抬起頭，眼睛直視羅雲東，「我想辦法脫離張石軒，我們兄弟倆重新創業？」

　　羅雲東垂下眼簾。怎麼可能？背叛過自己的人，可以恢復友誼，但絕對不能再度合作。

「張石軒不好對付，你要小心行事，不要像我這樣。」羅雲東答非所問。

女人們的飯桌話題離不開情感。

卓兒坐到周春紅身邊，咬起了耳朵：「你們是什麼時候開始的？我怎麼印象中，還是那個電視台記者在追求妳？」

提到高大帥氣的鄭昊，周春紅眼裡有一絲惆悵。好在很快釋然，世間事，哪能十全十美？

灰姑娘嫁給多金歐巴已算幸運，還要求對方高大帥氣是真愛，豈不貪得無厭？多少女人寧願在 BMW 裡哭泣，而唐毅溫柔體貼，從不讓她哭。

「妳還在做《折扣天后》？」卓兒三句話轉回工作。

「那個公眾號早就停了，好在老唐也不跟我計較。」周春紅摸著自己的肚子：「他現在只要求我一心安胎，做個賢妻良母。」

卓兒低頭微笑。每個女人都有自己的命運，能夠做個賢妻良母，不錯。

羅雲東忙碌奔波，北京、上海來回跑，去見一個又一個投資人。

今非昔比，他壯士斷腕的自首重新樹立了形象。那些隔岸觀火的投資人，紛紛跨海渡河，向他拋來橄欖枝。

這一次，他要和卓兒合作。

「你是我的天使投資人，我們不早就在合作？」卓兒奇怪。

「《卓爾女性》必然失敗。」羅雲東輕輕晃動杯裡的咖啡，擲地有聲。

卓兒眼皮一跳，險些撞翻面前的咖啡杯：「我們的自媒體點閱率和廣告業務都穩定增長。」

羅雲東微微一笑，耐心解釋：「今非昔比，如今內容創業者多如牛毛，和你定位雷同的公眾號不勝枚舉。就內容本身而言，妳已經沒有優勢。目前狀況還好，那是因為妳涉獵早、粉絲多、影響大，慣性使然。據我估計，頂多一年，你的自媒體點閱率就會直線下滑，無力回天。」

「怎麼辦？」卓兒追問。

「變。」

「怎麼變？」

羅雲東輕抿一口咖啡：「改變平台功能。放棄內容，將《折扣天后》重起爐灶，做成一個針對女性讀者的折扣平台。粉絲可以在這個平台上交流折扣訊息，商家也可以直接在這個平台上銷售折扣商品。一句話，做成專賣打折貨的女性電子商務平台。」

卓兒仔細思考：「我的內心是拒絕的。」

羅雲東輕笑：「我知道。但妳必須接受。」

兩人攜手離開咖啡館，走到商場一樓的Tiffany專賣店，羅雲東執意進去。

戴黑手套的店員躬身相迎，羅雲東指著櫥窗裡的一排鑽戒對卓兒說：「挑一個。」

卓兒把頭搖得像撥浪鼓：「我有選擇障礙。而且，這麼貴，我不喜歡。」

羅雲東吩咐店員：「這位小姐有選擇障礙，你就幫她挑一個，婚戒。」

卓兒回頭，眼如銅鈴。羅雲東抿嘴，似笑非笑。

「幫我拿最便宜的，另外，能不能打折？」卓兒一本正經地討價還價。

十分鐘後，卓兒捧著最便宜的一款婚戒走出Tiffany。

羅雲東摟住卓兒的肩膀：「妳不會開車，坐地鐵，孵化園到天生街要多久？」

卓兒瞇起眼睛細想：「坐地鐵到春熙站，再步行，全程一小時。」

「OK，哪天不忙，給我兩小時，最好是上午，行嗎？」

卓兒狐疑。

「我打聽過，天生街民政局，婚姻登記處，上午人少。」

羅雲東不疾不徐地說。

卓兒仰頭看他，整張臉發著光。這，就算求婚？二十分鐘後，兩人挑選婚戒的影片就被私家偵探發送給張嘉雅。

張嘉雅拿著手機，一邊看一邊倒在沙發上，呵呵呵呵，乾笑。

嗓子冒煙，乃至整個身體都冒出濃煙。她將手機拋向前方，「哐當」一聲，酒櫃玻璃門碎裂一地。

傭人張媽探出頭，迅即縮了回去。

大雨滂沱。張嘉雅在「小酒館」守株待兔，一連三天，栗遠星都沒有出現。

塞了張百元大鈔，酒保向她透露，栗遠星還有 800 元演出費沒有領，他會來。

雨夜，酒吧顧客少，台上的歌手有氣無力。

張嘉雅要司機坐在酒吧裡守候，自己則退回車內，緊盯後門。

後門邊是一排低矮灌木，汽車藏在灌木叢裡，神不知鬼不覺。

一道閃電，一記炸雷，雨越發猛烈。

張嘉雅坐在黑暗的汽車內，腰桿挺直，意志堅定。她只有一個念頭，抓住叛徒栗遠星。

羅雲東是她生命裡最大的叛徒，他背叛婚姻，摧毀她整個人生。

如今，羅雲東求婚、栗遠星不告而別，她的世界，容不下第二個叛徒。

她要抓住他、羞辱他、折磨他，讓他痛哭懺悔、俯首稱臣。

「啪」一聲，一道閃電劃過，夜空如白晝。後門裡走出一個熟悉的身影。高、瘦、長髮飄飄。

張嘉雅哼了一聲，冷靜地開門、下車、堵住了栗遠星的去路。

豆大的雨點鋪天蓋地，兩人都沒有撐傘，瞬間濕透。

栗遠星看清楚是張嘉雅，眼睛裡有深切的厭惡，低頭、避開，繼續前行。

「你躲不掉我！」張嘉雅怒吼，箭步上前，再度擋住他的去路。

「妳想幹什麼？」栗遠星歪著頭，任雨水打在臉上。

「跟我走，回去。」張嘉雅拉住對方手臂，歇斯底里。

「不可能。」栗遠星掙脫義肢，力道大，她一個趔趄，險些摔倒。

「為什麼？」張嘉雅在雨中怒喊，「你就是我養的一隻哈巴狗，必須跟我走！」

栗遠星拔腿疾奔，他要擺脫這具喪屍。後腰一緊，那雙恐怖的義肢又纏繞過來，從背後將他緊緊抱住。

「為什麼？為什麼？為什麼？」張嘉雅在身後怒吼。

栗遠星徹底絕望：「好，我告訴妳！告訴妳！」

栗遠星全身是水，雨水、淚水、汗水，糾纏不清。暴雨中，又多一具喪屍。

「我還愛著卓兒，我必須離開妳，我必須清白才配得上她！」

卓兒、卓兒。聽到這兩個字，張嘉雅猶如飲下劇毒，瞬間癲狂。

她大力扳過栗遠星的身體：「清白？她哪裡清白？賤人、賤人，她和你睡，又和羅雲東睡，還要和你們一起睡，她哪來的清白？」

「啪」，一記重重的耳光打在張嘉雅臉上。她倒地，滿臉泥污。

滂沱大雨中，栗遠星在視線裡越來越遠。張嘉雅從地上爬起來，一頭栽進汽車裡。

點火、加油、啟動，用義肢握住方向盤，歪歪扭扭地向栗遠星開去。

她在心裡狂喊，你是我的，你是我的！

栗遠星的身影越來越近，她心裡燃燒起勝利者的快感。

我讓你跑，我讓你跑，你逃不過我的手掌心！

栗遠星的身影出現在車頭，他回頭，看見身後的汽車，並不畏懼，繼續奔跑。

你是我的！張嘉雅猛踩油門，車頭前的身影撲倒下去。

車身碾過栗遠星的身體，張嘉雅坐在車裡，感受到了來自車底的顛簸。她輕輕地笑了，這個感覺，真好。

大雨滂沱，世界瞬間安靜。

44.

　　第二天清晨，驟雨初歇。朝霞穿過雲層，灑下點點金黃。

　　沉睡了一夜的城市，迎來一條爆炸新聞——富商張石軒之女昨夜撞死酒吧小歌手。

　　網路、電視、自媒體反覆播報這條新聞，朋友圈不斷洗版，各種爆料層出不窮，亦真亦假。

　　幾位酒保在朋友群裡描繪昨夜驚心動魄的一幕：

　　聽到猛烈的撞擊聲，他們跑出後門看個究竟。那輛奧斯頓·馬丁已經衝上路基、撞倒路燈，停在大雨中。

　　酒保們認出是張嘉雅的車，以為只是普通事故，殷勤地跑去幫忙。

　　哪知走到車邊，手電筒一照，車輪下，竟然躺著一個人。全身血肉模糊，血水混著雨水，流成一條小河。

　　眾人大驚失色，胡亂嚷嚷。不好了，撞人了，快打110。

　　此時，車門打開，張嘉雅披散著頭髮從車裡走出來。她低下頭，藉著手電的光亮，查看栗遠星的動靜。

　　有膽大的酒保把手探到栗遠星鼻下，搖頭。沒救了，沒呼吸了。

　　張嘉雅一屁股跌坐在血水裡，呵呵呵呵，她在黑暗中，發出一陣乾笑。

　　「那笑聲，現在想起來，還會讓人一身雞皮疙瘩。」一位酒保在朋友群裡感嘆。

　　幾分鐘後，司機衝出酒吧，扶起神志不清的張嘉雅。

　　十分鐘後，110趕來。目擊者被警察帶至警局做筆錄，司機這才打電話給張石軒，報告噩耗。

　　十五分鐘後，120趕來，確認栗遠星沒有生命跡象。

二十分鐘後，張石軒趕來。張嘉雅已被警察帶走，張石軒無力回天。

一位酒保在微信裡稱奇，坐上警車後，張家司機長長吐出一口氣，嘴角竟有笑意。

另一位酒保爆料，張石軒趕到警局，司機偷偷向其表白，警察比他先到，否則，他一定會幫大小姐頂包。

呵呵。

卓兒獲悉噩耗，「哐噹」一聲，早餐杯子跌落，碎瓷片濺落一地。

偏偏認出，這只杯子正是栗遠星在青石橋找來的手工藝品。他用來沖泡豆漿或者咖啡，喝光，會看到杯底四個字，「現世安穩」。

卓兒蹲下，撿拾碎片，一片一片，動作越來越急切。

「呀」地一聲輕呼，指頭被碎片割破，血珠滴在白色的瓷片上。

「我來吧。」耳邊響起溫厚的聲音。羅雲東蹲下，將碎片悉數拾起。

然後轉身，再回來時，手上已經多了一條 OK 繃。拉過卓兒的手，細心包紮傷口。

卓兒咬著嘴唇，努力抑制淚水。

羅雲東輕輕將她擁入懷中：「想哭就哭吧，我們都必須面對現實。」

卓兒號啕大哭，酣暢淋漓。

日子還得繼續。

羅雲東東山再起，推出女性折扣平台——「愛折網」。

卓兒是聯合創辦人、營運副總裁。

她被羅雲東推向前台，媒體不厭其煩報導她草根創業的曲折歷程。他和她的故事，成為「愛折網」的傳奇。

天下營銷，不過故事。

A 輪順利融資 8000 萬，半年後，B 輪融資一億。

愛折網在孵化園租下兩層辦公區，巨大的 Logo 立在樓頂，成為孵化園的風景。

一日清晨，兩人上班走在樓下。

羅雲東仰頭，凝視愛折網巨大的 Logo。他說：「我有預感，華爾街敲鐘，不遠了。」

卓兒伸手，在他頭頂輕輕一敲，調侃：「是的，不遠了。」

日子，並不總是輕鬆。

栗遠星被葬在市郊公墓，父母回老家生活。羅雲東陪著卓兒，去看望栗家父母。

四目相對，未語先垂淚。

栗母拉著卓兒的手，泣不成聲：「我們家小星星沒福氣，錯過妳這樣的好對象。」

卓兒黯然。緣分如此，你奈它何？

栗母心裡插著一把刀，她一次次發問：「那個大小姐和我們家小星星有什麼仇恨，為什麼要對他下這樣的毒手？」

卓兒無語。年邁的母親，怎麼禁得起真相的再度打擊？就當是場意外吧，自欺欺人，比較好過。

臨走，卓兒留下數額不菲的現金。她能做的，只有這些。

張石軒請來最好的律師，動用所有的社會關係，只求保住女兒張嘉雅的性命。

但是，天網恢恢。街邊的監視錄影器記錄下全部過程，張嘉雅和栗遠星激烈爭執，最終開車撞倒他。

鐵證如山。

案子一審，張嘉雅被判死刑。被告不服，發回二審。

耗足媒體大半年精力，三審宣判，維持原判，死刑。

聽聞判決，張石軒當場暈倒。

日子還得繼續。

該來的來，該走的走。活在當下，不懼將來。

羅雲東和卓兒準備結婚。周春紅即將臨盆，遙控她挑選婚紗、婚鞋以及髮型妝容。

每次遇到卓兒嫌貴捨不得花錢，周春紅便咬牙切齒：「聽我的，我已婚，有經驗。」

去民政局登記這天，卓兒 7 點起床，將長短不一、款式各異的紅色衣裙依次拍照，傳給周春紅參考。

「左邊算過來第三件，必須是它。」周春紅在視訊裡斬釘截鐵，權威如女皇。

卓兒嫌它太短不夠端莊，陽奉陰違，偷偷穿了左邊算來第四件，裙子夠長，及踝，不怕走光。

卓兒先行出門，城西某廣場，「愛折網」推廣活動。副總裁趙卓兒需要出席，並且剪綵。

出門前，她和羅雲東吻別。10 點半，民政局門口，不見不散。

羅雲東在房間裡收拾妥當，白襯衫、黑長褲，整個人容光煥發。他要以最佳狀態，迎接幸福的到來。

門鈴乍響。一定是卓兒又忘了什麼東西，這個小迷糊。

打開門，卻是一位老者。

身體佝僂，滿頭白髮，滿臉皺紋。只有那雙眼睛，炯炯有神，深不可測。

竟然是，張石軒。

羅雲東驚訝於張石軒的衰老，這還是那個呼風喚雨、不可一世的資本惡魔嗎？不過是平凡老叟，手無縛雞之力。

「雲東，趕快跟我走。」張石軒開口，磨刀石般沙啞的聲音，氣喘吁吁。

「為什麼？」羅雲東本能反問，他心有餘悸。

「嘉雅提出，想見你。」張石軒聲音哆嗦，「這，可能是最後一面。」

羅雲東愣住，一時不知如何是好。

「我求你，我求求你。」張石軒忽然熱淚滾滾，「這是她最後一個要求。」

羅雲東，你還能拒絕嗎？

看守所會客室。羅雲東坐在玻璃後。只有十分鐘，和前妻告別。

玻璃對面，一扇鐵門打開，張嘉雅緩緩走進來。「哐當哐當」，腳下響起規律的鐵鏈聲，沉重壓抑。

長髮披散，頭低垂。穿一件橙黃色背心，囚衣。

義肢再也沒有手套遮掩，裸露，卻也被戴上沉重的鐵鐐。

她坐定，緩緩抬頭，一張臉素白如縞，只剩雙眸兩點，漆黑無光。

羅雲東五臟六腑劇烈抽搐。一夜夫妻百日恩，同床共枕七年，得有多少恩情？

張嘉雅雙眸沉浮，目光落在羅雲東身上。

「你穿白襯衫，好看。」聲音輕而弱，如斷弦，「第一次見你，慶功派對，你也穿白襯衫。」

羅雲東渾身顫抖：「求你，別回憶，太傷人。」

「這輩子從沒見過第二個人，穿白襯衫，能像你一樣好看。」張嘉雅說完，嘴角竟有一絲笑意，「如果那晚，你不曾出現……。」

是啊，如果那晚，我不曾出現……

「……該有多好。」張嘉雅低嘆，氣息連綿，猶如恨意。

「我繼續彈琴，功成名就，不可一世。會嫁給『門當戶對』的對象，沒有感情，也就沒有恨。磕磕碰碰、打打鬧鬧、哭哭啼啼，也就順利過完一生。實在不痛快，還可以包養情人，縱慾享樂，遊戲人生。呵呵呵。」她竟笑出聲，聲聲泣血。

「嘉雅，別說了。」羅雲東哀求，痛得直搖頭。

「如果我們生兒育女，是否就會長久？告訴你吧，我偷偷備孕七年，想用孩子拴住你。可是，七年，整整七年，我以失敗告終。」

羅雲東死命咬住下唇。七年婚姻，前三年他小心避孕，後四年特意早出晚歸，不再與她肌膚相親。

原來，最殘忍最暴戾最蠻橫的竟是自己。下唇被咬破，滲血，絲絲入喉，腥。

「雲東。」她輕輕喚他，無限柔情，竟是此生第一次，「答應我一件事。」

出其不意的溫柔，羅雲東無法抵抗。

「我死後，你可以結婚，過自己的生活，而且要快樂。但，只是不能和一個人見面……。」

誰？羅雲東抬頭看她，猶如等待宣判。

「趙卓兒。」

她吐出這三個字，平靜如水。而他，則翻江倒海。

「為什麼？」

「因為，你對她，是真愛。這愛，我窮盡一生，都無法獲得。我拿雙手，換來與你七年的耳鬢廝磨。現在，我拿我的命，換你一生遠離真愛。行不行？」

是啊，行不行？

羅雲東跌入萬丈深淵。「嘉雅，求妳，不要這樣殘忍……。」

「我拿我的命，換你一生遠離真愛。行不行？行不行？」張嘉雅冷冷地重複。

羅雲東淚流滿面，沉默。

張嘉雅俯身向前，雙眼大睜，幾乎要貼在玻璃上。「我拿命換、我的命來換，行不行？行不行？」

時間到。

警察立刻拉她起身，朝門外走。她的眼神裡沒有留戀，只是嘴裡繼續念叨：「我拿命換、我拿命換、我拿命換……。」

剪綵活動結束，卓兒匆匆離開。路上遇到塞車，好不焦急。

催促司機走小巷抄近路，急匆匆趕到民政局大門，不早不晚，正好10點半。

卓兒下車，一身紅裙站在大門處。顯眼是顯眼，但能讓羅雲東一眼看到她，值得。

低頭查看皮包裡的證件，第五次。

身分證、戶口名簿、單身證明，每一樣都在，只會多不會少。

時間一分一秒過去，羅雲東沒有出現。

卓兒納悶，這麼重要的時刻都敢遲到，看我等下不剝了你的皮。

11點，卓兒依然獨自一人。撥打羅雲東手機，通，卻不接聽。

卓兒直覺有異，再撥，依然不接。

搞什麼飛機？

卓兒真的有些動氣，第三次撥打，對方馬上掛斷。

兩分鐘後，羅雲東發來簡訊：「別等，我不會來了。」

兩天後，一條即時新聞被推播到萬千手機裡：「富家女張嘉雅被執行死刑。」

「石軒基金」大廈，會議室，高層主管們已經等足一小時，張石軒依然沒有出現。

自從張嘉雅出事，張石軒就鮮少出現在大廈裡。為他人前人後、代為傳聲的，是唐毅。

有傳聞，張石軒精神崩潰、神志不清，絕無可能再返商海。

唐毅迅速瀏覽完手機裡的這條新聞，神情黯然：「開會吧，不用等董事長，一切由我轉達。」

兩個月後，張石軒突然心臟病發，不治身亡。

親屬意欲爭奪遺產，卻發現，張石軒已於兩個月前立下遺囑，名下財產60%交給唐毅，40%贈予慈善組織。

親屬一紙訴狀，控告唐毅，怒斥他趁張石軒神志不清，誘騙其立下荒誕遺囑。

官司一審二審，三審裁定，唐毅勝訴。

但，外界對遺囑大多存疑，傳聞經年不散，遂成懸案。

半年後，「愛折網」拆分，卓兒退股離開。

記者圍住她追問原因，卓兒平靜回答：「我將在共享經濟領域重新創業，致力於綠色低碳運輸。」

記者問她和羅雲東的關係，卓兒面不改色：「我們依然是朋友，重新創業也是他的建議。」

聽說你們曾談婚論嫁，不知為何無疾而終？

卓兒沉默，而後開口：「我們……依然是朋友。」

同樣的問題，記者又向羅雲東提出。

羅雲東沉默，而後開口：「卓兒是個好女人，應該有更好更優秀的男人和她共度此生。而我，不配。」

2016 年 8 月 23 日，星期二，農曆七月二十三。

晴，氣溫 25—37 度，東風 3—4 級。

中國火星探測器和火星車外觀設計結構首次在北京公布。

上海浦東公車與養護車相撞，2 名乘客死亡。

微信公眾平台上線四週年，擁有超 1000 萬個公眾號，每日用戶訪問次數超過 30 億。

香港歌手譚詠麟迎來 66 歲生日。

……

卓兒舉行婚禮。特地選在這一天。

四年前的今天，從報社辭職並失去男友，人生跌入低谷。

四年後的今天，浴火重生，不但是小有名氣的創客，還披上了潔白的婚紗。

作為共享經濟的創業者，卓兒的婚禮十分獨特。沒有婚宴，甚至沒有觀禮場所。一對新人在前，各路嘉賓在後，每人一輛共享單車，環城騎行。

所到之處，路人紛紛鼓掌。

卓兒穿著婚紗，和新郎騎行在隊伍的最前方。路過城市廣場，巨大的 LED 螢幕正在播放電視新聞。

女主播字正腔圓地播報：昨晚，「愛折網」董事局主席羅雲東在美國紐約證券交易所出席敲鐘儀式，「愛折網」宣告正式上市。

大螢幕上，美國紐約證券交易所懸掛著「愛折網」的 Logo，羅雲東被簇擁到敲鐘臺前。

卓兒和新郎從大螢幕下經過，卓兒抬頭，看見了螢幕上的羅雲東。

西裝革履，環視全場。那雙眼睛，棗紅馬般，溫柔而暴戾。

象徵財富和成功的鐘聲響起，掌聲雷動，全世界為他喝彩。

44.

鐘聲裡，卓兒向遠處騎行，婚紗長長的裙襬在風中兀自飄揚。

國家圖書館出版品預行編目（CIP）資料

孵化女王 / 瓜太 著. -- 第一版.
-- 臺北市：崧燁文化, 2019.09
　　面；　公分
POD 版

ISBN 978-957-681-879-0(平裝)

857.7　　　　　　　　　　　　　　108010072

書　　名：孵化女王
作　　者：瓜太 著
發 行 人：黃振庭
出 版 者：崧燁文化事業有限公司
發 行 者：崧燁文化事業有限公司
E - m a i l：sonbookservice@gmail.com
粉 絲 頁：　　　　　網　址：
地　　址：台北市中正區重慶南路一段六十一號八樓 815 室
8F.-815, No.61, Sec. 1, Chongqing S. Rd., Zhongzheng Dist., Taipei City 100, Taiwan (R.O.C.)
電　　話：(02)2370-3310　傳　真：(02) 2370-3210
總 經 銷：紅螞蟻圖書有限公司
地　　址：台北市內湖區舊宗路二段 121 巷 19 號
電　　話:02-2795-3656　傳真:02-2795-4100　　網址：
印　　刷：京峯彩色印刷有限公司（京峰數位）

本書版權為西南師範大學出版社所有授權崧博出版事業股份有限公司獨家發行電子書及繁體書繁體字版。若有其他相關權利及授權需求請與本公司聯繫。

定　　價：380 元
發行日期：2019 年 09 月第一版
◎ 本書以 POD 印製發行